Anke Bahr · Lotte Kinsko

Die ganze Wahrheit über das Dirn

Handlung und Figuren dieses Romans entspringen der Phantasie der Autorinnen. Darum sind eventuelle Übereinstimmungen mit lebenden oder verstorbenen Personen zufällig und nicht beabsichtigt.

Originalausgabe 2015
2. Auflage 2016

Tel.: 0561/766 449 0, Fax: 0561/766 449 29

Titelfotos:
Hintergrund: © panthermedia.net / Regina Müller
Bild imBild: © panthermedia.net / Markus Gann
Hand: © Prolibris Verlag, Kassel
Druck: Totem, Inowroclaw, Polen
ISBN: 978-3-95475-105-1

www.prolibris-verlag.de
www.facebook.com/Prolibris

Anke Bahr · Lotte Kinskofer

Die ganze Wahrheit über

DAS DIRNDL IM MOOR

Oberbayern Krimi

Prolibris Verlag

Die Autorinnen

Lotte Kinskofer arbeitet als Autorin und Drehbuchautorin in München. Sie hat bereits mehrere Romane, Krimis, Kinder- und Jugendbücher veröffentlicht. Im Prolibris Verlag erschienen ihre Kriminalromane um den Regensburger Journalisten Thomas Reitinger, der einer großen Fangemeinde nicht nur in der Oberpfalz ans Herz gewachsen ist.

Die Autorin und Redakteurin Anke Bahr, die für den SWR und für die ARD tätig ist, lebt in der Nähe von Bad Tölz. Sie arbeitet mit Lotte Kinskofer seit einigen Jahren als Autorenteam im Buch- und TV-Bereich zusammen.

In ihrem ersten gemeinsamen Kriminalroman bringen ihre beiden liebenswert-gegensätzlichen Kommissare Fritz und Sascha aus Bad Tölz »Die ganze Wahrheit über das Dirndl im Moor« gekonnt und auf amüsante Weise ans Licht.

***

Dein selbstgefälliges Lachen wird dir vergehen, wennst mich siehst.

Ich hab dich gewarnt – ich werd dir auflauern und dann werd ich dir zeigen, dass dein Verhalten Folgen hat. Keiner kommt ungeschoren davon, hörst: Jeder muss dafür büßen, was er getan hat.

***

Für einen Moment schloss er die Augen und genoss die Stille. Dann ließ sich Kommissar Fritz Fischhaber mit seinem Bürostuhl zum Ende des Schreibtischs gleiten und nahm einen großen Schluck Johannisbeerschorle. Die Oktobersonne vergoldete die beiden Ablage-Stapel, die im Laufe des Tages erfreulich geschrumpft waren. Er stand auf und ging zum Fenster, um die letzten Strahlen zu genießen. Sein Blick schweifte vom übersichtlichen Parkplatz der Kriminalpolizei Tölz zur Mühlfeldkirche mit dem reich verzierten Zwiebelturm. Für die Tölzer war das seit Jahrhunderten ein Ort, zu dem sie mit ihren Bitten und Anliegen kamen. Hin und wieder setzte auch er sich gern in diese Kirche. Nicht so richtig zum Beten, mehr um in Ruhe nachzudenken.

Fritz stellte seine Augen auf Fernsicht, und sofort ging ihm das Herz auf: Berge, wohin er schaute. Geradeaus der Zwiesel, links das Brauneck und dahinter die majestätische Benediktenwand. Jetzt war die schönste Zeit fürs Wandern. Er musste sich nur die Zeit dazu nehmen.

Der Fischhaber Fritz war zufrieden. Sein Tagwerk war vollbracht, ohne dass ihn Mord und Totschlag gestört hätten. Kaum ein Anruf und der Kollege auf Fortbildung. Nicht dass er ihn ungern um sich hatte, im Gegenteil, aber so ein Tag ohne Sascha Kunz war genau das Richtige, wenn man konzentriert Unterlagen sortieren, lochen und einordnen wollte.

Aufs Stichwort hörte Fritz schlurfende, schmatzende Schritte vom Gang. Geräusche, wie sie nur die Gummisohlen von Saschas Turnschuhen machten. Die Ruhestörung kam näher und riss kraftvoll die Tür auf. »Moin Moin!«

»Schau mal raus – wird schon dunkel. Wie wär's mit Servus?«

»Die Hamburger begrüßen sich zu jeder Tageszeit mit Moin Moin.«

»Und ich dachte immer, du wärst in München geboren?«

»Sogar in Schwabing. Siehste ma, bin Bayer und trotzdem polyglott. So was geht. Im Gegensatz zu dir bin ich halt auf der ganzen Welt daheim.«

Einen kurzen Moment dachte Fritz, dass sich dieses »polyglott« fast auf Idiot reimte, diese Erkenntnis behielt er aber für sich. Der Sascha war eben so. Jung, dynamisch, erfolgsorientiert und polydings. »Erzähl mir lieber, wie die Schulung war.«

Sascha Kunz ließ sich auf seinen Bürostuhl fallen und reckte sich. »Geschenkt! Aber so was ist gut fürs Networking, weißt schon: Leute kennenlernen, übern Tellerrand schauen.«

»Wennst meinst.«

»Und jetzt geh ich auf ein Helles in die Marktstraße.«

»Des kannst vergessen.« Fritz feixte innerlich, als er Saschas fragendes Gesicht sah.

»Ist was passiert? Müssen wir los?«

»Freilich! Termin bei der Psychologin. In zehn Minuten.«

Sascha seufzte, erhob sich gespielt mühsam und schleppte sich zur Kaffeemaschine. Seine Bemühungen, hier endlich mal ein richtig schickes Teil zu installieren, mit Milchschäumer und allem Drum und Dran, sie waren an Fritz' Starrsinn gescheitert. Der ältere Kollege verstand nichts davon, und weil ein italienischer Vollautomat viel gekostet hätte, war natürlich auch die Chefin dagegen gewesen.

»Worüber sollen wir denn mit der Tussi reden?«

»Das ist frauenfeindlich, weißt schon.«

Sascha seufzte noch einmal und nippte an seinem Kaffee. »Als ob ich ein Frauenfeind wär!«

»Wenn sie unter 30 sind, dann nicht.«

Sascha nickte: »Die Psychologin ist schon ein paar Jahre drüber …«

»Sieht man aber nicht gleich«, murmelte Fritz.

»Weißt, wenn ich so alt bin wie du, dann dreh ich mich auch nach solchen Frauen um«, versprach Sascha. »Aber jetzt geh ich zur Chefin und werd ihr verklickern, dass wir zwei bestimmt keinen Termin bei einer Psychologin brauchen. Schon gar nicht, wenn man noch mal die Chance hat, im Biergarten zu hocken, bevor's richtig Herbst wird.«

Fritz atmete tief durch. Sascha war es durchaus zuzutrauen, dass er wegen dieser Supervisionsnummer an oberster Stelle ein Fass aufmachte. Er war noch zu jung, um zu wissen, dass es sich in dieser Abteilung der Kriminalpolizei nicht lohnte, auf stur zu schalten – es wurde sowieso immer gemacht, was die Chefin wollte. Dezernatsleiterin Brigitta Keilos: ehrlich hochgedient ohne Frauenquote oder anderen Schnickschnack. Dass die keine Widerrede durchgehen ließ, wen wunderte das?

Fritz betrachtete seinen um viele Jahre jüngeren Kollegen fast mitleidig: Ach, wie schade war es um die Energie vom Sascha. Er würde das Prinzip Unterordnung wohl nicht mal gelernt haben, wenn sein 40-jähriges Dienstjubiläum hinter ihm lag. Aber er war halt einer dieser Besserwisser aus der Landeshauptstadt. »Wir müssen dahin, Sascha, so wie alle anderen Teams auch«, sagte er matt.

»Wetten, dass ich die Chefin rumkriege … also in puncto Supervision mein ich!«

In diesem Moment sprang die orangefarbene Bürotür auf – ohne dass vorher ein Anklopfen zu hören gewesen wäre.

»Moin Moin«, schallte es. 65 Kilo verteilt auf einen Meter achtzig. Drahtig, resolut. Brigitta Keilos, da stand sie.

»Jetzt fangen Sie auch noch mit dem norddeutschen Getue an.«

»Herr Fischhaber, ich kann förmlich spüren, wie dringend nötig Sie Frau Dr. Bäumler haben. Es bleiben Ihnen noch genau drei Minuten und sieben Sekunden, um zur Psychologin in den Besprechungsraum zu marschieren!«

»Wir zwei, wir brauchen keine Psychologin, Chefin, das ist Verschwendung von Steuergeldern.« Sascha lächelte so charmant, wie er nur konnte. Er probierte es tatsächlich noch mal.

»Sie wiederholen sich, Herr Kunz. Und ich antworte Ihnen dasselbe: Anordnung von ganz oben. Jedes Team macht Supervision. Punkt. Außerdem ist gerade Ihr Kommunikationsverhalten mehr als verbesserungswürdig.«

»Wieso? Wir zwei sind in allem völlig d'accord!«

Fritz verdrehte die Augen, was die Chefin bemerkte.

»Sind Sie auch der Meinung, dass Sie in allem *d'accord* sind, Herr Fischhaber?«

»Wenn's der Sascha sagt, wird's schon stimmen.«

»Erzählen Sie das der Bäumler!« Der Ton ließ erahnen, dass Widerrede zwecklos war.

Fritz hievte seinen langen, schlanken Körper mit Hilfe der Stuhllehnen nach oben.

»Nehmen Sie was zu schreiben mit – kann nicht schaden.«

»Haben Sie nicht vergangene Woche gesagt, wir sollten mal Akten aufarbeiten?« Ein letztes Aufbäumen von Kunz.

»Wie ich sehe, ist Herr Fischhaber damit schon fast durch. Und Sie können das gerne morgen machen, Herr Kunz. Aber schön, dass Sie dran denken.«

***

Was brauch ich? Fernglas, Glasschneider, Saugglocke, das Seil … Gut, dass ich schon mal da war, wie du ned dahoam gwesen bist. Steht ja immer recht schön auf deiner Internetseiten drauf, wennst dich auswärts umeinander treibst. Da hab ich mich seelenruhig umschauen können, wie ich am besten neikomm in deine Villa. Die

Glastür auf der Veranda – da geht's am besten. Du wirst schön schauen, wenn ich nachher vor dir steh. Saublöd schauen wirst!

***

Die Psychologin saß schweigend hinter ihrem Schreibtisch und betrachtete die Kommissare. Wer hatte diese beiden nur zu einem Team zusammengespannt? Da war doch jeder eine ständige Provokation für den anderen. Oder ergänzten sich die beiden? Mochten sie sich? Sie beschränkte sich aufs Beobachten.

Sascha schlug ein Bein übers andere und lehnte sich entspannt zurück, dann brach er das Schweigen. »Ehrlich, Frau Doktor. Wir brauchen das hier nicht. Der Fritz ist vielleicht manchmal etwas schüchtern. Okay, da könnte man jetzt dran arbeiten – auf der anderen Seite mach ich das wett mit meinen Soft Skills.«

»Reden tut er gern«, brummte Fritz.

»Ich bin der Kommunikativere von uns beiden – und das ergänzt sich gut, da muss man psychologisch gar nichts nachbessern. Letzten Endes ist es doch so: Bei unserem Team spielt ein jeder seine Rolle. Und die des in sich gekehrten Kommissars hat Fritz schon lang vor mir besetzt – da blieb mir quasi nur die Flucht nach vorn.«

Fritz beobachtete seinen Kollegen mit wachsendem Unterlegenheitsgefühl: »Aha, so schaut das für dich aus.« Das war das Einzige, was ihm dazu einfiel. Jetzt war er bei der gebildeten und dazu leider noch sehr attraktiven Psychologin bestimmt komplett durchgefallen.

Wie so oft war es Sascha gelungen, sich mit gescheiten Worten in Szene zu setzen. Er schien von jedem Fachgebiet gerade so viel Ahnung zu haben, dass er mitreden konnte. Ein paar Floskeln hier, ein paar Fachausdrücke da, gefährliches Halbwissen – und schon hatten die Menschen das Gefühl, ein interessantes Gespräch mit einem intelligenten Menschen zu führen.

Frau Dr. Bäumler aber schob ihre überkreuzten Beine noch mehr in Richtung Fritz. Mit einem offenen Blick aus tiefgrünen Augen kam ihre Frage an ihn ganz direkt: »Wenn Sie das hören – was setzt es bei Ihnen in Gang? Wie geht es Ihnen damit?«

»Na ja, ich habe eigentlich nicht das Gefühl, dass ich immer nur der Zurückhaltende …«

»Fritz, jetzt komm aber! Du bist doch derjenige, der erst mal beobachtet und am Ende alles zusammenhält. Ich geh auf die Leut zu, du bist die graue Eminenz im Hintergrund«, hob Sascha an – und erntete dafür einen strengen Blick.

»Eine große Bitte, Herr Kunz: Wenn es um Gefühle eines anderen geht, ist es wichtig, diesen erst einmal ausreden zu lassen. Kein Mensch kann vorhersehen, was ein anderer sagen will.«

»Doch, ich weiß es genau: Dass er auch mal nach vorn prescht … dass er gar nicht der scheue Typ ist und so. Tatsächlich ist er ein lonesome Cowboy! Ich kenn ihn inzwischen ja besser als er sich selbst.«

»Ich möchte ihn aber erst einmal so kennenlernen, wie er sich selbst sieht.« Frau Dr. Bäumler atmete scharf ein. Sie schien genervt von Sascha, was Fritz insgeheim freute. Die Psychologin beugte sich zu ihm: »Herr Fischhaber, erzählen Sie uns, wie es Ihnen geht, wenn Sie hören, welche Rollenaufteilung Ihr Kollege im Team vorsieht.«

Fritz war so überwältigt davon, dass ihn jemand so direkt ansprach und wirklich wissen wollte, wie es ihm ging – ihm fiel vor Schreck nichts mehr ein. Was sollte er nur sagen, das irgendwie kompetent klang? Er hob ein paar Mal an, aber es kam kein Mucks heraus. Und so hing neben leeren Gedankenblasen nur peinliche Stille im Raum.

Frau Dr. Bäumler erbarmte sich nach ein paar Minuten: »Ich würde vorschlagen, wir probieren eine kleine Entspannungsübung aus, dann fällt es uns allen leichter, den Gefühlen im Einzelnen nachzuspüren. Ist das für Sie in Ordnung?«

»Na logo! Machen Sie ruhig eine kleine Phantasiereise mit dem Fritz, dann kommt der sicher besser aus sich raus. Ich bin da nicht eifersüchtig, keine Sorge! Ich setz mich rüber in unser Büro. Ringen Sie kurz durch, wenn Sie fertig sind? Ich meine, wegen der Feedbackrunde und so.« Sascha zwinkerte Frau Dr. Bäumler fröhlich zu und erhob sich.

»Für unsere Phantasiereise haben auch Sie ein Ticket, Herr Kunz.«

»Das ist nett gemeint, aber ich bin mit meinen Gefühlen eh auf Du und Du. Dagegen hat der Fritz anscheinend Nachholbed…«

»Setzen Sie sich wieder hin!« Nun war es endgültig vorbei mit der Diplomatie von Frau Doktor.

Fritz entwich ein kleiner Gluckser. Ja, es stimmte: Er freute sich, dass auch mal ein anderer dem Adler die Flügel stutzte. Alle Beamten und vor allem Beamtinnen im Haus schwärmten ihm immer vor: toller Kollege Sascha Kunz, so nett, so hilfsbereit, so gutaussehend, so eloquent. Das ideale Pendant zu dir, hieß es dann gerne mal. Was doch wohl nur bedeuten konnte, dass er selbst all diese Eigenschaften nicht besaß.

»Sitzen Sie bequem? Legen Sie Ihre Hände auf die Oberschenkel. Ganz locker. Schließen Sie die Augen, wenn Sie wollen, und atmen Sie tief ein und aus.«

Sascha flackerte stolz mit den Lidern. Eine Frechheit, dass er hier zur Entspannung gezwungen wurde. Dass er seinen Gefühlen nachzuspüren hatte. Diesen Yogischeiß hatte er noch nie leiden können. Altfrauen-Sport!

»Ihre Beine werden schwer.« Zum Davonlaufen!

»Ihre Arme sind eeeentspannt.« Er spannte trotzig den Bizeps an.

»Sie sind jetzt ganz bei sich.« Sascha spürte ein warmes Gefühl in der Magengegend.

»Ihren Atem lassen Sie kommen und gehen.« Ach, wenn er nun schon mal hier sein musste, warum nicht? Den Atem kommen und gehen zu lassen, war ja einfach. Kommen und gehen lassen …

Auch Fritz war zunächst nicht ganz wohl bei dieser Übung. Immer wieder blinzelte er durch die halbgeschlossenen Lider. Er sah, dass Sascha die Augen zwischendurch empört aufriss. Aber die Frau Doktor, die nahm die Sache offenbar sehr ernst. Sie hielt ihren Blick gesenkt und machte die eigene Übung entschlossen mit. Keine von denen, die von den anderen was verlangen, was sie selbst nicht tun.

Dennoch wusste er nicht so recht, wohin die Reise ging. Und das machte ihn unsicher. Atem? Entspannt? Ganz bei sich? Eigentlich war er doch der Typ, den man mit so was jagen konnte. Eigentlich … Aber wenn er sah, wie Sascha sich anstellte wegen ein bisschen Entspannung, dann wollte er in diesem Fall der Aufgeschlossenere sein.

Es fühlte sich gar nicht so schlecht an. »Den Atem kommen und gehen lassen … kommen und gehen … ein, aus …«

***

Was du dir alles leisten kannst, da haut's mir den Vogel naus. Wie lang ich dafür arbeiten müsst! Des könnt ich gar ned verdienen. Und du hast des bloß gekriegt, weil du gar keinen Anstand hast. Und aus allem Geld machst.

Am besten, ich fahr noch a bisserl weiter und park ned direkt vor deiner Auffahrt. Um die Ecke, da ist's dunkel, da ist auf d'Nacht sowieso keiner mehr auf der Straße. Und wenn wirklich einer mit seinem Hund noch rauskommt, egal, die Farbe von meinem Auto kann man schon nimmer erkennen. Ja, ich hab gelernt, auf so was zu achten. Ich möcht ned der Depp sein, ich lass mich ned erwischen. Ich zeig dir, dass ich mehr im Schädel hab als du.

***

Diese dämliche Phantasie. Solange sie am Schreibtisch saß, solange sie am Roman arbeitete, brauchte sie all ihre Vorstellungskraft. Aber warum konnte sie ihre Gedanken nicht abschalten, wenn sie einfach nur schlafen wollte?

Daphne war nach der Talkshow in München erschöpft gewesen und hatte beschlossen, früh ins Bett zu gehen. Ihren Abend-Marathon hatte sie vorverlegt: Make-Up entfernt, Haut gepeelt, Augengels im Wert eines Kleinwagens aufgetragen, die Haarkur verteilt, die Hornhaut einbalsamiert, erst an den Ellbogen, dann an den Füßen und sich Kuschelsocken drübergezogen. Und jetzt? Lag sie glockenwach auf ihren Seidenkissen.

Sollte der Streit nach der Fernsehsendung der Anlass dafür sein, dass sie zwar erschöpft war, aber einfach nicht müde wurde? Ach was. Die Diskussion mit ihrer Co-Autorin Ina war zwar unschön gewesen, aber Daphne hatte sie ja mit guten Argumenten überzeugt, dass das Interview im Grunde perfekt gelaufen war ... na ja, zumindest hatte sie ihr mal wieder gezeigt, wer die Hosen anhatte im Team.

Daphne war die Kreative, die immer die zündende Idee zu den Büchern hatte. Sie motivierte, trieb an und, was noch wichtiger war, sie war die Marketing-Expertin, die alle Auftritte durchchoreographierte und dafür sorgte, dass ihre gemeinsamen Bücher auf den Händlerlisten detonierten. Doch sie gab gerne zu, dass auch Ina ihr Scherflein beitrug und mit ihrem netten Schreibstil und ihrem unendlichen Fleiß eine solide Basis für die Bestseller schuf. Glücklicherweise war die Co-Autorin bisher immer brav zu allen Terminen mitgedackelt und hatte sich klugerweise so still wie möglich im Hintergrund gehalten. Aber vorhin im Studio hatte Daphne Inas Toleranz-Latte gerissen, das hatte sie deutlich gespürt. Egal, die würde sich schon wieder einkriegen. Als Autorenteam waren sie auf Gedeih und Verderb aufeinander angewiesen. Das wussten beide. Keine konnte ohne die andere.

***

Ich freu mich schon auf dein Gesicht. Das wird dann nimmer so hübsch sein wie sonst. Wenn du die Augen aufreißt, wenn du hektische Flecken kriegst … Dann weiß ich, dass ich dich hab. Dann tanzt du endlich nach meiner Pfeife. Am Telefon, da hast immer aufgelegt. Hast die Kalte gespielt. Aber damit ist's vorbei, wenn ich tatsächlich zu dir komm.

Jetzt schau ich, was du grad treibst. Ich weiß, dass du allein bist – dann hast auch Zeit für mich. Und ich nehm mir Zeit für dich. Jede Sekunde werd ich genießen.

Ich denke, du wirst bitten und betteln. Das tät mir jedenfalls gut gefallen. Ich will dich fertigmachen. So wie du die anderen immer fertigmachst, ohne dass du drüber nachdenkst.

Die lange Auffahrt bin ich raufgeschlichen. Hier ist's gut. Von hier aus kann ich in dein Haus schauen. Ich seh dich. Wie du durch dein Wohnzimmer gehst. Ich wart, bis du gleich das Licht ausmachst und ins Bett gehst. Dann hat meine Stunde geschlagen. Meine und auch deine!

***

Warum bloß schaffte sie es nicht, sich einfach wegzubeamen ins Land der Träume? Daphne erinnerte sich an das autogene Training, das sie vor Urzeiten erlernt hatte: Meine Arme sind gaaanz schwer, meine Beine eeeentspannt. Ein Gänseblümchen, das auf dem Hochhaus tanzt … na endlich … schlafen.

Pinng!

Das zarte Geräusch zog Daphnes Aufmerksamkeit unbarmherzig zurück in die Realität. Und jetzt dieses Klirren, kam das nicht von unten?

***

Gonnnng!

Was war jetzt das? Sascha war sofort hellwach. Seine Hand ging ans Holster, aber das hatte er gar nicht dran. Für die Fortbildung am Nachmittag hatte er die Waffe nicht gebraucht. Nun war er schutzlos dieser Situation ausgeliefert.

»Lassen Sie stecken, Herr Kunz, das hier war nur ein Angriff auf Ihr Unterbewusstsein«, lächelte Frau Dr. Bäumler süffisant, als sie die schnelle Bewegung des Kommissars bemerkte. Sie schlug noch ein letztes Mal auf die goldene Schale, die sie auf der flachen Hand über sich hielt – der sanfte Ton breitete sich im Raum aus wie ein konzentrischer Kreis im See, wanderte in jede Zimmerecke und echote zurück.

Sascha blickte angstvoll auf seine rechte Seite. Er suchte bei all diesem Psychohokuspokus etwas Bodenständiges, etwas Vertrautes. Glück gehabt, Fritz saß noch immer neben ihm auf der Couch. Das war schon mal gut. Weniger gut allerdings war der Kommentar des Kollegen. »Bist eingenickt, ha?«, flüsterte der ihm zu, während Frau Dr. Bäumler die Klangschale verräumte.

»Quatsch!«

»Glaub schon. Hast ein bisserl geschnarcht.«

»Spinnst doch!« Sascha hätte ihn am liebsten in den Schwitzkasten genommen. Er schämte sich für sein kurzes Wegnicken. Sehr uncool, wenn man seine Fassade nicht im Griff hatte.

Wieder dieser weise Blick von der Bäumler, die sich in ihren Sessel zurückgleiten ließ. Wie ein Röntgengerät schien sie durch Menschen hindurchschauen zu können. Diese Frau machte Sascha langsam Angst.

»Ich denke, nun sind wir schon ein klein wenig offener für unsere Befindlichkeiten.« Allein so ein Satz! »Herr Fischhaber. Wie geht es Ihnen?«

»Ähh ... gut!«

»Sollen wir noch einmal auf die Konstellation in Ihrem Team zu sprechen kommen?«

Fritz gab sich einen Ruck: »Ich finde es halt schade, dass wir so festgelegt sind auf uns. Also, ich mein, ich bin ja auch manchmal ganz anders. Oder möcht zumindest anders sein.« Er hatte das Gefühl, sich gerade um Kopf und Kragen zu reden. Wie unmännlich sich dieses Geeiere anhörte.

Aber Frau Dr. Bäumler schaute ihn zustimmend an: »Solche Gefühle kennen wir alle. Gerade in einer so engen Zusammenarbeit wie der Ihren mit großen Stressmomenten und hoher emotionaler Belastung erstarren oft die Rollen ...«

Mit einem Mal sprudelten unüberlegte Sätze aus Fritz heraus: »Und ich habe auch Angst, auf dieser Kommissar-kurz-vor-Rente-Schiene kleben zu bleiben, wissen Sie? Ich möchte gern mal so gesehen werden wie der Sascha: dynamisch, spritzig, spontan. Das kann ich nämlich auch sein. Aber bei mir denken die meisten: Fritz, der Feind der neuen Medien. Fritz, der nicht mehr schnell genug denken kann. Fritz, der Sesselbiesler ... Tschuldigung.« Sexy klang das nicht. Aber die Psychologin schien das nicht abstoßend zu finden: »Schön, dass Sie das alles mal rauslassen können!«

Ihre Augen gingen eine ganze Weile zwischen ihren beiden Klienten hin und her. Dann setzte sie resolut ihre zierlichen Pumps nebeneinander. »Unsere erste Sitzung ist fast vorbei. Wenn es für Sie in Ordnung ist, treffen wir uns gleich morgen Abend wieder hier. Ich halte es für wichtig, dass wir uns zumindest am Anfang in kurzen Abständen sehen, damit die neue Teamorientierung schnell in Gang kommen kann. Als Hausaufgabe bitte ich Sie beide, aufmerksam zu beobachten, wann Sie in welches Denk- oder Verhaltensmuster verfallen. Es wäre schön, Sie würden sich dazu Notizen machen, damit wir dann auch über konkrete Situationen sprechen können.«

Die erste Sitzung war vorbei. Sascha atmete erleichtert aus. Beim Rausgehen gab er Fritz den Vortritt: »Alter vor Schön... Sorry, war nicht so gemeint.« Hoffentlich hatte Frau Dr. Bäumler das nicht noch gehört, schoss es Sascha durch den Kopf. So was gab Minuspunkte.

»Passt schon!«, kam es von Fritz.

Schweigend gingen sie den Gang runter, und beide hatten sie plötzlich eine Höllenangst, das Falsche zu sagen.

***

Daphnes Atem stockte. Ihre Hände wurden feucht, ihr Nacken klamm. Vielleicht war im Erdgeschoss ein Einbrecher, der sich ihren Schmuck holen wollte? Ein Fan, der ihr hinterherstalkte? Oder dieser Irre, der alle paar Wochen am Telefon drohte, dass ein Unglück passieren würde, wenn sie nicht mit den Krimis aufhörte? Möglicherweise sogar ein Vergewaltiger? Sie schutzlos und allein. Von einem Perversen festgehalten im eigenen Haus.

Daphne horchte minutenlang in die Stille.

Nichts.

Na also, alles in Ordnung. Verdammte Phantasie, geh endlich schlafen!

***

Sie waren nicht mehr auf ein Bier gegangen, Fritz Fischhaber und Sascha Kunz, zumindest nicht miteinander. Sie hatten nebeneinander, aber schweigend das Kommissariat verlassen. »Also bis morgen, servus«, hatte Sascha gesagt und war mit schnellen Schritten durch die Dunkelheit in Richtung Fußgängerzone marschiert, wo er vielleicht noch eines der Wirtshäuser aufsuchen oder sich dann nach Hause verkrümeln würde. Er hatte eine Wohnung unterm Dach gemietet. Direkt in der Marktstraße in einem der aufwändig restaurierten Kaufmannshäuser, was immer mal wieder für Frotzeleien im Kommissariat sorgte, weil unten in dem Gebäude ein Kosmetikstudio drin war. »Hast die schönen Frauen immer gleich im Haus«, hatte ein Kollege mal gesagt, aber Sascha hatte lässig abgewunken: »Ich mag lieber die, die da noch nicht hingehen müssen.« Ja, an Selbstbewusstsein mangelte es ihm nicht, dem Sascha, dachte Fritz.

Er überlegte, ob er schon nach Hause wollte. Er war heute viel gesessen, und es war ein milder Abend, warum also nicht noch einen Spaziergang machen, statt den kürzesten Weg vom Kommissariat bis zu seiner Wohnung einzuschlagen. Zumal er sowieso nicht wusste, was er dort mit sich anfangen sollte.

In Gedanken an die Psychologin ging er vor sich hin und stellte irgendwann überrascht fest, dass er direkt an der Isar stand. Es beeindruckte ihn immer wieder, wie sich dieser Fluss seine Wildheit bewahrte. Hier in Bad Tölz hatte er schon viele Kilometer hinter sich, sollte eigentlich vom riesigen Sylvensteinspeicher gebändigt und dem breiten Kiesbett besänftigt worden sein – aber wie aus Trotz blieb die Isar ein roher Gebirgsfluss, der Tölz mit all seiner sanften Wucht zerteilte.

Fritz sah eine Weile ehrfurchtsvoll auf das Wasser, zog dann Schuhe und Strümpfe aus, krempelte die Hose hoch und ging ein paar Schritte hinein. Am Anfang taten die Kiesel unter seinen blanken Sohlen weh, aber er gewöhnte sich schnell daran, und das Fußbad an der Isar wurde zum wahren Genuss. Die Gebirgskühle, die der Fluss aus den Alpen bis hierher geschleppt hatte, tat Fritz gut. Das Wasser umspielte seine Knöchel. Es tat ganz harmlos, aber die Strömung war schneller als man vermutete, wenn man nur vom Ufer drauf schaute. Der Kommissar stellte sich vor, dass all sein Ärger und seine Sorgen aus ihm rausflossen und in Richtung München weggespült wurden. Er atmete tief ein und aus und lächelte selig vor sich hin. Die dummen Blicke der wenigen Passanten, die sich um diese Zeit herumtrieben, waren ihm dabei ziemlich wurscht.

Schließlich ging er zurück an Land, trocknete sich die Füße notdürftig mit Papiertaschentüchern, zog seine Schuhe wieder an und machte sich auf den Weg in seine kleine Wohnung am Fuß des Kalvarienbergs. Nach seiner Scheidung war er hierhergezogen. Eigentlich nur provisorisch, er hatte sich was Schöneres suchen wollen, wenn der erste Schmerz vorüber war. Aber zu diesem Umzug war es nie gekommen. Jetzt war er hier daheim.

Trotz seiner Entspannungsrunde kam Fritz in dieser Nacht nicht zur Ruhe. Er war hingerissen von dieser Dr. Bäumler. Zitierte im Kopf ihre, aber auch seine Sätze. Wieder und wieder. Psychologie war für ihn bisher so was wie Naturheilkunde gewesen. Nix Halbes und nix Ganzes, eher was für Menschen, die halt ein bisserl labil waren. Aber diese Frau war alles andere als labil, und das auch noch ganz und gar. Schlau, klar und einfühlsam. Tief drin musste Fritz sich eingestehen, dass er bei der Entspannungsübung im Präsidium gern mit ihr allein gewesen wäre. Ihre Stimme hätte dann nur für ihn gesummt.

Ssssss!

Ja genau: gesummt!

Ssssss!

Fritz öffnete die Augen. Sein Blick ging auf den Wecker. Aber der schlief unschuldig neben dem Bett.

Es war sein Handy, das störte.

***

Eine halbe Stunde später trafen sich Fritz und Sascha vor einer frisch renovierten Parkvilla. Hier in der Ludwig-Thoma-Straße, in der Nähe des kleinen Weihers, fand man viele schöne Anwesen. Aber dieses war herausragend. Im wahrsten Sinne des Wortes. Es lag auf einer kleinen Anhöhe mit Panoramablick.

Sascha murmelte entsprechend beeindruckt: »Ja, verreck, is des a Hüttn«.

Fritz bedachte ihn dafür mit einem Seitenblick. »Da ist es mir ja fast noch lieber, du redest dein Denglisch, bevor du mit Bayerisch daherkommst.«

»Willst damit andeuten, dass ich's nicht beherrsche?«

»Komödienstadel-Bayerisch!«

»Ich bin auf der Leopoldstraße groß geworden …«

»Eben! Bist und bleibst ein Isarpreiß.«

Sascha setzte an, noch was zu erwidern, aber Fritz wandte sich ab und machte damit deutlich, dass er sich nun auf die Arbeit konzentrieren wollte. Gemeinsam betraten sie die Luxusimmobilie, im Treppenhaus spielten die ersten Sonnenstrahlen. Marmorstufen in blendendem Weiß wendelten in die erste Etage. Sascha, der nach dem Desaster bei der Psychologin tatsächlich noch auf ein paar Halbe versackt war, bekam bei dem Licht die Lider kaum auf, behielt das aber für sich. Sonst musste er sich noch irgendwelche altklugen Kommentare anhören.

Im riesigen Entree sicherte ein junger Wachmann wie Höllenhund Zerberus den Ort des Grauens. Sascha grüßte kurz mit einem Nicken und ging voraus. Über die Ermordete hatte er früher schon mal was in der Zeitung gelesen: »Weißte, dass die Frau 'n echter A-Promi ist?«

Fritz brummte nur: »Was auch immer des heißt. Die Frau *war* es, sie ist's bestimmt nimmer – jetzt ist sie bloß noch tot.«

»Du bist ja ein richtiger Zyniker, Fritzi. Wenn das die Psychologin wüsst …«

Ein finsterer Blick von Fritz.

»Geht nur weiter durch, sie liegt im Wohnzimmer«, informierte einer der Männer im weißen Schutzanzug. Fritz zog zwei Paar Gummihandschuhe aus der Hosentasche und wollte eines davon ungefragt Sascha reichen. Er vermutete, dass der jüngere Kollege die mal wieder im Auto hatte liegen lassen. Bloß die Waffe, die hatte der Sascha bei jedem Einsatz dabei – damit konnte er schließlich Eindruck machen. Aber Sascha grinste nur frech und winkte ab. Stolz zog er seine eigenen Handschuhe aus der Tasche. Seine Vorurteile gegenüber dem jüngeren Kollegen waren Fritz jetzt fast peinlich. Was würde wohl eine Psychologin wie Dr. Bäumler dazu sagen, schoss es ihm kurz durch den Kopf. Aber er zwang sich, seine Gedanken wieder auf die Arbeit zu konzentrieren.

Fritz betrat den riesigen Wohnbereich und war irritiert von der Situation am Tatort. Dieses seelenlose Sammelsurium von Luxusgütern. Dieses Zur-Schau-Stellen von Geschmacklosigkeiten. Und zwischen Modul-Sofa, Flatscreen und Ethanol-Kamin eine wie hindrapierte tote Frau, die dennoch das einzig Lebendige in diesem Raum zu sein schien. Sie war barfuß und trug ein sehr knappes, rotes Kleid, das man wahrscheinlich als Negligé bezeichnete. Durch die tiefe Wunde am Kopf war Blut auf den Boden gesickert. Die Frisur hatte arg gelitten.

Fritz war beeindruckt von dieser Frau. Nicht sein Typ, völlig andere Liga, aber wirklich schade um sie. Die Augen standen offen, der Blick schien fragend, als könnte sie nicht glauben, was ihr da zugestoßen war. Außer der seitlichen Kopfwunde hatte sie keine weiteren Blessuren, zumindest soweit Fritz das beim ersten Augenschein erkennen konnte.

Er sah sich nach Sascha um, denn er wollte dessen Meinung hören. Doch der Kollege stand an der Wand und betrachtete die unzähligen Fotos, die dort hingen. Er winkte Fritz heran.

»Schau mal da, das ist doch der Dings … der mit dem Restaurant. Und da der berühmte Barkeeper …«

»A-Promis?«, fragte Fritz nach, und Sascha nickte erfreut. Fritz schien was dazugelernt zu haben. »Unsere Bestsellerautorin hat wohl diesen gesamten Mikrokosmos gekannt.«

Fritz wandte sich dem Regal zu. »Die Bücher hier sind anscheinend alle von ihr selbst und einer Co-Autorin …«

»… mit Namen Ina Berg.«

Sascha grinste stolz und fügte hinzu »Ich hab die zwei schon oft im Fernsehen gesehen. Du nicht?«

Da war es wieder, dieses altkluge Dauerwissen.

Statt zu antworten drehte sich Fritz müde zu den Büchern zurück und las die Titel auf den Rücken. Dann stutzte er: »Das glaubst jetzt nicht! Das Cover kenn ich, ich hab das gelesen …« Fritz hielt Sascha das Exemplar hin, auf dem ein riesiges Weißbierglas vor einer typisch bayerischen Pension zu sehen waren.

»Was hast grad gesagt?«, fiel ihm Sascha ins Wort. »Cover statt Buchdeckel? Mei, du sprichst ja Denglisch!«

Fritz überhörte die kleine Spitze. Er blätterte stattdessen in dem Buch, las hier ein paar Zeilen, dann dort, nickte, überflog den Text auf der Rückseite und sah auf das Foto der beiden Frauen, die sich anlachten. »Anscheinend hab ich einen Bestseller gelesen, ohne es zu wissen.«

»Und ohne dir den Namen der Autorinnen zu merken. Banause!« Fritz blätterte weiter. Aber Sascha gab noch nicht auf. »Wer hat dir denn den Krimi ins Haus getragen? Selber gekauft hast ihn doch bestimmt nicht.«

»Geschenk von meiner Tochter.«

»Und? Wer war der Mörder?«

»Ich weiß ja nicht, ob's das literarische Duett hier interessiert? Wir hätten erste Vermutungen zu Todeszeitpunkt und -ursache. Ich kann aber auch gern später wiederkommen, wenn ihr euren Lesekreis noch abschließen wollt.«

»Geh, Herbert, jetzt sag schon«, versuchte Fritz ihr wenig professionelles Verhalten herunterzuspielen.

Der Chef der Spurensicherung warf ihm noch einen skeptischen Blick zu, dann legte er los. »Geschätzter Todeszeitpunkt: Gegen zwei Uhr nachts. Wahrscheinlich wurde sie mit einem harten, spitzen Gegenstand erschlagen – und den haben wir wohl auch schon gefunden. Schau.« Er zeigte auf einen blutverschmierten Plastikbeutel, in dem man eine Art Pokal erkennen konnte, einen scharfkantigen Goldklumpen in Gebirgsform.

»War die auch noch Bergsteigerin?«, fragte Fritz.

»Fritzi, das ist der goldene Wendelstein«, erklärte Sascha schnell, bevor ihm Herbert zuvorkommen konnte. »Den gibt's für den besten Heimatkrimi. Und die Montagna und ihre Co-Autorin haben den schon zwei oder drei Mal abgesahnt.«

»Mit seinen Zacken eine ideale Waffe«, ergänzte Herbert.

»Wie gut, dass ich noch nie so einen Preis bekommen hab«, murmelte Sascha. »Nicht auszudenken, was passiert, wenn du mir so was über den Schädel ziehst.«

»Keine Sorge, du gewinnst beim Abfahrtslauf der Kriminaler ja höchstens den Gutschein für den Jagertee«, feixte Fritz, und diese Bemerkung heiterte auch Spusi-Herbert auf, ging er doch auf Kosten dieses jungen Gschaftlhubers. »Den Trostpreis – ha!«

Fritz wollte zurück zum Thema. »Was weißt sonst noch?«

»Dass die Terrassentür professionell mit einem Glasschneider geöffnet worden ist, habt ihr gesehen? Zu dem Zeitpunkt lag die Frau vermutlich schon im Bett. Ihr Mann war nicht da, der ist erst vor einer Stunde gekommen und hat die Tat dann gemeldet.«

»Wo war er denn, weiß man da schon was?«, mischte Sascha sich ein, während er nicht die Kollegen, sondern ein Foto mit Daphne di Montagna und dem ehemaligen Ministerpräsidenten anstarrte.

»Das klären wir später«, bog Fritz ab und wandte sich wieder dem Spurensicherer zu. Sascha musterte seinen Kollegen verärgert, während Herbert mit seinem Bericht fortfuhr.

»Ich hab gleich mal zwei Beamte losgeschickt, die die Nachbarschaft nach Auffälligkeiten befragen. Hoffe, das war in eurem Sinn?«

»Dank dir. Und was meinst, Herbert? Wie war der Tathergang?«

»Wahrscheinlich hat das Opfer irgendwas gehört, ist aufgestanden und hier runter in den Wohnraum gekommen.«

»Und dann hat sie der Täter niedergeschlagen?«, hakte Fritz nach.

»Schaut so aus.«

»Gab's einen Kampf?«

»Schaut ned so aus.«

Fritz zog eine Braue hoch: »Sexualdelikt?«

»Eher ned – aber da wird sich die Rechtsmedizin noch drum kümmern.«

Sascha schaltete sich ein: »Meinst, Mörder und Opfer haben sich gekannt?«

»Ich war ned dabei.«

»Ned? Ach so, sag's doch gleich!«, brummte Sascha vor sich hin.

»Raubmord?«, wollte Fritz wissen.

»Ihr Mann sagt, dass auf den ersten Blick nichts fehlt. Er wird aber noch mal genauer schauen.«

»Die Frage ist, ob der ein Alibi hat«, mischte sich Sascha wieder ein.

»Das findet ihr vielleicht auch ohne meine Hilfe raus«, meinte Herbert mit einem abschätzigen Blick auf den jungen Kollegen. Seinem alten Freund Fritz klopfte er freundschaftlich auf die Schulter. »Servus. Wenn was ist, rufst mich an.« In der Tür wandte er sich noch einmal um: »Und wenn ich was Neues hab, meld ich mich bei dir.«

Fritz musste unwillkürlich lächeln. Endlich mal jemand bei der Polizei, der ihn gut fand und nicht den Sascha. Wobei Herbert, der I-Tüpferl-Scheißer, der's immer ganz genau nahm, vielleicht nicht so ganz der Typ war, den man zum Freund haben wollte. Zwei alte Grantler auf dem Weg zur Rente? Fritz stellte sich vor, wie er von den Kollegen als bester Kumpel vom Aschberger Herbert gehandelt wurde, während Sascha mit den feschen Damen ausging. Aber gut, so viel Körperkontakt wie der Sascha in seiner Freizeit suchte, wollte er gar nicht haben. Also lieber mit dem Herbert auf eine Halbe, auch wenn der wahrscheinlich stundenlang von seiner Eisenbahn erzählte. Immerhin machte er seine Arbeit sauber und erleichterte damit dem Fritz die seine.

Während Sascha in die Küche ging, wo der Ehemann der Verstorbenen saß, gönnte Fritz sich noch einen Blick in die obere Etage. Es war so, wie er vermutet hatte. Auch das Schlafzimmer fand er teuer und geschmacklos – vielleicht gefiel das den reichen Leuten: ein schwarzgelackter Parkettfußboden, Schiebetüren, die zu begehbaren Kleiderschränken führten, und in der Mitte des Raumes eine riesige Schlafinsel. Die glänzende rot-schwarze Bettdecke war an einer Ecke aufgeschlagen. So wie man es macht, wenn man nur noch mal kurz aufstehen will, um auf Toilette zu gehen, einen Schluck zu trinken oder eben schnell nach dem Rechten zu sehen. Aber dieser Mensch hier war nie mehr in sein Bett zurückgekehrt, weil im Wohnzimmer etwas Schreckliches geschehen sein musste. Die Laken waren danach langsam ausgekühlt, genau wie die Leiche im Erdgeschoss.

Einen Moment lang ließ sich Fritz vom Fall ablenken. Er wollte bestätigt wissen, was er vorhin schon vermutet hatte: Von hier oben hatte man einen unschlagbaren Blick. Alle Kirchtürme von

Tölz und dahinter die Alpenkette in voller Pracht. Noch fantastischer als der Ausblick aus seinem Bürofenster, nur dass die Bewohnerin dieses Hauses nichts mehr davon hatte.

Als Fritz in die glanzgewienerte Küche kam, versuchte Sascha gerade, den Ehemann von Daphne di Montagna davon abzuhalten, sich Grappa ins Saftglas zu schütten. Er wirkte stark angetrunken, übernächtigt und ziemlich verzweifelt. Sascha hatte bereits mit der Befragung begonnen.

»Also, wo waren Sie heute Nacht, Herr di Montagna?«

»Ich heiße nicht Montagna, sondern Schmidt. Schlicht und einfach Oliver Schmidt.«

»Aber Ihre Frau ...«

»... hieß Anna Huber. Sie hat ihren Mädchennamen bei der Hochzeit behalten wollen. Sich dann aber als Autorin umbenannt in di Montagna. Sollte ein bisschen mondäner klingen als Huber. Klar - bei dem Beruf!«

»Was sind denn Sie von Beruf?«, wollte Fritz wissen.

Ein dunkler Blick des Witwers. »Ich hatte eine PR-Agentur.«

»Und dann?«

»Dann ging alles den Bach runter.«

Das hätte Fritz gerne genauer gewusst, aber Sascha kam zurück zu seiner eigentlichen Frage. »Wo waren Sie heute Nacht?«

Oliver Schmidt seufzte und fasste in seine Sakkotasche. Er zog einige zerknitterte Belege heraus und legte sie auf den Tisch.

»Kneipe, Taxi, Kneipe, Kneipe, Taxi ... Falls Sie glauben sollten, ich hätte Daphne umgebracht.«

Sascha nahm die Belege, strich sie glatt und ordnete sie nach Uhrzeit. »Alle Achtung. Bis fünf Uhr in der Kultfabrik in München.«

»In Bad Tölz war nichts mehr los.«

Fritz schaute kritisch auf die Quittungen. »Wenn die alle von Ihnen sind.«

»Meinen Sie wirklich, ich bring meine Frau um, geh dann in die Kneipe und sag: Gibst mir einen Beleg, aber er muss zwei Stunden alt sein!«

»Wir haben schon alles Mögliche erlebt, Herr Schmidt.« Sascha machte einen auf alten Hasen.

»Wir werden auf alle Fälle in den Kneipen nachfragen«, beendete Fritz das Thema und setzte sich zu Oliver Schmidt an den Tisch. »Sie sind also gerade arbeitslos?«

Schmidt nickte nur.

»Schwer, wenn die eigene Frau so erfolgreich ist …«

»Früher war's mal anders rum. Ich war der Chef und sie eine meiner Mitarbeiterinnen.«

Oliver Schmidt griff nach der Flasche. Diesmal war Fritz schneller. Er stellte den Grappa weg und sah den Witwer mitfühlend an. Eigentlich ein recht fescher Kerl, dachte er. Anfang vierzig. Interessantes Gesicht. Ein wenig ungepflegt. Sportliche Figur. Schon ein bisschen aufgeschwemmt. Vom Kummer vielleicht. Oder vom Alkohol.

»Aber dann …«, seufzte Oliver Schmidt.

»… kamen die Bestseller, und Ihre Frau hat Sie nicht mehr gebraucht.«

Fritz warf Sascha einen bösen Blick zu. Wenn das seine vielgerühmten Soft Skills waren, dann war die Erde eine Scheibe. Doch Sascha setzte noch eins drauf. »Das klingt nach einem sauberen Motiv.« Er beachtete nicht den warnenden Augenaufschlag von Fritz, der gerne noch mehr von Oliver Schmidts ehrlichen Antworten bekommen hätte.

»Ich war's aber nicht«, sagte der und angelte sich doch noch die Flasche. »Dafür bin ich viel zu feige.«

***

Die ganze Nacht habe ich drüber nachgedacht. Weil schlafen hab ich ned können. Das hätt einfach ned passieren dürfen. Aber an mir hat's ned gelegen. Ich hab dich nur erschrecken wollen, dir zeigen, wie das ist, wenn man auf einmal wie ein Depp dasteht und ein anderer lässt einen tanzen, wie's ihm grad gefällt. Aber du hast ja immer noch die Madame gespielt. Hast gemeint, du könntest noch gscheit daherreden und auf die andern runterschauen. Naa, da hast dich getäuscht. Ich hab dir gezeigt, wo der Bartel den Most holt. Hat mir selber wehgetan, dass ich dir hab wehtun müssen. Reg mich immer noch auf, zitter am ganzen Körper. Aber ist ned anders gegangen. Sonst kapierst du ja ned, dass du mit den andern Leuten ned alles machen kannst.

Mei, Madel, warum hast ned auf mich gehört. Ich hab's dir so oft … So oft hab ich's dir gesagt.

***

Langes Schweigen im Auto. Unangenehmes Schweigen. Als läge etwas in der Luft. Das hält der Sascha keine fünf Minuten aus, da war sich Fritz sicher.

Schon kam es vom Fahrersitz: »Und was hast so am Wochenende gemacht?«

»Nix.«

»Gar nichts? Das gibt's doch nicht. Irgendwie ist man doch immer busy.«

»Wenn du's genau wissen willst: Am Samstag war ich kurz in der Stadt und hab mir ein neues Gwand gekauft, dann war ich mit meiner Tochter beim *Starnbräu*. Und ich hab ihr was am Auto gerichtet. So was halt.«

»Weißt du, dass du mir die Kathrin immer noch nicht vorgestellt hast? Und das, obwohl wir schon seit mehr als zwei Jahren ein Team sind.«

»Das hat schon seinen Grund.«

»Was wäre denn so schlimm, wenn ich ihr gefalle?«

»Dass ich dich dann auch nach Feierabend sehen muss.«

Sascha Kunz grinste nur. Er wusste doch, dass es sein Kollege nicht so meinte. Oft genug gingen sie abends noch auf ein Bier. Und wenn ihnen eine Leiche gar zu sehr zusetzte, dann verbrachten sie viel Zeit miteinander, weil keiner von beiden allein sein wollte. Da halfen Sascha seine Frauengeschichten gar nichts, da war er lieber beim alten Fritz und trank mit ihm ein paar Halbe.

Sascha konnte sich vorstellen, dass Fritz ein guter Vater war. Als Ehemann war er wohl nicht so erfolgreich gewesen. Na ja, er redete eben zu wenig.

Auf der Lenggrieser Straße standen sie erst einmal. Fritz klopfte nervös mit den Fingern auf die Armlehne: »Wer fährt denn um diese Zeit stadtauswärts?«

»Wir. Und ein paar andere auch. Siehst doch.«

»Vielleicht ist ein Unfall da vorne.«

»Jetzt klopf nicht rum. Entspann dich lieber. So wie's uns die Psychologin gezeigt hat.«

Sascha machte es sich, wie zum Beweis, auf dem Fahrersitz bequem, schloss für einen Moment die Augen, atmete betont tief.

Die Autos vor ihnen setzten sich wieder in Gang, und Fritz boxte ihn in die Flanke. »Geh, fahr weiter!«

Langsam kamen sie vorwärts. Irgendwann löste sich der Stau auf, als hätte es nie einen gegeben. Sascha gab Gas. Nun schwieg auch er.

Fritz Fischhaber war es fast unheimlich, dass der jüngere Kollege nicht redete. Aber ihm lag etwas auf der Seele, und er wollte es loswerden, bevor sie mit der Befragung von Ina Berg anfingen. Etwas ungeschickt leitete er die Konversation ein.

»Du sagst ja gar nix.«

»Du doch auch nicht.«

»Bei mir ist das aber normal.«

»Willst sagen, ich bin ein Schwätzer?«

»Warum hast mich denn bei der Befragung von dem Ehemann andauernd unterbrochen?«

»Ich dich? Du mich! Erst hast mich allein anfangen lassen und dann bist dazu gekommen und wolltest den Chef spielen.«

»Des hat für mich aber ganz anders ausgeschaut.«

»Weil du dich ganz selbstherrlich in den Vordergrund gedrängt hast.«

Fritz starrte mit großen Augen auf den Kollegen, der kräftig beschleunigte, um bei dunkelorange noch über die Ampel zu kommen. »Selbstherrlich? Ich?«

»Freilich, wie du mit dem Korinthenkacker von der Spusi rumgemacht hast.«

»Also erstens hab ich mit dem Herbert gar nicht *rumgemacht* …«

»Ihr habt mich echt ausgegrenzt!«

»Du hast dir ja lieber die Fotos von den Stars an der Wand angeschaut.«

»Weil wir wissen müssen, mit wem die Tote Umgang hatte!«

»Und weil du promigeil bist.«

Wütend trat Sascha in die Bremse. Er spürte fast körperlich die Wand aus Vorurteilen, gegen die er prallte. Fritz hatte seit Anbeginn eine feste Meinung über ihn gehabt, da konnte er sich weiterentwickeln, wie er wollte, er, Sascha, blieb der oberflächliche Schwätzer mit dem gefährlichen Halbwissen, der Mann ohne Format und Tiefgang, der Unprofessionelle. Er holte zum Gegenschlag aus: »Wenn ich das deiner Psychologin sag, wie du mich hier beleidigst!«

»Das ist nicht nur meine Psychologin!«

Jetzt war auch Fritz wütend. Leider hatte er noch keine Zeit gehabt, sich das Merkheft für die Sascha-Sprüche zu besorgen. Er hätte sich jetzt gern ein paar Notizen gemacht, um den jungen Kollegen beim nächsten Termin mit Frau Dr. Bäumler zu zitieren.

Von wegen ideales Team. Wenn er sich's aussuchen könnte, dann wäre er jetzt lieber mit jedem anderen Kollegen unterwegs, selbst wenn's einer wie der Herbert wär. Fritz sah trotzig zum Fenster raus. Ein Blick auf seine Isar, die sich hier entlang der

Straße in ihrem steingrauen Bett hin und her warf, könnte ihn vielleicht beruhigen, aber das Herbstlaub war noch zu dicht. Nur ab und zu glitzerte es verheißungsvoll grün zwischen den rötlichen Blättern.

Dicke Luft dagegen im Auto. Beide Kommissare schwiegen. Selbst als sich Sascha in Lenggries verfuhr und in Hohenburg beim Mädchengymnasium landete, verkniff sich Fritz einen blöden Kommentar. »Ich glaub, es ist eher dort drüben.«

»Jetzt hab ich's auch gespannt«, knurrte Sascha, fuhr die Hauptstraße zurück und bog in den Ludwig-Thoma-Weg ein.

»Schon komisch«, begann Fritz dann doch wieder die Unterhaltung. Das Thema Teamdynamik wollte er hinter sich lassen. »Die eine wohnt in Tölz in der Ludwig-Thoma-Straße, die andere in Lenggries im Ludwig-Thoma-Weg.«

»Im Oberland gibt's kein Dorf ohne Ludwig Thoma.«

»Sie sind halt stolz auf ihren Dichter«, erklärte Fritz.

»Aber das ist noch nicht alles an Parallelen«, bemerkte Sascha spitzfindig. »Die eine heißt Berg, und die andere nennt sich di Montagna, was ja auch nichts anderes meint, als dass sie vom Berg kommt, oder?«

»Ich kann kein Italienisch.«

»Aber ich«, sagte Sascha, »und ich sag dir: Die wollte einfach nur vornehmer klingen als die Berg. Heißt aber eigentlich genauso. Und wurde auch noch von einem erschlagen.«

»Wennst meinst.«

»Von einem goldenen sogar. Wenn das nicht Ironie des Schicksals ist!«

Sie parkten direkt am Eingang eines großen Wandergebietes. Davor hübsche kleine Einfamilienhäuser, die meisten im altbayerischen Stil, Vorgärten mit üppigen Blumen und Staudenbeeten, nicht perfekt gezupft, dafür lebendig: Efeu, der die Hausmauern hochrankte, Zäune, die schon ein bisschen morsch wirkten.

Fritz suchte das Haus von Ina Berg und atmete dabei tief durch. »Schön ist es hier.«

»Bisserl arg ruhig«, antwortete Sascha.

»Trotzdem«, beharrte Fritz. »Das ist doch viel schöner als da, wo die Montagna wohnt. Irgendwie ursprünglicher.« Er sah auf ein Kinderfahrrad, das vor einer Eingangstür stand, Figuren aus durchsichtigem Papier in den Fenstern.

An der Gartentür nebenan stand der Name, den sie suchten. Fritz drückte die Klingel. Nichts rührte sich.

»Gehn wir rein?« Ohne eine Antwort abzuwarten, machte Sascha das Türchen auf und ging über die Pflastersteine auf das Haus zu.

Gerade als er klopfen wollte, kam eine Frau aus dem hinteren Teil des Gartens nach vorne. Sie trug eine Schürze, alte Schuhe, die Hände waren voll mit Erde. »Wollen Sie zu mir?«

»Wenn Sie Ina Berg sind, dann schon.«

»Und mit wem hab ich das Vergnügen?«

Fritz wollte schon seine Dienstmarke herausziehen, aber Sascha war schneller.

»Sascha Kunz. Und das da ist mein Kollege Fritz Fischhaber.«

Ina Berg starrte irritiert auf die Dienstmarke. »Kriminalpolizei?«

Fritz nickte: »Leider mit keiner guten Nachricht.«

Er holte kurz Luft und wollte weiterreden, doch da fiel ihm Sascha ins Wort. »Daphne di Montagna ist ermordet worden.«

»Was?«

Ina Berg starrte die beiden Männer an, sie taumelte, hielt sich an der Hausmauer fest.

Ein paar Wandertouristen gingen draußen vorbei. Fritz bemerkte die neugierigen Blicke. »Wir gehen besser rein!«

Ina Berg nickte. Sie holte einen Schlüssel aus ihrer Schürze und sperrte die Haustür auf.

Während sie sich die Hände wusch, sahen Fritz und Sascha sich interessiert im Wohnzimmer um. Die Räume im Haus waren klein, aber sie hatten eine gemütliche Ausstrahlung. Naturholzmöbel, manche weiß gekalkt, so als hätte sie jemand liebevoll mit Kreide bemalt. Viele Bücher. »Nicht nur ihre eigenen«, wie Sascha gleich feststellte. An der Wand zwei abstrakte Gemälde sowie einige Fotos. Sie zeigten Ina Berg mit einer älteren Frau und mit zwei Männern in ihrem Alter.

»Meine Mutter und meine Brüder«, sagte Ina Berg, die eingetreten war, ohne dass Fritz und Sascha sie gehört hatten. Sie trug eine alte Jeans und ein Sweatshirt, die Gartenschürze hatte sie abgelegt. Dicke Socken wärmten ihre Füße.

»Bitte, setzen Sie sich.« Sie nahm selbst Platz und starrte vor sich hin. »Da beschreibt man wieder und wieder diese Szene: Die Polizei muss den Angehörigen die schlechte Nachricht überbringen. Und jetzt sitz ich hier mit Ihnen … Sagen Sie's noch mal. Ich kann's immer noch nicht fassen.«

Fritz war sicher, dass das nicht notwendig war, die traurige Nachricht zu wiederholen, aber Sascha nahm die Aufforderung wörtlich. »Daphne di Montagna wurde vergangene Nacht in ihrem Haus in Bad Tölz ermordet.«

»Aber von wem?«

»Das wissen wir noch nicht«, sagte Fritz sachlich.

Ina Berg stand sichtlich unter Schock. Sie legte die Hände auf den Tisch, und als sie selbst merkte, dass diese zitterten, hielt sie die eine Hand mit der anderen fest.

»Brauchen Sie irgendwas?«, fragte Fritz besorgt. »Vielleicht einen Kaffee oder einen Tee?«

»Eigentlich sollte ich Ihnen etwas anbieten«, murmelte Ina Berg, »aber …«

»Magst du nicht schnell einen Tee machen?«, wandte sich Sascha an den älteren Kollegen.

Und Fritz wusste, dass die Befragung nun weitgehend ohne ihn stattfinden würde. Was ihm nicht gefiel. Trotzdem begab er sich in die Küche.

»Sie kannten Daphne di Montagna sicherlich gut. Immerhin waren Sie ein Autorenteam.«

»Wir kennen uns fast von Geburt an. Wir sind im selben Dorf geboren, zusammen in die Grundschule und aufs Gymnasium gegangen. Es fühlt sich grade an, als wäre mit ihr ein Teil von mir gestorben.«

»Mir kommt's so vor, als wären Sie doch recht unterschiedlich gewesen.«

»Daphne«, sie schluckte, »war ein sehr extrovertierter Mensch. Sie liebte es, viele Leute um sich zu haben. Partys, Gesellschaften, Luxus, Promis.«

»Und Sie mögen es lieber ruhig?«

»Machen Sie sich selbst ein Bild.«

»Trotzdem waren Sie Freundinnen.«

»Wir haben uns zwar in sehr verschiedene Richtungen entwickelt …«

»Das kann man wohl sagen«, kommentierte Sascha, was bis in die Küche drang, wo Fritz gerade das Teewasser aufsetzte. Er verdrehte genervt die Augen. Wenn der doch einfach mal seine Klappe halten würde! Da der Wasserkocher nicht ganz leise war und er jetzt nicht mehr mithören konnte, verließ er die Küche und kam zurück ins Wohnzimmer.

»… aber wir haben trotzdem irgendwie zusammengehört«, vollendete Ina Berg ihren Satz.

»Gab's nie Probleme?«, fragte Sascha.

Ina Berg atmete tief durch. »Haben Sie gestern am späten Nachmittag die Sendung im BR gesehen, zu der wir eingeladen waren? Die, bei der es um Heimatkrimis ging?«

»Nein, wir hatten noch eine Sitzung. Ich meine, wir saßen halt da und hatten ein Gespräch«, schaltete Fritz sich ungelenk ein.

»Glauben Sie uns, wir hätten viel lieber Ihren Auftritt im Fernsehen gesehen«, ergänzte Sascha mit einem vielsagenden Blick zu Fritz.

»Wir arbeiten … wir *haben* an einem neuen Krimi gearbeitet. Und ich bin nach wie vor der Meinung, dass es besser ist, nicht über die Handlung zu reden, solang sie nicht rund ist. Aber Daphne wollte ihren Mund nicht halten.«

»Kenn ich«, brummte Fritz.

»Ich glaub, das Teewasser kocht«, unterbrach ihn Sascha, und tatsächlich hörte man aus der Küche ein dumpfes Brodeln. Er war überzeugt, dass er das hier am besten allein hinkriegen würde. Fritz sollte sich einfach mal raushalten. Bei der hochsensiblen Ina Berg brauchte es Einfühlungsvermögen, und davon hatte er eindeutig mehr. Es war schon so: Er sah den Frauen oft auf den ersten

Blick an, was sie dachten, fühlten und wollten. Halt ein echter Frauenversteher.

Fritz verschwand folgsam, schaltete aber schnell das Gerät aus, damit er von der Küche aus lauschen konnte.

»Ich hätte noch nicht so viel ausgeplaudert«, erzählte Ina Berg. »Nach der Sendung hatten wir deswegen eine kleine Diskussion. Aber Daphne liebte eben Effekte – und dieser Auftritt war wirkungsvoll, das muss man ihr lassen ...«

»Wir werden uns die Sendung anschauen«, sagte Sascha und tippte eine Notiz in sein Handy.

Fritz kam rein, drei volle, dampfende Tassen an den Henkeln haltend und mit einem sehr konzentrierten, aber leicht schmerzverzerrten Gesichtsausdruck, weil eine der Tassen verrutscht war. Der Tee tropfte bereits auf seine Hand.

»Das ist doch viel zu heiß«, rief Ina Berg, stand hastig auf und nahm ihm zwei Tassen ab. Sie lächelte und stellte eine Tasse vor Sascha hin.

»Geh, das ist so liab von dir, dass du auch an mich gedacht hast, Fritzi. Aber du weißt doch, dass ich Tee nicht leiden mag.«

Ina unterbrach die schwelenden Teamkonflikte: »Sie wollen bestimmt wissen, ob ich ein Alibi habe.«

»Wo sind Sie denn nach der Sendung hin?«, fragte Fritz.

»Ich bin nach Hause und hier geblieben, dafür gibt es leider keine Zeugen.«

»Was ist mit Ihren Nachbarn?«

»Die haben mich sicher heimkommen sehen. Aber die ganze Nacht überwachen sie mich nicht. Hoffentlich!«

Fritz machte sich eine kleine Notiz, da schrak Ina Berg zusammen.

»Mein Gott: Daphnes Eltern! Es wird furchtbar werden, wenn sie es erfahren. Muss ich da anrufen?«

»Das machen wir schon – keine Sorge«, erwiderte Sascha ritterlich.

***

Schon seit heut Morgen um sechs war sie auf den Beinen. Vor Kirchweih war immer viel zu tun. Sie wollt die Mama nicht allein lassen mit all ihren Pflichten. Oberthanning rüstete sich für die große Feier: In den Küchen klapperte und polterte es, Fenster wurden geledert, Böden gewischt, und überall im Ort roch es nach siedendem Schmalz. Aber es waren nicht nur anstrengende Stunden. So ein bisserl war's wie Weihnachten – die Vorfreude auf das Fest war groß. Während die Resi gedankenverloren das Geschirr abwusch, sah sie die Ina und die Anna, wie sie tuschelnd zur Kirche runterliefen. Anscheinend hatten die beiden wenig Interesse daran, ihren Eltern bei den Vorbereitungen zum großen Festtag zu helfen.

Mit der Ina hatte die Resi schon als kleines Madel gespielt. Die wohnte ja nicht weit weg vom Hof, da lief sie einfach die Straße rauf und klopfte an. Auf die Wiesen rannten sie, pflückten Blumen und schmückten die Scheune damit. Oder schaukelten mit Kränzen im Haar an der alten Linde. Sie waren immer so lang ein Herz und eine Seele, bis die Anna sie aufstöberte.

Wenn die Ina sie nur von Weitem kommen sah, veränderte sie sich. Das konnte die Resi spüren. Und die Bewunderung stand der Ina im Gesicht geschrieben. Aber nicht nur das, auch so was wie Unterwerfung.

Einmal hatte die Anna gefragt: »Spielen wir Versteck?«, und Ina hatte eifrig genickt.

»Du fangst an«, befahl dann die Anna, und Resi drehte sich um, das Gesicht zur Hauswand, und fing an zu zählen. »Eins, zwei, drei, vier …« Bis dreißig ging's. Dann drehte sie sich um und rief: »Ich komme!«

Sie suchte die beiden mehr als eine Stunde, fand sie aber nicht. Die hatten sich nicht versteckt, die waren abgehauen und hatten die Resi einfach stehen lassen.

***

»Was haben wir jetzt?« Sascha ließ sich auf den Fahrersitz plumpsen und schnallte sich an.

»Ina Berg und Daphne di Montagna waren seit Urzeiten Freundinnen, aber zwischendurch gab's auch mal Unstimmigkeiten. Sie haben sich gestern nach der Fernsehsendung getrennt und sind offenbar beide allein heimgefahren. Die eine wurde ermordet, die andere hat nicht wirklich ein Alibi.«

Sie fuhren zurück nach Bad Tölz. Beide beschäftigte noch das Streitgespräch von der Hinfahrt, aber keiner wollte sich schon wieder aufs Glatteis begeben. Dann lieber beim Fall bleiben.

»Mei, das hat die ganz schön umgehauen, was?« Sascha seufzte mitfühlend.

Fritz brummte nur etwas Unverständliches und zog sein Handy raus. Dann kramte er umständlich nach einem mehrfach gefalteten Zettel mit einer Telefonnummer darauf.

Sascha war noch lang nicht fertig: »Immer wieder hart, wenn man eine schlechte Nachricht überbringen muss. Dazu könnte uns die Psychologin mal was sagen, das uns wirklich weiterbringt. Aber da fällt ihr bestimmt nichts Gescheites ein.«

»Kannst bitte mal still sein …« Fritz unterbrach sich selbst und meldete sich: »Grüß Gott, Herr Schmidt, da ist noch mal Fritz Fischhaber von der Kripo.«

Sascha sah den Kollegen überrascht an. Doch der redete schon weiter.

»Ich wollte Ihnen bloß sagen, dass Sie's nicht vergessen. Sie sollten sich zu unserer Verfügung halten.«

»Das hab ich ihm doch schon gesagt!«, mischte sich Sascha ein.

»Ah, der Kollege hat's Ihnen schon gesagt«, echote Fritz. »Gut. Wir melden uns bald bei Ihnen.« Er schaltete das Handy aus und wirkte zufrieden.

»Was war jetzt das wieder für ein Schmarrn?«, fragte Sascha nach, aber Fritz runzelte nur seine Stirn und machte sich komische kleine Notizen direkt neben der Handy-Nummer.

Sascha wollte schon gern wissen, was er sich da alles aufschrieb, war aber zu stolz nachzufragen. Deshalb kehrte er zu seinem Thema zurück. »Ina Berg hat die Nachricht ja total aus den Schuhen gehauen.«

»Ja, das hat sie nicht schlecht gespielt.«

Sascha schlug mit den Händen aufs Lenkrad. »Das war echt, Mann!«

Fritz grinste den jüngeren Kollegen an. »Beim Teekochen hab ich in der Küche das Telefon von der Berg entdeckt und hab mir mal die letzten Anrufe angeschaut, die sie gekriegt hat. Jetzt rat mal …« Fritz genoss seine momentane Überlegenheit.

»Sag's halt!« Sascha wirkte wieder ziemlich genervt.

»Eine Viertelstunde, bevor wir gekommen sind, hat sie einen Anruf erhalten. Und das war …«

»Oliver Schmidt?« Saschas Mundwinkel wanderten langsam nach oben. »Deshalb hast du den noch mal angerufen. Du hast wissen wollen, wer hinter der Nummer steckt?«

Fritz Fischhaber nickte.

»Sie hat also schon gewusst, dass ihre Freundin tot ist.«

»Aber uns hat sie vorgespielt, sie sei vollkommen überrascht von der Information.«

Sascha grübelte. »Warum macht sie das?«

Fritz zuckte nur die Schultern.

»Am besten wir drehen um und fragen.«

Fritz schüttelte den Kopf: »Naa! Sie muss nicht gleich merken, dass wir das wissen. Außerdem müssen wir zurück ins Präsidium. Wir haben nachher den Termin mit Frau Dr. Bäumler.«

»Are you crazy?« Sascha sah ihn fassungslos an. »Jetzt, wo wir die beste Ausrede von Welt haben: einen Mordfall!«

»Wir haben gesagt, dass wir am Abend kommen.«

»Sie hat das gesagt und nicht wir!«

Fischhaber war hin- und hergerissen. Auf der einen Seite wollte er diese umwerfende Psychologin so schnell wie möglich wiedersehen, auf der anderen Seite hatte er durch den mangelnden Schlaf ein Knautschgesicht, das er ihr nicht unbedingt präsentieren wollte. Heute Morgen war weder Zeit für Dusche noch Rasur gewesen. Er hatte sich in aller Eile ein kariertes Hemd und seinen Walk-Janker angezogen – ein altmodischer Naturburschen-Look, der nicht das transportierte, was Fritz vor Frau Doktor gern sein wollte. Außerdem ging Mord wirklich vor. Ein professioneller Bulle musste seine Herzdame auch mal warten lassen. Punkt.

Sascha unterbrach seine Gedanken: »Wir müssen definitiv zu den Eltern von Daphne, und weil die in München-Nord wohnen, fahren wir sprit- und zeitsparend im Anschluss zum BR und reden mit den Leuten, die bei der Sendung dabei waren. So wird 'n Schuh draus!«

Sascha sprach wieder mal aus, was Fritz sich nur gedacht hatte. »Wenn du meinst ...«

Sascha nickte entschlossen: »Und du rufst die Psychologin an und sagst unsern Termin ab. Es gibt jetzt Wichtigeres!«

»Kannst du das nicht machen?«

»Mei Fritzi, den besten Draht zu ihr hast eindeutig du!«

Im Büro für Interne Kommunikation lief nur das Band. Glück gehabt. Fritz hinterließ eine Nachricht, die prägnant und kernig begann: »Sie verstehen: Der Fall geht vor«, unglücklicherweise aber schwammig endete: »... hat aber nichts mit unserer Lust, ich meine, unserer Freude zu tun, Sie zu sehen. Wir werden uns ganz schnell melden. Also auf Wiedersehen. Ich meine natürlich ... -hören. Auf Wiederhören!«

Nachdenklich senkte Fritz das Handy. Er war nicht zufrieden mit seiner Performance, die verschwiemelten Sätze waren jetzt unwiderruflich auf Bäumlers Box.

Sascha schaute amüsiert auf seinen Beifahrer. »Alles klar?«

»Wie jetzt?«

»Ich mein ja nur. Wirktest irgendwie erregt, ähh, aufgeregt, find ich.«

»Hörst jetzt endlich auf, immer was in mich hineinzudeuteln!«

»Schon gut, schon gut.« Sascha machte Musik an und begann mit einem Mal mitzusingen: »Mir fehlen die Worte, ich hab die Worte nicht, dir zu sagen, was ich fühl. Ich bin ohne Worte, ich finde die Worte nicht. Ich hab keine Worte für dich.«

Dieser Hund!

Sie kamen gut durch. Als sie in Holzkirchen auf den Beschleunigungsstreifen der Autobahn Richtung München einbogen, war es nicht mal zwei Uhr. Sascha umrundete das Stadtgewimmel über die Ostumfahrung, und eine halbe Stunde später fuhren die beiden in Oberföhring vor ein schlossähnliches Gebäude. Das Haus mochte hundert Jahre auf dem Dachstuhl haben, war aber poliert wie ein Neubau. Sascha gab sich einen Ruck. Nachdem Fritz ihm den Anruf bei der Psychologin abgenommen hatte, würde er die Verantwortung für das Elterngespräch tragen.

An der Klingel kein Name – so wie bei den Reichen und Prominenten üblich. Eine Kamera inspizierte die Beamten wie eine neugierige Schlange. Aus der Haussicherungsanlage kam ein digital verzerrtes »Ja bitte?«

Sascha hielt sein Kärtchen in die Linse und stellte sich mustergültig vor. Dann ertönte der Summer.

Unverständnis, Nachfragen, Ungläubigkeit, Stille, Entsetzen, Heulattacke. Sascha brachte die typischen Stadien der Angehörigengespräche routiniert hinter sich. Der Vater hielt seine Frau fest in den Armen, die Beamten saßen ihnen gegenüber, jeder in einem großen Ledersessel. So hockten sie alle vier eine Weile in dem sonnigen Wohnzimmer mit Blick auf eine riesig große, von Bäumen und Sträuchern gesäumte Grünfläche, die an den Englischen Garten grenzte, von diesem aber durch einen wehrhaften Zaun getrennt war. Wenn sie später wegfuhren, da war sich Fritz sicher, würde hier nichts mehr so sein wie es mal war. Nie wieder.

Was für einen elenden Beruf sie hatten.

Nach einer traurigen Pause brach er das Schweigen: »Darf ich fragen: Warum leben Sie in München? Sie stammen doch beide aus Oberthanning, haben Ihre Kindheit da verbracht, und Ihre Tochter ist dort geboren.«

Es dauerte, bis sich der Vater eine Antwort herausquälte: »Wir hatten das Leben im Ort satt. Daphne hat uns angeboten, das nette Häuserl hier zu kaufen.«

»Der Erfolg unserer Tochter hat das Dorf verändert. Viel Neid, verstehen Sie?«, schob die Mutter nach.

»Die konnten einfach ned damit umgehen, dass da eine war mit einem Horizont, der wo nicht hinterm nächsten Weidezaun endet«, ergänzte der Vater. »Und das haben sie auch uns Eltern verübelt.«

»Ist ned schade drum, dass wir jetzt hier wohnen, gell Hans? Hier ist's besser für uns. Hier haben wir unsere Ruhe und müssen uns nicht rechtfertigen für das, was unsere Anna schreibt.« Sie drückte ihre Schniefnase tief ins karierte Baumwolltuch.

Die Eltern von Anna Huber alias Daphne di Montagna waren erstaunlich bodenständige Menschen. Ohne Dünkel, ohne Schnörkel. Sie hatten in Oberthanning einen Tante-Emma-Laden besessen, das hatte Fritz bei seiner ersten Recherche gelesen. In dieser Luxusimmobilie in München wirkten sie wie verloren. Als hätte Daphne sie in einen Käfig gesetzt.

»Wann haben Sie Ihre Tochter eigentlich das letzte Mal gesehen?«, wollte Fritz wissen.

Die Mutter musste sich ein paar Tränen verdrücken: »Gestern beim BR.«

»Sie waren bei der Sendung dabei?«

»Naa! Da vom Sofa aus haben wir's gesehen.«

»Wir meinten eigentlich, wann Sie sie das letzte Mal in Natura getroffen haben?«

»Das ist schon länger her …« Der Vater grübelte: »Ostern?«

Es gab kaum Kontakt zur Tochter. Schon lange nicht mehr. Die Eltern von Daphne hatten sich damit abgefunden, ihr einziges Kind im Fernsehen und auf Buchdeckeln zu bewundern. Wenn sie ihre Erfolge lieber mit anderen feierte, dann sollte sie das ruhig tun, war die nachsichtige Einstellung der beiden.

Fritz und Sascha wollten nicht länger stören. Das Kriseninterventionsteam würde gleich anrücken, und so verließen sie das Haus.

»Die beiden haben ja noch sich«, kam von Sascha, als er sich ins Auto setzte.

***

Von dem Haus der alten Hubers war das Fernsehgelände des Bayerischen Rundfunks nur einen Steinwurf entfernt. Sascha stellte den Wagen großkotzig vor die Schranke des Senders, die aber blieb unbeeindruckt geschlossen. Es half alles nichts, die Kommissare mussten aussteigen und dem Pförtner ihre Dienstmarken unter die Nase halten.

Ein paar Minuten später standen sie im Büro der zuständigen Redaktion. Vor ihnen ein Regisseur, ein Chef vom Dienst und ein Planer. Fritz hatte keinen blassen Schimmer, was deren Aufgabe im Einzelnen war, jedenfalls hatten diese drei gestern die Sondersendung »Heimatkrimi« betreut. Die Nachricht über Daphne di Montagnas Tod überraschte sie nicht, die Eilmeldung hatte sie längst erreicht.

»Ina Berg hat uns erzählt, dass es nach der Sendung zwischen den beiden Autorinnen Diskussionen gab.«

»Wirklich?« Der Chef vom Dienst schien ahnungslos.

»Hab ich nicht mitbekommen«, brummte der Regisseur »Aber ich war auch nicht so dran an den beiden.«

Nur der Planer hatte mit angehört, dass die beiden nach der Sendung in der Garderobe gestritten hatten. »Diskussion ist gut! Da flogen die Fetzen. Ich glaub, die Berg hat gesagt, dass sie aussteigen will, und dann hat die Montagna was von Rechten an den Büchern gebrüllt, dass die sowieso alle ihr gehören würden und dass Ina Berg dann nichts mehr bliebe. Ganz ehrlich: Ich hatte Angst, die tun sich was an.«

»Hört sich an wie ein typischer Fall von Stutenbissigkeit«, fasste der Regisseur trocken zusammen. Die drei Fernsehmacher grinsten. Sascha biss sich auf die Lippen, um nicht mitzulachen. Nur Fritz blieb ernst.

»Wie meinen Sie das: Sie hatten Angst, die tun sich was an?«

»Also wenn meine Frau so drauf ist, schau ich, dass ich Land gewinn. Hysterisch halt. Außer sich!«

»Und wie sind sie dann nach Hause gefahren? Getrennt?«

»Die waren mit zwei Autos da. Ich weiß das wegen der Durchfahrtgenehmigung für die Pforte. Ich hab beiden einen Zettel ausgefüllt.«

Sascha, der die ganze Zeit nur zugehört hatte, mischte sich ein: »Und in der Sendung selbst? Ist Ihnen da schon was aufgefallen?«

»Nicht wirklich. Sie haben über ihr neues Projekt gesprochen. Viel verraten haben sie nicht, bloß angetriggert, Buchmarketing eben!«

»Sie haben sicher einen Mitschnitt für uns«, bat Fritz, aber der Chef vom Dienst schaute ihn verständnislos an: »Sie finden unsere Sendung im Netz. Sie haben doch Internet-Zugang bei der Tölzer Polizei, oder nicht?«

Hier trafen zwei Welten aufeinander: der alte Fritz und die neuen Medien. Sascha als Missing Link musste vermitteln.

»Kein Problem, wir streamen das Teil in der Mediathek. Und hier ist meine Karte. Kurzer Anruf, wenn Ihnen noch was einfällt. Schönen Tag auch.«

»Eine Frage«, schob der Planer neugierig hinterher, »die Ina Berg könnte Ihren Ermittlungen nach also tatsächlich die Mörderin sein?«

»Die Antwort dazu finden Sie selbstverständlich im Netz. Ihr beim Fernsehen habt doch Internet, oder nicht?«, antwortete Fritz patzig.

Sascha lächelte und schob Fritz wie einen dementen Opa aus dem Besprechungsraum. Er hatte großen Respekt vor dem Grand Seigneur der Kriminalistik, aber in der modernen Welt machte er nicht immer eine gute Figur.

Als sie mit dem Wagen am Biergarten vom Aumeister vorbeifuhren, stand die Sonne so tief, dass Fritz seine Blende runterziehen musste. Rechts und links flogen die Isarauen vorbei.

»Hier ist übrigens Tempo 30, Sascha.«

»Weiß ich.«

»Warum fährst dann 50?«

»Weil's schneller geht.«

»Du weißt schon, dass da oft kontrolliert wird?«

»Bestimmt nicht jetzt! Und wenn doch, dann sagen wir einfach …«

In diesem Moment grellte auch schon der Blitz auf. Sascha sprach ungerührt weiter: »… dass es pressierte.«

»Des kannst vergessen. Bei so was lüg ich nicht.«

»Dann fahr ich dich auch nicht ins Internet, Mon Chéri!«

»Ich find schon selbst raus, wo des wohnt.«

***

Die Gänge im Polizeigebäude schienen wie leergefegt. Der Oktober-Abend war zu lau und schön, als dass noch irgendjemand Lust auf Arbeit gehabt hätte. Alle waren sie »Open-Air«. Alle?

Die Tür der Dezernatsleitung war nur angelehnt. Ein Streif des Bürohalogens fiel wie ein Laserstrahl auf den abgewetzten Flurteppich. Weder Fritz noch Sascha hatten jetzt Lust auf die Chefin. Ohne sich abzusprechen, stiegen beide lautlos wie die Einbrecher über die Lichtschranke.

Aber die Sirene von drinnen ging ohne Erbarmen los: »Guten Abend, die Herren. Und? Wie waren Ihre ersten Sitzungen bei der Psychologin?«

Fritz wusste, dass es kein Entrinnen gab, und stieß die Tür zur Inquisition auf. »Grüß Gott, Frau Keilos. Wir haben einen neuen Fall …«

»Weiß ich.«

»… und deshalb mussten wir heute Frau Dr. Bäumler leider …«

»Dachte ich mir.«

»Fall geht vor!« Sascha rief von draußen rein. Er blieb lieber in der Deckung der Tür.

»Natürlich. Aber eins sag ich Ihnen: Sobald Sie auch nur einen Kubikmillimeter Luft haben, melden Sie sich sofort bei der Bäumler, damit die Teamdynamik hübsch in Gang kommt. Klar?« Fritz nickte.

»Ach, und Herr Kunz? Ich habe soeben einen Anruf von den Kollegen aus der Münchner Verkehrsüberwachung bekommen … eines unserer Dienstfahrzeuge ist mit überhöhter Geschwindigkeit durch den nördlichen Teil des Englischen Gartens gefahren. Sollen wir das Foto abwarten, oder wollen Sie schon jetzt was dazu sagen?«

Nun schob Sascha den Kopf ins Büro der Chefin: »Der Herr Fischhaber und ich haben da eine ganz heiße Spur, deshalb die Eile. Wir legen jetzt eine Nachtschicht ein. Mit etwas Glück ist der Mord morgen aufgeklärt.« Fritz nickte resigniert, was blieb ihm anderes übrig.

Brigitta Keilos schaute erfreut von einem Kommissar zum anderen: »Na wunderbar. Umso schneller kommen Sie wieder auf die Couch.«

Für Sascha, der sich abermals hinter der Tür verschanzt hatte, schickte sie mit etwas Verspätung hinterher: »Und direkt danach zum Sortieren Ihrer Aktenberge, Kunz!«

»Himmelarsch. Die geht mir vielleicht aufn Senkel mit ihren Allüren.« Sascha ließ sich in den Stuhl fallen, während sein Computer hochfuhr.

Fritz ging gar nicht darauf ein. Wieder notierte er sich was auf diesem merkwürdigen kleinen Schmierzettel, dann verteilte er die Aufgaben: »Du schaust dir jetzt die Sendung an, und ich geh unser Archiv durch. Vielleicht find ich noch was Neues zu den beiden Autorinnen.«

»Eigentlich reicht es, wenn sich unsere Chefin wie ein Feldwebel aufführt. Da mag ich mir nicht auch noch von dir so einen Ton anhören. Umgeben von Alphatieren – ich arme Sau!«

»Bist ein Sauhund! Wer von uns hat denn der Chefin die Nachtschicht versprochen?«

Es wurde tatsächlich spät an diesem Abend. Sascha, der nun schon ein wenig an seinem schlechten Gewissen litt, analysierte brav die Literatursendung. Fritz versank in Presseberichten. Irgendwann brach der Ältere das Schweigen: »Die Autorin scheint wirklich eine attraktive Frau gewesen zu sein.«

»Sag ich doch: Sexy as hell. Schau mal!«

Sascha schob seinen Bildschirm so in Richtung Fischhaber, dass dieser ein Standbild sehen konnte. Da saß sie. Daphne di Montagna in einem eng am Körper anliegenden schwarzen Kleid. Im Anschnitt ein hübscher Ausschnitt. Die halblangen blonden

Haare in einer grandiosen Mischung aus natürlicher und hipper Frisur umrahmten ein zartes Gesicht, das kaum etwas über sein Alter verriet. Das Eindrucksvollste aber waren ihre kastanienfarbigen Augen. Wie die von der Mona Lisa schienen sie einen aus jedem Blickwinkel zu mustern. So, als könnte sie alles und jeden gleichzeitig beobachten.

In ebendiese Augen hatte Fritz schon am Morgen geschaut, aber da war das Leben dahinter bereits ausgepustet gewesen. Wie schnell aus Gegenwart Vergangenheit wurde, dachte er.

Nach einer kurzen Pause fasste Fritz seine Recherchen zusammen: »Die Boulevard-Presse zerreißt sich das Maul über Daphne di Montagna. Von der PR-Tussi zur Bestsellerautorin, Leben im Luxus, hat auf jeder Party mitgetanzt und angeblich was mit diversen anderen Prominenten gehabt. Die Beziehung mit Oliver Schmidt war wohl schon lange am End.«

Sascha nickte. Er liebte Klatsch- und Tratschgeschichten, egal auf welchem Sendeplatz sie gezeigt wurden. Auch die Ehekrise von Daphne hatte er verfolgt. »Die haben ja auch nie zusammengepasst.«

»Genauso wenig wie Daphne zu ihrer Freundin und Co-Autorin gepasst hat. Über Ina Berg find ich nix Atemberaubendes, nur Daten: dasselbe Alter wie das Opfer, Jahrgang 71, Germanistik-Studium in München, danach freie Autorin. Diverse kleine Preise, aber lange Jahre brotlos, irgendwann dann der Trend mit den Heimatkrimis – da haben sich die beiden wieder zusammengefunden und drauf gesetzt.«

»Ihre Krimis scheinen immer nach demselben Muster gestrickt zu sein. Darüber wird hier in der Sendung ewig rumdebattiert. Die Morde passieren alle in einem kleinen Ort, werden aber nicht im Detail vor dem Leser ausgebreitet, nur angedeutet, dazu eine nette Beschreibung des Dorfes und seiner Bewohner. Das nächste Buch sollte allerdings düsterer ausfallen. Lady Montagna hat das sehr verkaufsfördernd angetextet. Stimmt also, was Ina Berg uns da erzählt hat. Ach, ist dir als Leser damals eigentlich aufgefallen, wer die Fälle in den Büchern löst? Weder der Pfarrer oder die Nonne noch der alte Dorfpolizist, nein: Ein junger Kommissar aus

München bringt Licht ins Dunkel. Siehst: Wir Youngsters haben's halt raus!«

Fischhaber zog als Kommentar nur eine Augenbraue hoch. Zwei wären da schon zu viel gewesen. Er wollte jetzt beim Thema bleiben. »In dem Buch, das ich damals gelesen hab, ging's irgendwie um einen Bauern am Ort. Den haben sie dann tot im Austragshäusl gefunden. Am Ende war's ein Tourist aus dem Ruhrgebiet.«

»Wie originell!«

»Der Mordfall vielleicht ned, aber es waren schon recht zünftige Figuren in der Geschichte. Die kennst alle, wennst selbst vom Dorf bist. Musst lesen. Ich bring's dir mal mit.«

»Was verdient man eigentlich so als Bestseller-Autor?«

»Hast doch gesehen, wie das Opfer gelebt hat.«

»Ich hab aber auch gesehen, wie die Berg lebt. Eher bescheiden!«

»Ich glaub, das sieht nur so aus. Hast du 'ne Ahnung, wie teuer hier die Einfamilienhäuser sind? Der Münchner Speckgürtel geht inzwischen bis nach Lenggries.«

»Und Geld ist immer ein gutes Motiv. Nach der Sendung haben sie heftig gestritten. Die Daphne sagt, ihr gehören alle Rechte. Da muss Ina sie eben aus dem Weg räumen.«

Fritz zuckte etwas gelangweilt mit den Schultern: »Ist schon komisch, dass Oli…«

»Wart, Fritz, wart!« Sascha war noch nicht zu Ende mit seinen Theorien. »Oder es war Notwehr. Ina Berg fährt nach der Sendung bei Daphne vorbei. Will alles klären. Es kommt wieder zum Streit, die beiden fauchen sich an, die Situation eskaliert. Daphne greift nach dem Wendelstein, Ina kann ihn ihr entwenden und peng.«

Fritz ließ den jungen Kollegen ausreden und fuhr dann unbeeindruckt fort: »… dass Oliver Schmidt und Ina Berg schon in der Früh telefoniert haben und die Berg uns das verheimlichen wollte, ist verdächtig. Da müssen wir nachhaken. Die laden wir morgen vor und zwar alle beide. Und dann schauen wir mal, ob's Neuigkeiten von der Spusi gibt.«

»Apropos morgen … das war jetzt 'n langer Tag, oder?«

»Du wolltest der Keilos doch in ein paar Stunden den Mörder präsentieren.«

»Mei Fritzi. Sei halt ned so streng mit deinem Isarpreiß! Ich schau nach, ob die Chefin weg ist und dann verzupfen wir uns.«

***

Heut Morgen ist es in der Zeitung gestanden. Bist wirklich tot? Ich wollt's ned, aber es ist passiert. Warum warst auch so deppert. Hättest einfach gemacht, was ich sag, wär's ned so ausgegangen. Bist eigentlich selber schuld, dass es so weit gekommen ist. Einmal tun, was ein anderer dir sagt, so schwer kann das doch ned sein. Da kann man schon eine Wut kriegen.

Aber mich kriegt keiner. Das schwör ich dir. Ich bleib ein freier Mensch.

***

»Natürlich kennen Ina und ich uns sehr gut. Schließlich waren meine Frau und sie beste Freundinnen!«

Oliver Schmidt sah an diesem Vormittag viel besser aus als am Tag zuvor, als sie ihn zum ersten Mal vernommen hatten. Er war nüchtern, wirkte ausgeschlafen und kontrollierter. Fast ein bisschen arrogant. Jetzt doch nicht mehr der kleine PR-Heini an der Seite der berühmten Schriftstellerin, sondern der selbstbewusste Kreative, der wusste, was er wert war.

Der Witwer trug einen beigefarbenen Leinenanzug, der edel vor sich hin knitterte. Drunter ein schwarzes T-Shirt. Wohl das Zugeständnis an die Trauer um seine Frau. Im Büro der beiden Kriminaler setzte er sich ungefragt auf einen Stuhl und sah sich ungeniert, fast etwas amüsiert um. Zumindest kam es Fritz so vor, und er merkte, dass ihn das ärgerte. Komisch. Erst ein einziges Mal hatten sie auf der Bäumler-Couch gesessen, aber irgendwie hatte er sich verändert. Er nahm wirklich viel stärker wahr, was er fühlte. Nicht nur beim Sascha, auch bei solchen Schnöseln wie dem hier vor ihnen. Allerdings wusste Fritz beim besten Willen nicht, ob das jetzt gut oder schlecht war für den Alltag eines Kriminalkommissars. Er versuchte, neutral zu bleiben.

»Nicht alle Männer mögen die beste Freundin ihrer Frau. Wie schaut's denn bei Ihnen aus?«

»Ina ist vielleicht nicht so extrovertiert wie Daphne, aber sehr nett.«

»Dann haben Sie öfter Kontakt gehabt?«

Oliver Schmidt sah Fritz misstrauisch an. »Wie meinen Sie das?«

»Warum haben Sie Ina Berg nicht gleich angerufen und ihr gesagt, dass Ihre Frau ermordet worden ist?«

»Sie haben mich doch gesehen! Ich war verzweifelt und geschockt. Glauben Sie, da denke ich noch daran, andere zu informieren?«

Fritz und Sascha wechselten einen Blick. Die Falle sollte erst später zuschnappen, erst mal ganz harmlos einsteigen.

»Wir haben gehört, das mit der Freundschaft, das war in letzter Zeit nicht mehr so toll.« Sascha fixierte Oliver Schmidt mit diesem durchdringenden Blick, den er manchmal aufsetzte, wenn er den harten Hund geben wollte. Doch der Befragte wirkte unbeeindruckt.

»Streit gibt's überall. Aber die beiden kannten sich fast von Geburt an, die waren wie Schwestern.«

Fritz schob sich mit einer Frage dazwischen: »Und wie lange kennen Sie die Ina Berg schon?«

»Haben Sie hier einen passablen Kaffee? Ich könnte einen vertragen.«

»Wenn Ihnen Filterkaffee mit Kondensmilch reicht …«, antwortete Sascha mit einem leicht solidarischen Unterton.

Oliver Schmidt lächelte herablassend und winkte ab. Fritz musste sich beherrschen, dass er nicht wütend wurde. Diese Jungspund-Arroganz der beiden ging ihm auf die Nerven.

»Ein Glas Wasser wäre nett«, sagte Oliver Schmidt.

Sascha sah auffordernd zu Fritz, der gerade aus seinem eigenen Wasserglas trank, den Blick aber ignorierte. Er hatte sich schon bei Ina Berg zum Teekocher degradieren lassen, jetzt bediente er nicht auch noch diesen PR-Fuzzi. Er wollte die Befragung vorantreiben.

»Noch einmal: Wie lange kennen Sie Ina Berg?«

Sascha seufzte und holte selbst das Wasser für Schmidt. Der überlegte konzentriert.

»Wann haben wir uns zum ersten Mal gesehen, ich weiß es nicht mehr genau … Aber es war auf jeden Fall noch vor unserer Hochzeit.«

»Gut, dann gehen wir die einzelnen Daten eben alle durch.« Fritz wurde energisch. »Wann haben Sie geheiratet?«

»Vor fünf Jahren.«

»Und vorher hat Ihnen Daphne die beste Freundin vorgestellt.«

»Fangen wir halt ganz von vorn an: Daphne hat in Wuppertal bei einer Werbeagentur gearbeitet und wollte zurück nach Oberbayern. Sie hat sich bei mir beworben – und ich habe sie genommen.«

»Das war wann?«, bohrte Fritz nach und ignorierte, dass auch Sascha gerade den Mund aufgemacht hatte, um eine Frage zu stellen.

»Vor etwa acht Jahren.«

»Als sie zurück war, haben die beiden dann mit den Heimatkrimis begonnen«, schaltete sich Sascha ein.

»Nein, der erste war schon fertig, es gab ihn nur noch nicht zu kaufen. Aber sie hatten schon einen Verlag dafür gefunden.«

»Von Wuppertal aus hat sie einen bayerischen Heimatkrimi geschrieben?« Das kam Fritz seltsam vor.

»Manchmal muss man sich vom Objekt der Betrachtung entfernen, um es klarer sehen zu können«, dozierte Oliver Schmidt und nahm einen Schluck Wasser.

Klugscheißer, dachte Fritz und sah, wie Schmidt das Glas betrachtete, als wollte er die Sauberkeit überprüfen, dann erst schluckte und offenbar von der Qualität des gereichten Trunks nicht überzeugt war.

»Schmeckt Ihnen unser Wasser nicht?«, knurrte Fritz.

»Sagen wir: Es gibt bessere.« Er stellte das Glas ab.

»Ich mag auch lieber das italienische«, lächelte Sascha den Befragten an, als wäre dieser hier Gast.

Gleich holt er ihm noch einen Latte Macchiato aus dem nächsten Café, befürchtete Fritz und sah zu, dass sie wieder in die Spur kamen. »Wenn ich das recht verstehe, ist der Kontakt zwischen den Frauen nie abgerissen, obwohl Daphne, die damals noch Anna hieß, in Wuppertal lebte und arbeitete.«

Oliver Schmidt nickte. »Ich finde ja, Sie sollten nicht mit mir, sondern mit Ina über all diese Kleinigkeiten reden, wenn sie überhaupt wichtig sind ...«

»Das entscheiden schon wir - was wichtig ist und wen wir wann befragen«, unterbrach ihn Fritz.

»Wie Sie meinen.«

Fritz stand auf und ging hin und her, da konnte er besser denken und fühlte sich dem arroganten Typen nicht so ausgeliefert. »Der Erfolg der beiden kam langsam, dann aber gewaltig, stimmt das?«

Sascha lächelte Oliver Schmidt aufmunternd an.

»Der erste Heimatkrimi war kein Bestseller. Aber sie hatten ein paar Lesungen im Oberland – und deshalb hatte Daphne ja zurückgewollt nach Bayern, um sich hier für den Verkauf des Buches zu engagieren. Aber weil die Tantiemen noch lange nicht gereicht haben, um davon zu leben, hat sie einen Job gesucht.«

»Und in Ihrer Agentur gefunden«, ergänzte Sascha.

»Wie lang war sie denn dann bei Ihnen?«, fragte Fritz.

»Sie strapazieren mein Gedächtnis ganz schön.«

»Und Sie meine Nerven«, platzte es aus Fritz heraus, der dieses lässige Getue einfach nicht mehr ertragen konnte. Sascha warf ihm einen irritierten Blick zu, aber Fritz drehte sich zum Fenster, um seinen Zorn zu verbergen.

Das wird er bei der Psychologin rausposaunen, dass ich die Nerven verloren habe, dachte Fritz. Bestimmt machte sich auch Sascha heimlich Notizen über problematische Situationen, so wie

Frau Dr. Bäumler es ihnen geraten hatte. Fritz hatte es immer noch nicht geschafft, sich ein extra Büchlein dafür anzulegen. Bisher kritzelte er die Sascha-Zitate einfach neben seine Ermittlungsnotizen, das war vielleicht nicht ganz so schlau, aber praktisch. Er hörte Sascha und diesen Schmidt im Hintergrund reden und zwang sich, wieder in die Gegenwart zurückzukehren.

»Ziemlich bald hat Daphne nichts mehr für meine Agentur gemacht, sondern nur noch die PR für ihre Romane. Der zweite, der brachte ja den Durchbruch. Danach musste sie nicht mehr nebenher arbeiten.«

»Aber weil Sie beide sich liebten, haben Sie geheiratet«, ergänzte Sascha wieder, als würden er und Oliver Schmidt sich blind verstehen.

»Und Sie hatten dann eine reiche Frau.« Das war jetzt vielleicht ein bisschen taktlos vom Fritz, aber er wollte provozieren.

»Ich habe sie schon geliebt, da hatte sie noch gar nichts.«

»Wann sind Sie nach Tölz gezogen?«

»Vor etwa drei Jahren, Herr Kommissar. Und jetzt sagen Sie mir bitte, wann ich in unser Haus zurückkann.«

»Wenn wir fertig sind.«

»Geht's nicht genauer?«

Der Ton zwischen Fritz und Oliver Schmidt wurde wieder schärfer.

»Wollen Sie wirklich jetzt in dem Haus sein, in dem Ihre Frau ermordet worden ist?«

»Zumindest möchte ich mir ein paar Sachen holen. Ich weiß nicht, ob Sie wissen, dass es in Hotels keine frischen Unterhosen und Socken gibt?«

Sascha stellte sich zwischen die beiden und hob beschwichtigend die Hände. »Können wir nicht wie vernünftige Menschen miteinander reden?«

»An mir soll's nicht liegen«, sagte Oliver Schmidt und nahm nun doch noch einen Schluck Wasser.

»Und dann ging Ihre Firma pleite.« Fritz konnte es einfach nicht lassen. Er wusste selbst, dass es die weitere Vernehmung belastete, aber dem Kerl wollte er noch eins mitgeben.

»Die Branche ist im Wandel. Und wir haben in kürzester Zeit einige wichtige Kunden verloren. Das ging anderen nicht besser.«

»Sie mussten doch gar nicht mehr arbeiten.«

»Ich bin nicht der Typ, der sich von einer Frau aushalten lässt.«

»Aber jetzt erben Sie einen schönen Batzen, ha?«

Oliver Schmidt sah Fritz an, als hätte er sich darüber noch keine Gedanken gemacht. Ein sehr überraschter Blick. »Keine Ahnung!«

»Ganz leer werden Sie auf jeden Fall nicht ausgehen, es sei denn …« Wenn er der Mörder ist, kriegt er nix, ergänzte Fritz in seinen Gedanken, aber er sprach es nicht aus, denn in dem Moment trat Ina Berg ein.

»Guten Morgen …«

Ein überraschter Blick zu Oliver Schmidt. Der erhob sich, ging auf sie zu und nahm sie freundschaftlich in den Arm.

»Ina …«

»Ach, Oliver …«

Zwei Menschen in der Trauer um einen dritten vereint. Sie lösten sich voneinander.

Ina Berg trug einen schwarzen Hosenanzug über einer rehbraunen Bluse. Sie sah müde und erschöpft aus, gerötete Augen, als hätte sie viel geweint.

»Setzen Sie sich doch.« Sascha schob ihr fürsorglich einen Stuhl neben den von Oliver Schmidt. »Kaffee?«

»Ja, gerne.«

»Filterkaffee mit Dosenmilch?«, warnte Oliver Schmidt, aber Ina Berg nickte.

Fritz suchte eine nicht angeschlagene Tasse aus dem Regal und ging zur Maschine.

»Sie und Herr Schmidt, mochten Sie sich auf Anhieb?«

Ina Berg lächelte erst Sascha an, dann Fritz, der ihr den Kaffee hinstellte. Zuletzt wandte sie den Kopf in Richtung Oliver. »Ich hielt ihn zuerst für einen arroganten Schnösel.«

Schmidt musste schmunzeln.

»Aber dann haben wir uns öfter zu dritt oder auch zu viert getroffen.« Sie hob die Augen und bemerkte den fragenden Blick der Kommissare. »Ich habe nicht immer allein gelebt.«

»Da gab es den Konstantin«, ergänzte Schmidt, und Ina Berg nickte.

»Auf jeden Fall haben Sie Herrn Schmidt dann auch mögen gelernt?«, fragte Sascha und versuchte, recht harmlos zu schauen, was ihm gelang.

»Wir sind inzwischen gute Freunde.«

»Ich dachte, Männer und Frauen können keine Freunde sein.«

Sascha und seine Sprüche. Aber Fritz gefiel die Art, wie Sascha sich einbrachte. Es hatte was Raffiniertes, kluge Fragen mit dummem Gesicht zu stellen.

»Ich war vor allem mit Daphne befreundet – und Oliver war ihr Mann.«

»Aber Sie und Daphne hatten einen furchtbaren Streit nach der Fernsehsendung.« Sascha tat immer noch sehr harmlos.

»Das habe ich Ihnen doch bereits erzählt. Auch gute Freundinnen streiten ab und zu.«

»Kann es sein, dass Ihnen die beste Freundin mit dem Ende der gemeinsamen Arbeit gedroht hat?«

»Sie brauchte mich, so wie ich sie brauchte.« Die Autorin hatte Tränen in den Augen. Oliver Schmidt nahm mitfühlend ihre Hand.

Das war das Zeichen, auf das Sascha gewartet hatte. »So«, sagte er und stellte seine Tasse ab, »und jetzt sagen Sie uns, warum Sie beide uns angelogen haben.«

Ina Berg schaute alarmiert zu dem jungen Kommissar, der nun nicht mehr harmlos aussah, sondern sie mit seinen Blicken quasi auf den Stuhl tackerte.

»Sie haben gleich miteinander telefoniert, nachdem Sie Ihre Frau gefunden haben, Herr Schmidt. Dabei waren Sie angeblich zu geschockt, um Frau Berg anzurufen?«

»Dann habe ich es wohl doch getan, so in einer Art Trance … Ich weiß ja selbst nicht mehr, was da los war. Betrunken wie ich war. Hab ich dir tatsächlich Bescheid gesagt, Ina?«

»Sie hingegen waren offensichtlich nüchtern, als wir zu Ihnen gekommen sind, Frau Berg. Und haben trotzdem so getan, als wüssten Sie von nichts.«

Ina Berg ließ Oliver Schmidts Hand los und holte ein Taschentuch heraus, mit dem sie ihre Augen tupfte. »Als Oliver mir das erzählt hat, wollte ich es nicht glauben.«

»Aha«, meinte Fritz trocken. »Und deswegen haben Sie Ihre Gartenschürze umgebunden und die Erde aufgelockert.«

»Ich war wie ferngesteuert. Und so richtig geglaubt habe ich es erst, als Sie bei mir erschienen sind.«

»Und dann haben Sie uns eine kleine Vorstellung gegeben, von wegen dass Sie gar nichts gewusst haben von Daphnes Tod«, interpretierte Fritz die Situation.

»Es ist erst dann in mein Bewusstsein gedrungen.«

Oliver Schmidt bekräftigte die Aussage. »Ich erinnere mich dunkel, wie Ina reagiert hat. Sie wirkte seltsam abgeklärt, wie auf Droge, deshalb habe ich noch überlegt, ob ich hinfahren soll, aber ich war ja selbst ganz durcheinander und …«

»… sternhagelvoll«, ergänzte Sascha.

»Und dann noch in Trance.« Fritz wurde sarkastisch. Das mochte er eigentlich gar nicht an sich. Aber er hatte es so satt, dass ihm alle Menschen, die mit Morden zu tun hatten, was vormachten. Auch die Unschuldigen. Als gäbe es in solchen Fällen einen Sog Richtung Unwahrheit. Er bemerkte, dass Ina Berg ihren Kaffee noch nicht angerührt hatte. Sie knetete nur ihr Taschentuch. Dann wischte sie die letzten Tränen weg, gab sich einen Ruck, stand auf und sah die beiden Kommissare an.

»Ja, ich hatte Streit mit Daphne. Und ja, ich wusste schon von ihrem Tod von Oliver. Aber Sie können mir glauben: Etwas Schlimmeres als dieser Verlust konnte mir gar nicht zustoßen. Ich wäre lieber selbst tot!« Sie wirkte nicht nur traurig, sondern auch wütend. Oliver Schmidt wollte sie beruhigen, aber sie war noch nicht fertig. »Und bevor Sie uns beide verdächtigen, die beiden einzigen Menschen, die Daphne wirklich geliebt haben, sollten Sie sich bei denen umschauen, die sie nicht mochten.«

»Wer denn zum Beispiel?«, fragte Fritz und sah, dass Sascha genau dasselbe fragen wollte.

»Reden Sie doch mal mit Glotter«, schaltete sich Oliver Schmidt ein, und Ina Berg ergänzte: »Das ist unser Verleger.«

»Was sollte der gegen Daphne di Montagna haben? Sie beide waren doch seine Goldesel.«

»Aber Daphne wollte zu einem größeren Verlag wechseln, die Verhandlungen waren schon in vollem Gange«, sagte Oliver Schmidt, und die Kommissare bemerkten, dass Ina Berg ihn überrascht ansah.

»Wollten Sie das denn auch?«, fragte Sascha die Autorin.

»Wir haben mal über einen Verlagswechsel gesprochen. Ich wusste aber nicht, dass Daphne schon mit anderen im Gespräch war.«

***

Fritz und Sascha sahen sich etwas ratlos an, als Ina Berg und Oliver Schmidt gegangen waren.

»Viel schlauer sind wir jetzt auch nicht«, seufzte Sascha.

»Trotzdem: Wie du mit einem harmlosen Gesicht die Sache von dem Telefonat ausgepackt hast«, Fritz wollte auch mal was Positives sagen, »alle Achtung.«

»Ja, das ist die höhere Kunst. Dumm stellen und gescheit fragen.« Sascha war stolz auf sich.

»Aber vorher bist du dem Werbedeppen hineingekrochen in den …«

»Ich muss doch sehr bitten, Herr Fischhaber!«

Sascha und Fritz fuhren herum. Sie hatten beide nicht gehört, dass die Chefin gekommen war. Die Keilos trug einen engen, kurzen Rock, der den beiden Kommissaren an einer anderen Frau sicherlich sehr gut gefallen hätte, aber hier empfanden sie die dünnen Beine der Vorgesetzten eher als Waffe denn als Blickfang. In dieser Einschätzung waren sie sich einig – und um das festzustellen, da genügte ein Blick.

Brigitta Keilos verschränkte die Arme, sah von einem zum andern, dann rastete ihr Blick bei Sascha ein. »Herr Kunz, warum sind Sie dem Verdächtigen in den Allerwertesten gekrochen?«

Keine Antwort.

»Ist was schiefgelaufen bei der Befragung?«

»Naa!«, knurrte Fritz.

»Los, weihen Sie mich ein!«

Da waren sie, diese Befehle wie Geschosse. Sascha wollte die Situation retten.

»Alles lief wie geschmiert. Ich hab bei der Befragung den good cop gespielt, und die Rolle vom bad cop, die hatte der Fritz. Und so haben wir alles aus ihm rausgequetscht.«

»Übertreib mal ned!« Fritz wurde nun wieder bockig.

»Doch, ich hab ihn mit meiner verständnisvollen Art weichgekocht.«

»Blödsinn, der hat sich doch aus jeder Frage rausgewunden. Das Entscheidende war der Trick mit Ina Berg.«

Brigitta Keilos ging dazwischen. »Die Herren sind sich also mal wieder uneinig. Aber die Sitzung bei Frau Dr. Bäumler schwänzen, das können Sie gemeinsam.«

»Wir mussten ermitteln!« Sascha zuckte mit den Schultern.

Die Keilos nickte: »Weil ich angeblich heute schon den Mörder auf dem Tisch haben sollte.«

»Wir sind nah dran, Frau Keilos.« Sascha klang nicht sehr überzeugend. Ein hilfesuchender Blick zum Kollegen, doch der tat so, als müsste er dringend das Glas und die Tasse der Befragten wegräumen.

Mit einem Seufzer legte die Chefin ein Papier auf den Tisch: »Das erste offizielle Obduktionsergebnis. Der Todeszeitpunkt, den der Aschberger vermutet hatte, ist bestätigt: Dienstagnacht – zwei Uhr morgens. Sie ist definitiv an den Folgen eines Schädelbruchs gestorben, am genauen Hergang sind die Kollegen noch dran, da gibt's wohl ein paar Unklarheiten. Aber vielleicht beschleunigt schon das hier Ihre Ermittlungen.«

»Wunderbar!«, sagte Sascha und nahm das Papier, um es scheinbar aufmerksam zu studieren. »Wir fahren übrigens als Nächstes zum Verleger der beiden Autorinnen.«

»Ist der verdächtig?«

»Auf jeden Fall kann er uns mehr über das Verhältnis der beiden Frauen zueinander sagen.«

»Wenn's nur eine Befragung ist, dann hat das bis nachmittags Zeit. Und bis dahin können Sie noch mal an Ihrer Beziehung arbeiten.«

Sascha blickte wieder zu Fritz hin, aber der kehrte ihm noch immer den Rücken zu.

»Ich habe mich erkundigt. Frau Dr. Bäumler hat für Sie Zeit. Gleich nach der Mittagspause. Die können Sie«, Blick auf die Armbanduhr, »jetzt einschieben. Und dabei überlegen, was Sie mit der Psychologin besprechen wollen.«

***

Das Bild der beiden sorglosen Freundinnen auf der Straße bekam Resi den ganzen Tag lang nicht mehr aus dem Kopf. Und so sehr sie sich auch auf Kirchweih freute, über dem heutigen Tag hingen nun düstere Gedanken. In einer Dorfgemeinschaft, da halten alle zusammen, das hatte sie in der Schule gelernt. Das ist anders als in der Stadt, wo der Mensch ganz auf sich allein gestellt ist. Auf dem Land, da passt jeder auf jeden auf. Keiner ist allein. Keinem passiert was. Aber sie war die allereinsamste Seele in diesem Dorf.

Die Ina und die Anna, die waren vor fünf Jahren ins Gymnasium gekommen. So viele aus ihrer Klasse gingen in andere Schulen. Und sie hatte kaum noch jemanden, mit dem sie spielen konnte.

Und dann hatten auf einmal alle »andere Interessen«, wie der Pfarrer das in einer Predigt nannte. Der Resi war sofort klar, was er damit meinte, aber warum verzog er dazu das Gesicht, als ob das was recht Ekliges wär? Sie hatte sich das damals eigentlich sehr schön vorgestellt. Die erste große Liebe mit einem Burschen von da. Richtig romantisch sollte das erste Mal sein.

Aber dann war alles ganz anders gekommen.

***

Während Fritz Fischhaber neben Sascha den Flur entlangging, fuhr er sich mit der linken Hand über die kurzen graumelierten Haare, als ob es da noch was zu ordnen gäbe. Er trug jetzt Sakko und Hemd. Am Vormittag war es ein alter Pullover gewesen. Aber als die Keilos ihnen das mit den Termin gesagt hatte, da hatte er an sich hinuntergesehen und beschlossen, er wolle keinesfalls so bei der Psychologin auftauchen. Also seilte er sich in der Mittagspause von seinem Kollegen ab.

»Ich muss kurz heim.«

»In der Mittagspause?« Sascha sah ihn irritiert an, das hatte der ältere Kollege noch nie gemacht. Gut, er wohnte nicht allzu weit, aber was wollte er da?

Fritz suchte fieberhaft nach einer Erklärung. »Mich drücken die Schuh. Ich zieh mir andere an.«

Sascha mit seinen Turnschuhen blickte amüsiert auf die Ledertreter seines Kollegen, die ihre beste Zeit hinter sich hatten. »Seit wann tun ausgelatschte Treter weh? Ah, ich hab's: Der Schuh drückt, weil wir zur Psychologin müssen.«

»So ein Kaas!«, raunzte Fritz und ging einfach los. Erstens hatte er nicht allzu viel Zeit. Zweitens sollte der Kollege nicht sehen, dass er rot geworden war.

Mit weit ausholenden Schritten eilte er in seine Wohnung. Keinen Blick hatte er in diesem Moment für seine Berge gehabt, er war einzig mit der Frage beschäftigt gewesen, was er anziehen könnte. Schnell noch eine Wurstsemmel auf dem Rückweg in der Hoffnung, sich nicht zu bekleckern.

Als sie jetzt nebeneinander zur Psychologin gingen, hoffte er, dass keine blöden Bemerkungen vom Sascha kamen. Hemd und Sakko hatte Fritz ja gerade erst mit seiner Tochter eingekauft, für »wenn mal was ist«. Von der Farbe her passt's, aber zwei Nummern zu klein, hatte Fritz dem tänzelnden Verkäufer rückgemeldet, der daraufhin arrogant die Nase hochgezogen und ihn belehrt hatte, dass man schon seit Längerem »eng« trug.

Verstohlen blickte er nun zu seinem stilsicheren Kollegen rüber und war beruhigt. Auch Sascha hatte was Körperbetonendes an – einen dünnen Baumwollpullover, den der Träger bestimmt »skinny« nannte. Auf jeden Fall war Fritz dem Sascha dankbar, dass der seinen neuen Look noch nicht kommentiert hatte. Obwohl er ihm wahrscheinlich aufgefallen war.

Eigentlich hatte er in der Pause auch noch schnell ein Notizbuch besorgen und seine Schmierereien ordentlich übertragen wollen. Aber das hatte er jetzt nicht mehr geschafft. Auf dem direkten Weg war kein Schreibwarenladen gewesen, und den Umweg über die Marktstraße hatte er nicht mehr gehen wollen, aus Angst, sonst zu spät zu kommen. Man konnte dort verflixt schnell in eine dieser Stadtführungen geraten. »Auf den Spuren des Bullen von Tölz« oder so ähnlich. Das war deshalb besonders unangenehm, weil eine Dame, die die Gruppen leitete, genau wusste, dass Fritz Kriminaler war und ihn gerne als Interviewpartner einspannte. Dann musste er erzählen, wie es im wahren Tölz zuging, wie die Einbruchs- und die Mordstatistiken aussahen, denn auch dadurch adelte sich ein Urlaubsort – dass ordentlich was passierte.

Jedenfalls hatte er seinen Zettelsalat jetzt im Büro gelassen, der war ihm einfach zu peinlich. Musste er sich eben auf sein Gedächtnis verlassen. Er wollte einige Punkte ansprechen, aber den Sascha nicht hinhängen, nicht illoyal sein. Ihm war nicht klar, wie viel man einer Psychologin sagen sollte.

»Red ein bisschen mehr als das letzte Mal. Frauen mögen es, wenn man viel redet. Sie haben genug vom *Schweigen der Männer*.« Saschas Anregung kam wie aus dem Nichts.

»So ein Krampf!«

»Vertrau mir, das ist kein Quatsch!«, verteidigte sich Sascha.

»Naa, aber ein Schmarrn ist's scho!«

Auch Sascha Kunz machte sich Gedanken auf dem Weg zur Psychologin. Natürlich hatte er bemerkt, dass sich Fritz in der Mittagspause in Schale geworfen hatte. Ein Blick auf die Schuhe zeigte ihm: Die zu wechseln, hatte er vergessen. Immer noch die alten Ledertreter, groß wie Schneeschuhe. Fritz wusste offenbar nicht, dass Frauen eher auf die Schuhe schauten als aufs Sakko. Und auf die Hände. Und auf ... ach egal.

Er wollte ihn nicht aufziehen. Lageangepasste Zivilkleidung, so hieß das im Fachjargon. Wenn Fritz normalerweise ein bisschen schlampiger daherkam, so hatte er sein Äußeres eben jetzt auf diesen besonderen Termin und auf Dr. Bäumler abgestimmt.

Sascha hatte sich gleich gedacht, dass es den Fritz erwischt hatte. Wie der sich bei der Psychologin verhalten hatte, das war doch nicht bloß die Schüchternheit eines Menschen, der noch nie mit Seelenbadern zu tun hatte und zum ersten Mal ihre Hilfe brauchte. Das war mehr. Er sah in ihr nicht die Supervisorin, sondern die Frau. Armer Fritz, dachte Sascha. Der bist du nicht gewachsen. Für die bist du ein Klient wie jeder andere auch. Nimm doch die Sekretärin von der Keilos. Ein bisschen jünger als du, ganz nett, aber nicht so akademisch, mehr lebensklug. Das passt doch.

Noch einmal musterte er Fritz von der Seite. Der nahm gerade die Hände aus dem Sakko, sicher war ihm eingefallen, dass er so nur die Taschen ausbeulte. Sah schon gut aus an ihm, das Hemd mit dem dunklen Jackett. Ohne Frage konnte sich der Kollege was Enganliegendes leisten. Trotz seiner 60 Jahre war er noch immer prima in Schuss: kein Gramm Bauch zu viel. Sascha dachte besorgt an seine eigene Plauze – er musste unbedingt mal wieder aufs Fahrrad – wenn die so weiter wuchs, würde er schon mit 40 irreversibel dick sein.

Ansonsten war Sascha froh, dass er am Morgen noch nichts von dem Psycho-Termin gewusst hatte. Er musste sich eingestehen, dass er sonst möglicherweise auch irgendwie darauf reagiert, vielleicht sogar wie eine Frau vor dem Kleiderschrank gestanden und überlegt hätte, was er anziehen sollte. Wie die meisten Männer seiner Generation zupfte er sich die Augenbrauen, rasierte sich nicht nur am Kinn und legte Wert auf gepflegte Hände. Er trug sündhaft teure Funktionsunterwäsche, die versprach, eventuell austretenden Schweiß sofort in die Außenmembran abzuführen. Seine Bürokleidung hatte immer eine bewusst sportliche Note. Softshelljacke, Jeans, Hoody. So hatte es zumindest den

Anschein, als sei er ständig in Bewegung, um Verbrechern hinterherzujagen.

Wenn er heute Morgen von dem Termin gewusst hätte, hätte er vielleicht überlegt, ob er sich nicht ein bisschen konservativer kleiden sollte. Nur um die Psychologin nicht gleich zu provozieren. Ansonsten war ihm diese Frau vollkommen egal. Zu alt, aber vor allem zu intellektuell. Er hatte schon gemerkt, dass sie ihn an die Kandare nehmen wollte, wenn auch nur, um den Fritz zu beschützen. Vielleicht ging es ihr aber auch darum, den Eindruck von Unparteilichkeit zu erwecken. Weil sie eigentlich - wie fast alle Frauen - auf seine Männlichkeit ansprach, das aber unmöglich zulassen konnte.

Wie sie ihn hatte abfahren lassen, als er versucht hatte, sie mit seinen Psycho-Kenntnissen zu beeindrucken. Okay, er hatte nicht die Ahnung wie sie. Da half es nicht, mal das Wort »kompensieren« und dann »sublimieren« in den Ring zu werfen. Die Psychologin hatte ihn auf ihre freundlich-verständnisvolle Art auseinandergenommen wie ein getuntes Auto. Dabei hatte er ihr nur signalisieren wollen, dass er wusste, wovon sie sprach, dass auch er sie verstand - nicht nur umgekehrt. Er hatte sich bemüht, nett zu sein, aber bitte, es ging auch anders.

Sascha strich sich seine halblangen dunklen Strähnen aus dem Gesicht. Er wollte nicht gleich den Verdacht schüren, er hätte was zu verbergen, sondern einen offenen, dynamischen Eindruck machen. So wie er eben auch war.

Frau Dr. Bäumler bat die beiden Herren, auf dem Sofa Platz zu nehmen. Fritz überlegte, ihr die Hand hinzustrecken, aber Frau Dr. Bäumler hielt schon ein Notizbuch und einen Stift, da wäre alles Weitere zu viel gewesen.

»Wie geht es Ihnen beiden?«

»Passt scho.« Das kam von Fritz.

»Wir haben einen schweren Fall zu lösen und deshalb nicht viel Zeit.« Das war Sascha.

Die Psychologin sah hoch. Musterte ihn nachdenklich. »Wovor haben Sie Angst?«

Sascha lehnte sich zurück und spielte entspannt. »Sie wollen mich provozieren.«

»Ich habe Ihnen nur eine Frage gestellt.«

»Und ich habe Sie durchschaut.«

Dr. Bäumler lachte. Es wirkte echt und stand ihr ausnehmend gut, fand Fritz. Er hätte nicht gedacht, dass eine Psychositzung auch lustig sein kann.

Sascha lachte nicht. »Was ist daran so lustig?« Er klang verärgert.

»Entschuldigen Sie bitte meine spontane Reaktion, Herr Kunz. Das war nicht professionell von mir. Ich weiß, dass Sie nicht viel von meiner Aufgabe halten, das haben Sie bereits bei unserem ersten Treffen klargemacht. Aber drehen Sie jetzt den Spieß nicht um und beginnen, das Gespräch zu leiten.«

»So ist er halt«, rutschte es Fritz heraus, und er wurde verlegen, als er Saschas bösen und Dr. Bäumlers fragenden Blick bemerkte.

»Wie meinst jetzt das?«

»Du leitest gerne Gespräche, das stimmt doch.«

»Ich befrage Zeugen und Verdächtige – das ist mein Job!«

»Zusammen mit mir, ja.«

»Damit sind wir schon beim Thema.« Frau Dr. Bäumler klinkte sich in den Dialog ein. »Wie steht es denn um Ihre Zusammenarbeit?«

Schweigen.

Sascha sah trotzig zur Seite auf den Druck eines Bildes von Paul Klee, Fritz betrachtete verlegen das Muster des Teppichbodens, das allerdings nicht so viel hergab.

»Sie sollten sich Notizen machen.«

»Ich wollt mir so ein Heftl kaufen«, sagte Fritz und zeigte auf das, was die Psychologin in der Hand hielt. »Aber ich bin noch nicht dazu gekommen.«

»Aber heimgehen und schön machen, dafür hat die Zeit gereicht«, fuhr Sascha giftig dazwischen und bereute es im selben Moment. Denn Fritz saß da wie ein Hund, der beim Stehlen der Wurst erwischt worden war. Und selbst die Psychologin war für einen Moment irritiert.

»Entschuldigung, das hat jetzt nicht so gepasst«, presste Sascha heraus und überlegte, wie er das unangenehme Schweigen überbrücken könnte. Sein Smartphone half ihm dabei. Es begann zu brummen.

»Kunz. Aha. Du liebe Güte. Ja natürlich, sind sofort da.« Er sprang auf. »Entschuldigung, Frau Dr. Bäumler, es ist dringend, Sie verstehen. Komm, Fritz!«

Fritz sah ihn fragend an, hätte gerne genauer gewusst, worum es ging. Aber Sascha war schon an der Tür.

»Moooment – ich möchte Ihnen noch ein paar Anregungen mit auf den Weg geben«, sagte die Psychologin.

Fritz sah sie aufmerksam an, Sascha verdrehte die Augen.

»Üben Sie bitte, Ihre eigenen Gefühle möglichst genau wahrzunehmen. Und auch, sie dem Kollegen mitzuteilen.«

»Mach ich sowieso«, brummte Sascha und drückte die Klinke.

»Die Sitzung ist zu Ende, wenn ich es sage!«

Bei diesem eiskalten Befehlston fror sogar Sascha ein, er drehte sich gehorsam zur Psychologin um.

»Zweitens: Lassen Sie Ihre Gefühle einfach mal so stehen. Bewerten Sie diese nicht. Weder bei sich, noch beim anderen. Wut ist Wut, und Enttäuschung ist Enttäuschung. Und so wie das Gefühl ist, ist es gut.«

»Alles klar. Wiederschaun.« Sascha wandte sich wieder ab.

Frau Dr. Bäumler war aber noch nicht fertig. Sie wollte noch was vom Fritz wissen. »Herr Fischhaber, wie schätzen Sie die Gemütsverfassung Ihres Kollegen im Moment ein?«

Diese Antwort würde sich Sascha nicht entgehen lassen. Er bremste unterm Türrahmen.

»Ihm pressiert's«, sagte Fritz.

»Was meinen Sie, was das mit ihm macht?«

»Er wird unfreundlich.«

Frau Dr. Bäumler lächelte fast unmerklich, während sich Saschas Gesicht zunehmend verfinsterte. »Dritte Aufgabe: Erspüren Sie die Gefühle Ihres Gegenübers, auch wenn dieser sie nicht verbal äußert.«

Sascha rauchte schon vor Wut. Frau Dr. Bäumler blieb mit ihrem Blick fest auf Fritz, rief aber in Saschas Richtung.

»Haben Sie das noch mitbekommen, Herr Kunz?«

Fritz hatte auf dem langen Flur Schwierigkeiten, mit Sascha mitzuhalten. Der lief weg, als sei er auf der Flucht. »Was ist denn so dringend?«

»Nichts.«

»Aber der Anruf?«

Sascha blieb abrupt stehen und grinste den Kollegen an. »Meine Mutter. Ob ich am Sonntag zum Essen komm.«

»Du hast gelogen?«, flüsterte Fritz und sah sich um, ob Frau Dr. Bäumler nicht in der Nähe war.

»Mein Großonkel, der Pfarrer, würde so was Notlüge nennen. Auch wenn die Frauen das nicht verstehen: Wir müssen weiterarbeiten, der Fall muss gelöst werden. Schnell, professionell, effizient. Da haben wir keine Zeit für Qigong«, sagte Sascha und dann konnte er es sich doch nicht verkneifen. »Schönes Sakko, Fritz. Aber diese Schuhe … greislich.«

Mit diesen Worten angelte er sein Smartphone aus der Hosentasche und ließ seine Finger geschickt auf der Glasfläche hin und her tanzen.

»So, und jetzt muss ich schnell der Mutti sagen, dass ihr Hero weder sofort noch am Sonntag kommt … da geht er nämlich mit der Susi zum Weißwurschtfrühstück in den Biergarten! Weißt schon, Fritzi, man muss so schöne Herbsttage nutzen, sonst ist's Leben vorbei und man hockt mit seiner Ehefrau nur noch blöd am Küchentisch rum und zieht a Latschen.«

»Lätschen heißt das, du Depp. Geh zu, wir fahren jetzt zu dem Verleger nach Schwabing.«

***

Als die Kommissare zum Auto gingen, wollte Fritz unbedingt hinters Steuer. Es hatte nichts mit Saschas Fahrstil zu tun. Im Gegenteil, er fühlte sich eigentlich bestens aufgehoben auf der rechten Seite: Auch wenn Sascha manchmal zu schnell fuhr, er hatte den Verkehr erstaunlich gut im Griff. Er war einer von denen, die so vorausschauend fuhren, dass sie meist elegant durchrutschten. Die keine großen Schimpftiraden absonderten, sondern taten, was getan werden musste.

Nein, Fritz wollte deshalb fahren, weil er dann abgelenkt war von dem Karussell in seinem Kopf. Er wollte nicht darüber nachdenken, was die Keilos aus ihnen beiden machen würde, wenn sie nachher zurück ins Präsidium kämen und die Kunde von der abgebrochenen Sitzung bis zu ihr durchgedrungen war.

Und er hatte auch keine Lust, das Gespräch mit Frau Dr. Bäumler zu analysieren. Er würde sich fragen müssen, wie er wohl diesmal bei ihr angekommen war, vor allem nachdem Sascha ihn so hundsgemein bloßgestellt hatte. Und ob er sich gegen Sascha hätte zur Wehr setzen sollen. Ob er hätte einfach bei der Psychologin bleiben sollen? Sie wären bestimmt weitergekommen, glaubte er. Besonders allein!

So konnte er seine Gedanken mit Kreiselfahren und Ampelstehen ablenken. Es ging Richtung München. Innenstadt.

Noch immer brütete die Wärme des Sommers zwischen den Altbauten. Ein typisch bayerischer Oktober, der eigentlich mehr mit Sommer zu tun hatte als der Juli. Die ganze Stadt schien auf den Beinen zu sein, um diese Tage zu genießen. Das Oktoberfest war rum – die Stadt gehörte wieder den Münchnern: Grantige Damen mit Hund, Gespickte mit Geländewagen, Studentinnen mit Hollandrädern. Schwabing war schon immer ein Melting Pot, weniger für verschiedene Kulturen denn für verschiedene Allüren.

»Schau mal, da kannst rechts vorbei …« »Hier links … Hier!! … Na, jetzt musst du die nächste nehmen …« »Wenn du dich beeilst, schaffen wir das noch über die Ampel. Na ja, warten wir halt.«

So lautete die ungefähre Zusammenfassung der Sätze, die Sascha während der Fahrt von sich gab. Er ließ den Schwabinger raushängen und im Gegensatz zu Fritz schien er sich auf dem Beifahrersitz alles andere als entspannt zu fühlen.

Das ärgerte Fritz. Und da er plötzlich fühlen konnte, dass ihn das ärgerte, musste er es laut ihrem Psychoprogramm auch äußern. »Es nervt mich, wenn du mir immerzu sagst, was ich am Steuer zu tun und zu lassen habe.«

»Na, das sagt der Richtige!«

»Wieso denn jetzt das? Ich sag nie was über deinen Fahrstil. Im Gegenteil.«

»Und was ist mit deiner dauernden ungeduldigen Rumtrommelei, sobald es mal nicht vorwärts geht? Und letztens beim Aumeister? Hast du da vielleicht nichts gesagt?«

»Sag mal, spinnst jetzt? Wenn ich hier 100 fahren würde, wo 50 erlaubt sind, dürftest dein Maul auch aufmachen. Wenn's uns in Gefahr bringt, mein ich.«

»Vorsicht! Da vorne bremsen sie!«, schrie Sascha in dem Moment, und als Fritz den Kopf nach vorne drehte, bemerkte er es auch.

»Reg dich ab! Hab ich längst gesehen.«

»Also: Wer bringt uns hier in Lebensgefahr?«

Großartig! Das mit dem Gefühle-Äußern war wirklich ein Volltreffer! Fritz war desillusioniert. Nicht mal zwei Stunden Supervision hatten sie hinter sich und stritten wie die Kesselflicker. Zudem würde sie Brigitta Keilos heute Abend in die Verkehrsüberwachung versetzen, und er würde nie, niemals ein Date mit Sybille Bäumler haben.

»Da ist es. Tengstraße 90 b. Oh sorry! So was darf ich wahrscheinlich auch nicht sagen. Alarm, Alarm: Bevormundung!«, kam es sarkastisch vom Beifahrersitz.

»Geh, Sascha. Ich wollt doch nur äußern, was ich spüre. Und du musst laut Psychologin dann's Maul halten und zuhören.«

»Na, aber Gefühle äußern geht nicht so! Wenn du bei mir gleich mit 'nem Vorwurf ins Haus fällst, dann muss ich mich einfach wehren.«

»Schmarrn: Du sollst das Gefühl von mir stehen lassen, hat sie gesagt.«

»Und das Gefühl, das ich wegen des Gefühls hab, das du hast, das darf ich nicht äußern, oder was? Warum darfst du denn mehr

Gefühl haben als ich?«, fragte Sascha und gestikulierte dabei wild mit dem Zeigefinger zwischen ihnen herum.

Dazu fiel dem Fritz auch nichts mehr ein. Verflixt, der Sascha hatte schon irgendwie Recht. Da musste er was falsch verstanden haben. Er wurde versöhnlich.

»Komm, jetzt hilfst mir, einen Parkplatz zu finden, und dann schnappen wir uns gemeinsam den Verleger.«

Da Fritz am Steuer saß, machte er sich diesmal nicht auf dem kleinen Schmierzettel, sondern in seinem Gedächtnis eine kleine Notiz. Beim nächsten Termin würde er die Psychologin drauf ansprechen, wie das denn ging: Gefühle äußern, ohne den anderen dabei anzugreifen.

Der Glotter-Verlag versteckte sich im Hinterhof eines 60er-Jahre-Hauses. Den Eingangsbereich überspannte eine atemberaubende Plexiglas-Konstruktion, die mit ihren weichen Formen bis ins Foyer hineinragte. Am Empfang saß eine frisch frisierte Blondine, die die beiden Polizisten bereitwillig zum Chef begleitete.

In den langen Fluren hingen Werbe-Plakate der Bücher von Daphne Montagna und Ina Berg: *»Falscher Fuchzga«*, *»Mordsbrezn«*, *»Bauernopfer«*. Hinter dem Rücken der Sekretärin tippte Sascha auf den Titel *»Pfiad di, Sauhund«* und grinste den Kollegen frech an. Fritz war froh, dass Sascha wieder gut gelaunt war – als eingeschnappter Sauertopf vergiftete er die ganze Stimmung.

Dann standen sie auch schon im Büro von Dr. Franz Xaver Glotter, einem stattlichen Mann in den Wechseljahren. Das schüttere Haar war offensichtlich gefärbt, er trug ein schrill-blaues Poloshirt und tief hängende schwarze Jeans, deren Markenname Fritz schon mal auf Saschas Hosen aufgefallen war. Auch der junge Kollege schien das gerade zu bemerken. Sein Blick ging indigniert an seinem Alter Ego runter. Alter Ego – wie gut dieser Ausdruck in dem Zusammenhang passte.

»Setzen Sie sich!«

Während die Kommissare in den Corbusier-Stühlen Platz nahmen, rollte Glotters Empfangsengel Meetingkekse und Säfte herein.

Sascha freute sich über die Bewirtung. Er hatte durch den Fahrstil vom Fritz richtig Hunger bekommen. Kennt man ja von Formel-1-Fahrern, auch die haben während der Rennen einen abnormen Kalorienverbrauch. Sascha musste bei dem Gedanken grinsen.

»Bitte, greifen Sie zu!« Glotters aufmunterndes Lächeln ging stufenlos in eine Betroffenheitsmiene über. »Tja, Sie sehen mich hier sitzen als einen gebrochenen Mann. Es ist ein Unglück. Frau Berg hat mir gestern Abend alles erzählt. Weiß man inzwischen Neues? Ich persönlich vermute, es war ein Raubmord. Haben Sie in diese Richtung schon recherchiert? Sicher haben Sie das! Aber ich meine, selbst wenn die Spuren erst mal nicht danach aussehen – es ist für mich eine mögliche Erklärung. Sie hatte ja schon viel Wertvolles zu Hause. Ich hab immer gesagt: Schätzchen, bring das zur Bank! Aber sie wollte immer ihren ganzen Kram um sich haben.« Glotter japste kurz nach Luft, dann ging's weiter.

»Oder es war ein Sexualdelikt, aber das wird Ihre Spurensicherung sicher bald rausfinden. Obwohl. Heutzutage gibt es ja immer mehr Perverse, die gar nicht mit ihrem Opfer Sex haben, sondern es nur erniedrigen wollen. Da würde die Spurenlage ganz anders aussehen, nicht wahr? Wir hatten so was Ähnliches in einem Buch aus unserer sehr erfolgreichen *Krimi-Erotik-Schiene* – da war auch keine Körperflüssigkeit zu finden.«

Die Erklärungssalven des Verlegers brachen ab, er legte eine kurze Feuerpause ein, in die sich Fritz hineindrängte. Im Gegensatz zu Sascha hatte er sich nicht durch Bürogebäck mundtot machen lassen.

»Schön, dass Sie sich unsere Gedanken machen. Aber wir haben ein paar ganz andere Fragen an Sie. Erzählen Sie uns doch mal von Ihrem Verhältnis zu den beiden Autorinnen!«

»Verzeihen Sie mein Vorpreschen. Professionelle Deformation! Wenn man tagtäglich mit Mord befasst ist, zieht man schnell Schlussfolgerungen. Aber natürlich, Sie ermitteln momentan in alle Richtungen. Und so verdächtigen Sie sicher auch mich. Ich nehm Ihnen das nicht krumm. Haben Sie denn schon daran gedacht, eine SoKo zu gründen? SoKo Heimatkrimi – das wäre ein vortrefflicher Titel. Ich seh's schon vor mir.« Seine Augen gingen fast schwärmerisch in die Ferne.

»Herr Glotter ...«, unterbrach Fritz.

»Sie müssen entschuldigen, ich bin traumatisiert. Es ist so, ich habe die beiden Damen und deren literarische Welt geliebt. Ich bin sicherlich der Mensch, der Daphne am tiefsten verehrte. Und wahrscheinlich auch am meisten liebte. Der Verlust macht mich rasend.«

»Erklären Sie uns Greenhorns mal, was das Geheimnis dieser Krimis ist«, kam aus Saschas Ecke. Ein paar Krümel hingen noch an seinen Dreitagestoppeln, er schlug sich die Hände sauber und spülte mit einem großen Schluck Apfelsaft. Zuerst ärgerte sich Fritz, dass Sascha schon wieder in eine ganz andere Ecke preschte, aber dann überkam ihn mit einem Mal eine Gelassenheit, wie er sie noch selten erlebt hatte: Lass ihn machen, Fritzi! Geh ned dagegen, sondern halt ihn an der langen Leine und setz im richtigen Moment Akzente, dachte er bei sich. Einfach mal die Gefühle des anderen so stehen lassen, hatte Frau Dr. Bäumler gesagt. Das konnte man ja auch auf die Vorgehensweise des Kollegen anwenden.

»Ach, der Heimatkrimi ... warum boomt er so?« Glotter lehnte sich entspannt in seinen Chefsessel. Sein Thema. »Es ist wohl die Sehnsucht der Menschen nach dem Ursprünglichen. In der globalisierten Welt leben eben auch nur Individuen, die ein Zuhause suchen. Die Großfamilie ist futsch. Da will der Leser ein wenig Nestwärme zwischen den Zeilen finden.«

Das war nicht das, was Sascha wissen wollte. Er verdrückte einen Rülpser in einer Faust und unterbrach die Festrede des Verlegers. »Schon, aber was ist mit den Büchern von Berg und di Montagna? Oder wollen Sie uns erzählen, dass jedes Buch, in dem in Hintertupfingen ein Monster Madel umbringt, zum Bestseller wird? Dann könnten ja sogar wir einen schreiben. Da muss es doch was Besonderes geben, so einen USP – so heißt das doch?«

Glotter schaute traurig aus dem Fenster. Er sah plötzlich sehr alt aus. »Haben Sie je einen di Montagna-Berg-Krimi gelesen? Dann kennen Sie doch den USP, also das Alleinstellungsmerkmal ihrer Bücher.«

Fritz nickte zögerlich.

»Sehen Sie, die beiden haben das Kleine groß gemacht. Ihre dörfliche Idylle und ihre Figuren waren so lebensecht ... als im letzten Band einer der Stammtischbrüder – der, Sie wissen schon, der das Geschehen immer so nett kommentiert ...«

Fritz mimte mit einem kleinen Kopfnicken den Kenner, obwohl er in Wirklichkeit gerade keine Ahnung hatte, wer das sein könnte.

»Jedenfalls, als der im letzten Band zum Mordopfer wurde, Sie ahnen nicht, welch Wehklagen da durch die Fangemeinde ging. Eine Dame hat sogar eine Todesanzeige in eine Münchner Zeitung gesetzt.«

Sascha schien davon wenig beeindruckt. »Wird Frau Berg alleine weiterschreiben können?«

»Können schon, sie ist eine sehr gute Autorin, aber ob das an die Auflagen heranreicht, die die beiden hatten, wage ich zu bezweifeln. Sehen Sie, Ina ist eher introvertiert. Ein bisschen spröde, sagen manche. Sie kann sich nicht verkaufen. Sobald eine Kamera auf sie gerichtet ist, kriegt sie den Mund nicht auf. Das gehört heute aber dazu. Der Buchmarkt ist hart umkämpft, da geht es oft nicht nur ums Schreibenkönnen. Wenn ich ehrlich bin, geht es darum am allerwenigsten.«

Bedauernd blickte Glotter auf seine Hände. Für einen verrückten Moment sah Fritz dessen eigene unveröffentlichte Buchideen in einer Gedankenblase aufsteigen. Wahrscheinlich hatte er, wie alle Menschen, die Kreative vermarkten, ursprünglich mal vorgehabt, selbst Künstler zu werden. Fritz kannte diese Wehmut, womöglich nicht das Beste aus dem Leben gemacht zu haben. Melancholie hauchte durch den Raum. Deshalb war er fast dankbar, dass Sascha im Gegensatz zu den beiden alten Herren die Füße auf dem Boden behielt.

»Wie geht denn das überhaupt mit dem gemeinsamen Schreiben. Hockt man sich da aufm Schoß und tippt ein jeder mit fünf Fingern?«

Glotter beugte sich vor. »Wie halten Sie's denn? Sie arbeiten doch auch im Team, oder nicht?«

Fritz und Sascha schauten sich betroffen an. Aber bevor einer von beiden antworten konnte, riss Glotter das Wort wieder an sich. »Da gibt es doch immer diese Aufteilung. Jeder macht das, was er am besten kann. Hin und wieder kommt es zum Gezicke, weil ja ein jeder gern mal von sich glaubt, dass er das, was der andere tut, genauso gut allein hinbekommen könnte. Aber irgendwann kommt die Erkenntnis: Nur gemeinsam sind wir stark!«

Das gab's doch gar nicht. Selbst hier fiel ihnen ihre Teamproblematik vor die Füße. Fritz glaubte eigentlich nicht an Schicksal, aber das fühlte sich gerade verdammt danach an. Und schon wieder war er dankbar für eine von Saschas pragmatischen Fragen – sogar der Dialekt war ihm wurscht: »Jetzt mal Butter bei die Fische, Herr Glotter. Wer hat geschrieben?«

Mit dem jovialen Verlegergesülze war's plötzlich vorbei. »Das werde ich Ihnen nicht verraten.«

»Doch, Herr Glotter, genau das verraten Sie uns. Entweder hier und jetzt oder morgen auf dem Präsidium. Aber dann kann es sein, dass sie ein paar Stunden warten müssen«, gab Sascha ungerührt zurück.

Der Verleger knickte nach kurzer Bedenkzeit ein. »Das, was ich Ihnen jetzt sage, bleibt aber unter uns. Wenn ich davon einen Satz in der Presse lese, enden Sie beide als Politessen, das schwör ich Ihnen.«

Hoffentlich schlossen sich Glotter und Keilos heute nicht kurz, schoss es Fritz durch den Kopf.

»Geschrieben hat Ina.«

»Alles?«, wollte Sascha wissen.

»Alles! Daphne machte sich manchmal vor, dass mehr als die Hälfte der Texte von ihr stammte – aber vergessen Sie's! Ab und an hat sie sich mit großem Tamtam in ihr Domizil in Südtirol zurückgezogen. Dort finde sie die nötige Ruhe zum Schreiben. Und dann kam sie nach Wochen mit drei Seiten zurück, von denen Ina und auch ich die Hälfte umarbeiten mussten. Immer so, dass sie's nicht merkte. Nein, eine gute Schriftstellerein war Daphne eigentlich nie.«

»Was war denn dann überhaupt so toll an ihr?«

»Sie war der Zündfunken, der die Hütte zum Brennen brachte, verstehen Sie? Sie hat besser noch als ich gefühlt, wonach der

Markt verlangt. Die Story, das Thema. Und das hat sie den Menschen vorgesetzt. Sie wusste, wie die Figuren zu sein hatten, damit der Leser mit ihnen fühlt, welches Titelbild in den Regalen ins Auge springen würde, sie gab anregende Interviews. Trends vorausspüren, Impulse geben, beurteilen, verkaufen – das alles konnte Daphne aus dem Effeff.« Glotters Augen wurden feucht.

Zeit für Akzente. Fritz schaute Glotter direkt in die Augen. »Und deshalb wollten Sie Daphne di Montagna auch nicht so ohne Weiteres zu einem anderen Verlag marschieren lassen?«

»Wie?«

»Man sagt, dass die Starautorin Sie und Ihr Haus verlassen wollte. Und so wie's ausschaut, wäre das wohl Ihr Ruin gewesen.«

»Das hat Ihnen dieser unerträgliche Schmidt gesteckt. Der hat ja nun überhaupt keine Ahnung.«

Das fand Fritz insgeheim auch. »Jedenfalls wusste er zu berichten, dass die Verhandlungen in vollem Gange waren, mit anderen Großverlagen.«

»Echten Big Playern, wie man hört«, setzte Sascha drauf. »Und das wär doch ein 1a-Motiv, sie kaltzumachen. Ein toter Autor ist fürs Geschäft allemal besser als einer, der zum Konkurrenten abwandert!«

Glotter war so empört, dass seine Stirn rot anlief. »Das glauben Sie doch wohl selbst nicht: Die beiden wären nie gegangen. Ich hab sie groß gemacht, bei meinem Verlag standen sie im Mittelpunkt, wurden hofiert. Woanders wären sie in der Masse untergegangen. Glauben Sie mir, Daphne wollte mich nur unter Druck setzen, dass ich ihnen mehr Tantiemen einräume. Dabei war ich schon am Anschlag.«

»Was bedeutet?«

»Die beiden haben von mir eine Menge Geld bekommen, bevor sie überhaupt zu schreiben angefangen haben.«

»Was ist für Sie 'ne Menge Geld?«

»Fünfstellig. Dann die halbjährlichen Abrechnungen und die Tantiemen aus Hörbuch, geplanter Verfilmung und so weiter und so fort.«

Sascha schaute überrascht, dann bohrte er weiter. »Wer kriegt jetzt die Tantiemen von Frau di Montagna?«

»Sehen Sie, das ist endlich mal eine gute Frage. Das Geld und die Rechte an den Büchern bekommt genau der Oliver Schmidt, der mit seinem Finger auf andere zeigt.«

»Hätten die beiden Damen sich nicht besser gegenseitig als Rechtsnachfolgerinnen eingesetzt?«

Glotter hob die Schultern: »Jetzt sagen Sie bloß, Sie machen sich Sorgen um Ina – sie bekommt weiter ihre Anteile und erbt die von Daphne doch sozusagen gleich mit.«

»Wie meinen Sie jetzt das?«

Glotter hatte wieder Oberwasser. »Ach, ich dachte, Sie wissen längst, dass Frau Berg und Herr Schmidt ein Paar sind.«

***

Sascha konnte nicht mehr an sich halten, als die Kommissare das Verlagsgebäude verließen: »Hast das gehört? Fünfstellig. Noch bevor sie überhaupt eine Zeile hingekritzelt haben!«

»Ich hab gelesen, in den USA zahlen sie manchen Autoren schon eine Million Dollar, bevor die überhaupt ihren Laptop einschalten.«

»Und das rentiert sich dann noch, so ein Buch?«

»So einer wie der Glotter zahlt doch ned drauf. Und wenn man als kleiner Verlag einen Bestseller hat – nicht schlecht!«

»Und da hat der wirklich gedacht, die Dukatenscheißer, sorry, die Dukatenscheißerinnen bleiben bei ihm?«

»Jedenfalls klingt sein Alibi mit Lesung und anschließendem Sektempfang lückenlos. Ich werd das später überprüfen.«

»Der kann sich bestimmt 'nen Auftragskiller leisten.«

Fritz wollte noch über was anderes reden. Ein Thema, das bei ihm ungut im Magen kreiste. »Sag mal, Sascha, ganz ehrlich: Hast du gespürt, dass Ina Berg und Oliver Schmidt was miteinander haben?«

»Irgendwie kann man das doch kaum glauben. So wenig, wie die fitten.«

»Mit *fitten* meinst: Er ein Stenz und sie so geerdet …«

»Genau.« Sascha dachte eine Weile nach, dann schob er nach: »Und du? Hast du's gemerkt?«

»Naa, mir ist es da wie dir gegangen. Die *fitten* nicht, und deshalb hab ich gar nicht daran gedacht – aber eigentlich liegt's ja auf der Hand.«

Als sie beim Auto ankamen, nahm sich Fritz ein Herz und gab Sascha den Schlüssel. »Na los. Du fahrst!«

Soll doch ein jeder mit dem glücklich werden, was er am besten kann oder am liebsten macht. Ist doch nicht so schwierig: Sascha war besser hinterm Steuer und er nebendran. Mit einem Mal kam der Fritz sich sehr weise vor. Er atmete tief durch, spürte in sich hinein und entdeckte noch etwas Positives, was er dem Kollegen unbedingt mitteilen wollte.

»Weißt, Sascha. Jetzt bin ich schon erleichtert, dass du's auch nicht gemerkt hast, das mit dem Techtelmechtel, mein ich. Ich hab schon gedacht, ich bin zu blöd oder zu alt.«

»Geh, a bisserl blöd bist schon, aber doch ned zu alt!« Sascha boxte den Kollegen auf den Oberarm und zog seine Sonnenbrille auf die Nasenspitze runter.

Der Wagen beschleunigte.

Während der Fahrt ließ Sascha den Tag noch mal Revue passieren. Die Bäumler, die immer zum Fritz hielt und sich schamlos daran ergötzte, wenn er, der Jungspund, was falsch machte … Der saudumme Streit übers Autofahren … Fritz' plötzliche Milde … Und dann die gute Performance bei der Befragung vom Verleger … Sie waren wirklich ein super Team, wenn jeder das tat, was er am besten konnte.

Und er beispielsweise konnte messerscharf analysieren: »Mal ehrlich, Fritzerl, das mit dem Verhältnis ist natürlich schon der Hammer. Jetzt überleg doch mal! Erst verraten die beiden uns nicht, dass sie telefoniert haben, tun dann so, als hätten sie die Tote abgöttisch geliebt, und jetzt kommt raus, dass sie hinter ihrem Rücken miteinander rumgemacht haben. Sodom und Gomorrha, ich sag's dir!«

Sie bogen auf die Ludwigsstraße. Sascha schaute ein paar Damen hinterher, die ihre Oktoberfestdirndl noch nicht eingemottet hatten. Dann holte er weiter aus: »Und wenn die Ina Berg deshalb nicht vom Glotter wegwollte, weil der mit ihr gemeinsam so schön die Fehler von Daphne di Montagna ausgebügelt hat? Das wär beim anderen Verlag möglicherweise peinlich geworden. Vielleicht haben sie sich deshalb nach der Sendung so heftig gezofft. Und schau, die Berg hat eigentlich kein Alibi.«

»Der Schmidt doch auch nicht. Zumindest keins, was wirklich wasserdicht ist, oder?« Fritz kam eine Idee: »Weißt was, ein Assistent vom Herbert ist doch sowieso unterwegs, um diese Kneipen-Tour zu überprüfen und Zeugen zu finden, dann soll der am besten gleich noch die Nachbarn von der Ina Berg befragen. Vielleicht haben die in der Nacht doch was gehört oder gesehen.«

Während Sascha elegant um den Münchner Friedensengel kurvte, besprach Fritz sich mit Aschberger.

Danach führte Sascha seine Gedankengänge fort. »Sollen wir dem Liebespaar eigentlich gleich um die Ohren hauen, was wir wissen? Schließlich kann man in diesem Verhältnis auf jeden Fall ein Motiv sehen.«

»Das Verhältnis der beiden behalten wir erst mal als Joker auf der Hand.«

»Ich trau der Berg nicht, Fritz. Gibt für uns die graue Maus und angelt sich den Ehemann der Diva. Tut so, als wäre sie die Frau im Hintergrund, derweil schreibt sie die Krimis fast allein. Und dann spielt sie auch noch die Überraschte beim Tod der Freundin und weiß es doch schon längst.«

»Ist ja gut, wir behalten sie im Auge. Aber erst mal schauen wir, was Herberts Team und die Kollegen von der Rechtsmedizin noch rausfinden. Ein paar mehr Spuren würden uns jetzt sicher guttun.«

Sascha hatte den starken Impuls, seine Mutmaßungen zu rechtfertigen. Die Fallanalyse war seiner Meinung nach das A und O bei der Tätersuche. Die modernen Kapitalverbrecher hinterließen, zumindest wenn sie intelligent waren, doch immer weniger Spuren. In den tiefen 70ern, als Fritz und die halbe Mannschaft der

Tölzer Spurensicherung ihre Ausbildung gemacht hatten, war die Ermittlerarbeit noch eine ganz andere. Dann kam die Revolution der DNA-Analyse. Heutzutage kannten Mörder dank des Fernsehens alle Interna zu Gentest und Handyortung. Und waren entsprechend vorsichtig. Ein »Kommissar 2.0« aber war Kriminalist und Psychologe zugleich. Einer, der fühlen konnte, wie ein Mörder tickt. Das zumindest hatte Sascha während seines Studiums an der Polizeiakademie gelernt.

Aber all das wollte er jetzt nicht laut aussprechen. Wer weiß, welche Gefühle er damit beim Fritz auslösen würde. Wahrscheinlich wäre der dann wieder beleidigt, denn das Ganze ging in Richtung »Grundsatzdiskussion Kompetenz«. Und wenn der Fritz erst einmal eingeschnappt war, redete er noch weniger als sonst. Also de facto gar nix mehr. So behielt Sascha seine Gedanken für sich. Da war er lieber selbst ein bisschen angefressen. Warum traute Fritz diesem Herbert immer mehr zu als ihm?

Vor der Dienstwagenschnauze erschien die Ausfahrt. Noch ungefähr 20 Kilometer Landstraße, dann konnte sich jeder wieder in seine Büroecke verziehen.

***

Ein bedeutungsschwerer Blick, als sie aus dem Auto stiegen. Der Wagen der Chefin war noch da.

»Zefix!«, kam es vom Fritz.

»Fuck!«, vom Sascha.

»Am besten, wir gehen gleich zu ihr und berichten«, schlug der Ältere vor.

»Spinnst jetzt? Dann merkt sie doch, dass der Einsatz ein Fake war.«

»Das weiß sie auch so.«

»Wir haben eben gedacht, es ist eine heiße Spur, aber dann war sie halt kalt.«

»Das erklärst du der Keilos!«

Sascha sah ihn mit großen Augen an: »Aber Fritzi, wir zwei sind doch ein Team.«

»Normal schon. Aber dass wir einfach abhauen aus der Therapie, das war deine Entscheidung.«

Sascha wirkte nur noch halb so selbstbewusst. Innerhalb von Sekunden war er um viele Zentimeter geschrumpft. Lass mich jetzt nicht allein, sagte seine Körperhaltung, als sie durch die Flure gingen.

Tiefes Aufatmen bei Sascha, als sie ihr Büro betraten. Alles beim Alten. Kein Zettel »Sofort zur Chefin!«, nichts. Sascha ballte siegessicher die Faust und ließ sich auf seinen Bürostuhl fallen. »Siehst, alles okay. Sie hat's nicht mal gemerkt, unsere Gitta.«

Fritz schenkte sich einen Kaffee ein und seufzte. Er wusste es besser nach so vielen Jahren im Dienst.

»Was machen wir jetzt?«, fragte Sascha.

»Ich schau mir das Alibi vom Verleger an«, schlug Fritz vor.

»Okay, dann kümmere ich mich um die Körperflüssigkeiten«, grinste Sascha. »Weißt schon, ich begeb mich auf diese *Krimi-Erotik-Schiene* ... Was hat der Glotter da erzählt von wilden Sexualpraktiken? Und ich dachte immer, hier gibt's nur Blümchensex!«

Sascha streckte sich und gähnte. Fritz schwieg immer noch, schlürfte seinen Kaffee, grübelte. Sascha ging zu ihm, legte ihm die Hand auf die Schulter. »Fritzi. Jetzt hör halt auf, dir Sorgen zu machen. Alles wird gut.«

Von wegen. Eine energisch geöffnete Tür, da stand sie. Düstere Miene. Wie erstarrt.

Fritz stellte seine Tasse beiseite, die verbreitete viel zu viel Gemütlichkeit für diesen kalten Showdown. Sascha nahm die Hand von der Schulter seines Kollegen und bemühte sich, die Situation aufzulockern.

»Moin Moin, Frau Keilos ...«

»Das tun Sie nie ... wieder! Verstanden?«

Einen Moment waren beide Kommissare wie erstarrt von der Schärfe ihrer Worte, dann aber versuchte Sascha es mit seinem Charme. »Das können wir alles erklären ...«

»Nie! Wieder!«

Damit ging sie. Ein eisiger Lufthauch blieb zurück. Die Kommissare fröstelten.

Dann setzte sich jeder schweigend an seinen Platz und machte seine Arbeit. Sascha telefonierte mit der Spurensicherung, Fritz sprach mit Menschen, die sich am Montagabend im Münchner Literaturhaus mit Glotter und anderen zugeprostet und anschließend noch bis in die frühen Morgenstunden auf einer Privatparty weitergefeiert hatten. Fritz lehnte sich zurück und dachte intensiv über all das nach. Als sein Telefon das zehnte Mal unerhört vor sich hin gebimmelt hatte, zog Sascha es genervt zu sich rüber und hob ab. Es war der Herbert von der Spurensicherung, der sich, obwohl Sascha ihn höchstpersönlich um Rückruf gebeten hatte, natürlich bei seinem Spezi Fritz meldete. Typisch!

Nachdem Sascha das Telefonat beendet hatte, gab er die Kerninfo daraus an den Kollegen weiter: »Dein Herbert hatte einen ausgiebigen Filterkaffee-Plausch mit dem Hubsi aus der Rechtsmedizin. Und da haben sich die beiden endlich auf ein Obduktionsergebnis einigen können: Mindestens dreimal hat der Mörder den Wendelstein niedersausen lassen. Zunehmend brachial. Beim ersten Schlag ist das Opfer – so vermuten die Jungs – nur getaumelt, beim zweiten runtergesackt und dann kam der endgültige Hieb. Der Mörder muss wie im Rausch gewesen sein. Sagen Spuren und Verletzungen. Vergewaltigung ist ausgeschlossen. No Sex –nicht mal freiwillig!«

»Aha.« Fritz versank wieder in seiner stillen Nabelschau.

Sascha ahnte warum. »Wir sollten noch mal mit der Keilos reden«, schlug er deshalb vor. Gefühle beim anderen spüren, das machte er sowieso den ganzen Tag, dafür brauchte er keine Psychotanten mit Gong.

Fritz schüttelte den Kopf. »Da hilft nur gute Ermittlungsarbeit. Und ein neuer Termin bei der Psychologin«, so seine trotzige Antwort. Er deutete mit einer Geste auf das Telefon, das Sascha beiseitegelegt hatte.

Sascha sah ihn einen Moment irritiert an, dann schüttelte er den Kopf. »Ich ruf da nicht an.«

»Doch.«

»Nein.«
»Doch.«
»Weißt du, was das für schlechte Gefühle in mir auslöst?«
»Das ist mir jetzt wurscht.«
Fritz schob all seine Zettel zusammen auf einen Haufen, rollte sie, steckte sie ein und ging. Feierabend. »Bis morgen. Servus.«
»Du musst mit mir reden, Fritz!«
»Aber heut nimmer.«

***

Es war zu früh, um sich in seiner kleinen Wohnung in der Fröhlichgasse zu verkriechen. Fritz würde sich noch ein bisschen die Beine vertreten. Aber nicht Richtung Kalvarienberg, sondern in der Marktstraße, wo bei schönem Wetter das Leben brodelte, wenn man das in dieser gemütlichen Stadt überhaupt so sagen durfte.

Anfang der 80er Jahre war hier noch der ganze Autoverkehr durchgegangen. Unvorstellbar eigentlich, dass die Ladeninhaber sich damals gegen die Fußgängerzone gewehrt hatten. Nun schlenderten hier jeden Tag tausende Touristen und Einheimische mit entsicherten Bankkarten durch.

Es war ja auch wirklich zu schön, sich ein Eis auf die Hand zu nehmen und dann damit – bei dem Gefälle konnte man es fast nicht anders nennen – die Marktstraße hinunterzurollen. Hier ein bisschen Schaufenster gucken, da ein bisschen shoppen. Vorbei an den frisch hergerichteten Fassaden, den Tischen und Stühlen vor den Wirtshäusern, den Ständern mit den Postkarten vor den Buchläden. Wenn der Sascha manchmal jammerte, dass hier ab 21 Uhr die Bürgersteige hochgeklappt wurden, dann sollte er halt in München saufen, tanzen, in Clubs abhängen.

Fritz betrat einen Schreibwarenladen, nickte zur Begrüßung und suchte ein Notizbuch für seine Beobachtungen. Um darin zu vermerken, was ihm alles auffiel an der Zusammenarbeit mit Sascha. Kein gewöhnliches wollte er haben, sondern eines von diesen schönen, eleganten Büchern, wie manche Schriftsteller sie für ihre Arbeit benutzt haben sollten. So eins hatte bestimmt auch Ina. Und der Verleger. Keinesfalls aber durfte es so aussehen wie das der Psychologin.

Er stopfte seine Neuanschaffung in die Sakkotasche, die gerollten Zettel auf die andere Seite. Als er die Geldbörse einsteckte, fiel sein Blick auf die Schuhspitzen. Sascha hatte Recht. Er brauchte sich nicht ordentlich anzuziehen, wenn er dann mit solchen Quadratlatschen rumlief. Also ging er in das Schuhgeschäft am Ende der Marktstraße.

Die Verkäuferin brachte einen ganzen Stapel Kartons. Er schälte sich aus seinen alten Galoschen und war froh, als ein einigermaßen ordentliches Paar Socken zum Vorschein kam. Gleich das erste Paar zog er an und ging ein paar Schritte auf und ab, dann nickte er.

»Passt. Nehm ich.«

»Dann packen wir Ihre alten ein.«

»Schmeißen Sie die gleich weg!«

Seine neuen Schuhe trugen ihn wie auf Wolken weiter in Richtung Isarbrücke. Wenn man das Wasser überquerte, kam man direkt ins Kurviertel, und da war's dann sogar noch ein bisserl langsamer, das Tölzer Leben.

Klassische, also von der Krankenkasse geschickte Kurgäste gab's ja kaum noch, dafür übernachteten jetzt viele Menschen da, die einen Wellnessurlaub gebucht hatten. Die dann die Grünflächen durchwalkten oder auf den Parkbänken saßen und anderen beim Leben zusahen.

Na ja, normale Bürger, die so wie der Fritz arbeiten mussten, die wohnten natürlich auch dort. Eine Familie zum Beispiel, die er über seine Exfrau kannte, hatte in dem Viertel das Haus der Großeltern geerbt. Es war wie so viele Anwesen eine ehemalige Kurpension, die sich irgendwann nicht mehr rentiert hatte, weil die Kurgäste ausblieben. Nun war sie zum Familienhaus umgebaut, aber noch immer erinnerte der verschnörkelte Schriftzug »Haus Elvira« daran, dass die Krankenkassen früher für Tölzer Wasser, Ruhe und Gemütlichkeit gezahlt hatten.

Ein Mann lehnte am Brückengeländer und las Zeitung. Fritz linste auf die Schlagzeile: *Der rätselhafte Tod der Krimi-Diva.* Kommissar Fischhaber seufzte. Er konnte es nicht ausstehen, wenn die Blätter sich an Spekulationen beteiligten, sie sogar befeuerten. Dennoch kaufte er sich selbst eine Ausgabe und überflog den Artikel noch auf der Straße. Dass sich die Bücher sensationell verkauft hatten, stand drin. Und dass jetzt alle auf das neue Buch warteten, das Ina Berg hoffentlich allein fertigbringen würde. *Das Dirndl im Moor* – diesen Titel hatten sie auch schon in der Fernsehsendung verraten.

Fritz kaufte sich noch eine Brotzeit bei dem Bioladen an der Ecke, dann ging er nach Hause. Mit der Semmeltüte im Mund schloss er seine Wohnungstür auf. Als seine Frau und er sich getrennt hatten, da hatte er gar nichts mitnehmen, einfach neu anfangen wollen. Ein paar Regale, Tisch, Bett, Stuhl, mehr hatte er nicht gebraucht. Bloß nicht zu viel. Er hatte ja gesehen, was sich so alles in einem gemeinsamen Leben ansammelte – ein Haufen Zeug, nichts mehr wert. Außer dass Erinnerungen dran hingen, gute wie böse. Jetzt lebte er einfach und übersichtlich, und es gefiel ihm gut.

Er breitete alles, was er in den Taschen hatte, auf dem Tisch aus und schenkte sich ein leichtes Weißbier ein. Er wollte die Hausaufgaben machen, die Sybille Bäumler ihnen mitgegeben hatte, und schaute die Notizen durch, die er sich über Sascha gemacht hatte. Eigene Gefühle wahrnehmen. Also, was gab's da? Er hatte sich geärgert, weil Sascha so eigenmächtig die Runde mit der Psychologin aufgelöst hatte. Mit einem Trick, einer Lüge. Er war außerdem wütend auf sich selbst, weil er drauf reingefallen war. Und ratlos, weil er nicht wusste, ob er zu Sascha stehen oder ihn bei der Keilos oder der Therapeutin hinhängen sollte. Er hätte es vielleicht so machen sollen wie die Chefin: Das tust du nie … wieder! Er aber hatte gar nichts dazu gesagt. Und das war, auch das konnte er jetzt fühlen, viel zu wenig.

Was wollte er? Einen neuen Termin mit der Psychologin. Sybille Bäumler wiedersehen. Er würde das morgen ganz entschieden zu Sascha sagen und ihn dann dort anrufen lassen. Das schrieb er gleich auf. Nachdem er die Sascha-Kritzeleien zumindest teilweise ins Notizbuch übertragen hatte, sortierte er seine Zettelwirtschaft zum Mordfall in der zeitlichen Abfolge. Der Tatort, das Gespräch mit Oliver Schmidt, das mit Ina Berg, dem Verleger … Er hatte das Gefühl, dass etwas fehlte. Genau, er hatte sich beim Sender keine Notizen gemacht. Da hatte weitgehend Sascha das Wort geführt und der hatte sich auch danach die Fernsehsendung angesehen. Dabei war offenbar nichts rausgekommen, was sie nicht schon gewusst hatten, vor allem über den Streit der beiden Autorinnen.

Fischhaber sah noch einmal auf die Zeitung, die auf dem Stuhl neben ihm lag. *Das Dirndl im Moor* … Was für eine Geschichte mochte sich dahinter verbergen?

Er hatte nur so ein Gefühl. Und da die Gefühle auf einmal so wichtig geworden waren durch die Sitzungen bei der Psychologin, horchte er ganz genau in sich hinein. Ja, er wollte mehr darüber wissen und deshalb die Sendung auch sehen. Vielleicht fiel ihm was auf, was der Sascha nicht beachtet hatte. Er beschloss, am nächsten Tag früher in die Arbeit zu gehen und sich das Interview selbst noch mal anzuschauen. Heimlich, um den Sascha nicht wieder auf die Palme zu bringen.

***

Fritz war stolz darauf, mit welcher Geschwindigkeit er um sechs Uhr in der Früh einen Computer hochfahren, das Internet aufrufen und eine Sendung in der Mediathek finden konnte. Hätte Sascha ihm dabei über die Schulter geschaut, wäre er sicher nervös geworden. Also er, der Fritz, zuerst. Und dann direkt hernach der Sascha, weil es dem immer zu langsam ging, wenn der Alte am Werk war.

Na und? Er war es einfach nicht gewohnt zu tippen. Früher hatte das die Frau Schuster für seine Abteilung erledigt. Jetzt gab es überhaupt nur noch ein Sekretariat im ganzen Haus. Und das war beschäftigt mit Postverteilung, Telefondienst, Urlaubsbearbeitung und ja, mit was eigentlich noch? Jedenfalls: Nachdem das digitale Zeitalter in der Tölzer Dienststelle angebrochen war, hatte er sich mal mit einem Zettel bei den jungen Damen angestellt und gebeten, den für ihn abzutippen. Da hatten die ihn angeschaut, als wollte er ihnen ans Bauchnabelpiercing langen. Seitdem hatte er lieber alles selbst gemacht. Aber gewöhnt hatte er sich nie daran. Schon gar nicht, wenn ein Smartphone-Wischer wie Sascha ihm im Rücken stand und quengelte.

Die Sondersendung Heimatkrimi vom BR begann mit Einstiegsbildern wie aus der Weißbier-Werbung: Weitwinklige Alpenpanoramen, tiefblaue Seen, dichte Wälder, weich gezeichnete Bauernhofbilder mit allerlei Kuh und Viech und Zeugs. Fritz musste sich eingestehen, dass ihm dabei ein paar heimatverliebte Schauer über den Rücken liefen. Tatsächlich war Bayern an vielen Stellen atemberaubend schön. Aber er kannte eben auch die dunkle Seite der Pracht.

Fritz scrollte weiter, bis er endlich das Gesicht von Daphne entdeckte. Da war er nun zu schnell, also noch mal zurück und wieder ein wenig vor, dort war sie, die Stelle, die er sich anschauen wollte.

> »Kommen wir zu Ihnen, Frau Berg und Frau di Montagna. Sie sind die erfolgreichsten Autorinnen in unserer Runde. *Bauernopfer*, Ihr letztes Buch, wanderte direkt auf die Bestseller-Liste. Darf man wissen, woran Sie zurzeit arbeiten?«
>
> Daphne di Montagna lehnte sich konspirativ zum Moderator hinüber, was der sichtlich genoss. »Ich verrate Ihnen jetzt was, aber das bleibt bitte unter uns: Es wird aller Voraussicht nach … wieder ein Regionalkrimi!«
>
> Großes Gelächter im Publikum, das Daphne sichtbar genoss, dann aber setzte sie ihre Betroffenheitsmiene auf: »Natürlich bleiben wir unserem Genre und unserer oberbayerischen Heimat treu, aber auch wir entwickeln uns weiter. Das Locker-Leichte …«
>
> »… Entschuldigung, Sie meinen wohl das Locker-Seichte, die schlichten Dialoge, die Dreiwortsätze, dieses Bulle-von-

Tölz-Artige!« Das rief ein anderer Studiogast in die Diskussion. Er wurde untertitelt mit: Hans Engelseder, Autor aus der Oberpfalz.

»Wenn Sie es so nennen wollen, Herr Engelseder: ja, dieses Schlichte, Bulle-von-Tölz-Artige. Was so gut ankommt, weil die Menschen das Oberland und seine klaren Charaktere mögen. Jedenfalls – dieses Locker-Leichte unserer letzten Romane weicht ein wenig den Schattenseiten …«

Nun unterbrach der Moderator: »Aber Sie werden wieder Ihr angestammtes Krimi-Personal an Bord haben, sprich diese schrulligen Gestalten, die der Leser schon aus früheren Werken kennt und für die es in Ihrem Heimatort, behaupten viele Leser, tatsächlich echte Vorlagen geben soll?«

»Also bitte, Sie glauben doch nicht allen Ernstes, dass in Oberthanning solche Hundlinge rumlaufen?« Wieder schrilles Gelächter von Daphne, dann vom Moderator und schließlich dem Publikum.

Wie unterschiedlich die beiden Frauen doch waren. Die eine aufgebrezelt, selbstbewusst im Mittelpunkt. Wie sie die Aufmerksamkeit genoss, die sie mit der Ankündigung des neuen Krimis auf sich zog. Die andere still und in sich gekehrt. Wenn überhaupt, dann nur ein gequältes Lachen. Und immer dieser kritische Blick zu Daphne, die munter weiterredete.

»Die Bierdimpfl vom Stammtisch, der bauernschlaue Polizist, die fesche Bedienung, die bigotten Weiber vom Katholischen Frauenbund und der junge Kommissar aus München, der unsere Fälle zuverlässig löst – sie alle werden uns natürlich auch im neuen Buch über den Weg laufen. Aber obwohl wir mit unserem Krimi-Light-Konzept erfolgreich sind, wollen wir uns, wie gesagt, an einem düsteren Plot versuchen. Tatsächlich ist es in unserem Geburtsort nicht immer nur heiter zugegangen … Es gab da zum Beispiel in den Achtzigerjahren einen Unfall. Nur sind Ina und ich der Meinung, dass es wahrscheinlich ein Selbstmord war, der nur als Unfall deklariert worden ist. Ein dunkler Fleck, eine Regenwolke, die einen Schatten über die Dorfidylle geworfen hätte. Daher hat man die Wahrheit einfach unter den Teppich gekehrt, so war das eben früher. Ina und ich haben diese alte Geschichte hervorgekramt und eine Fiktion daraus entwickelt.«

»Aus dem Unfall oder vielmehr Selbstmord wird also ein Mord?«

Daphne bleckte die weißen Zähne zu einem ihr ganzes Gesicht überspannenden Lachen, dann fuhr sie in derbem Bayerisch fort: »Schauen Sie: Mir schreibn doch koa Tragödien ned, mir machen Krimi! Aber bei so einer Gschicht, da schlagt unser Phantasie freilich Purzelbäum.«

»Und der Mörder …«

»… ist beim *Dirndl im Moor* zum ersten Mal koa Zuagroaster.«

»Ist das der neue Titel? *Das Dirndl im Moor?*«, wollte der Moderator wissen. Daphne lehnte sich selbstgefällig zur Co-Autorin rüber, schlang die zartgebräunten Arme um sie und lächelte sanft.

»Des verzählen mir ned. Stimmt's Ina?«

Fischhaber hielt die Sendung an, sah auf die beiden Frauen auf dem Bildschirm, schlürfte seinen Kaffee.

Er hatte ja einen ihrer Krimis gelesen. Ein ganzes Dorf spielte dabei mit. Angeblich waren die Figuren des Romans erfunden, das stand ausdrücklich vorne drin. Aber Daphne di Montagna hatte es doch selbst gesagt: Vorbild war ihr Heimatdorf. Der Stammtisch, der Katholische Frauenbund, der Bürgermeister, der Pfarrer, der Doktor, der Apotheker, die Bauern … alles wie in Oberthanning, dem Ort, aus dem sie und Ina stammten. Einem Dorf weiter westlich. Mitten drin im Murnauer Moos.

Fischhaber war nie in Oberthanning gewesen, der Einzugsbereich der Kripo Tölz endete kurz nach Benediktbeuern. Aber er konnte es sich gut vorstellen. Ein kleiner Dorfplatz, so wie es ihn noch häufig in Oberbayern gab. Mit der Kirche und dem Wirtshaus, drumherum die alten Häuser, das Kopfsteinpflaster. Weiter draußen ein paar schmucke Einfamilienhäuser, von denen sich jeder eins hinstellte, der auf sich hielt und es sich leisten konnte – die Garagen genauso groß wie das Wohnhaus, weil alle mindestens zwei Autos hatten. Sonst kam man ja gar nicht weg aus dem Dorf, denn der Bus pendelte nur ein oder zwei Mal am Tag.

In dem Krimi, den er gelesen hatte, war ein Bauer von einem Touristen aus dem Ruhrpott umgebracht worden. Er hatte beim Lesen oft geschmunzelt, denn die Spannung zwischen Ureinwohnern und den Zuagroasten, wie wirklich alle hießen, die nicht in Bayern mindestens geboren, aufgewachsen und zur Schule gegangen waren, war ihm selbst gut bekannt.

Aber dieses Mal ging es um einen authentischen Fall. *Das Dirndl im Moor* – das war anscheinend die Frau, die sich umgebracht hatte. Eine tragische Geschichte.

Er ließ das Standbild auf seinem Bildschirm – er wollte die Sendung gerne noch fertig anschauen. Aber erst mal recherchieren. Er rief den damals zuständigen Kollegen der Kripo Murnau an.

Der lachte bloß: »Ja mei, jetzt kommt ihr auch noch daher – und dazu noch in aller Früh! Ich hab ned amal den Kaffee gemacht.«

»Wieso? Wer hat sich denn noch für die Gschicht interessiert?«

»Die Zeitungsleut. Aber die hab ich gleich abgebügelt.«

»Das würd ich gerne wissen, wie das geht.«

»Ich hab einfach nur gesagt, was ich weiß: Dass das damals ein Unfall war, und diese beiden Krimi-Damen, die ham das bloß aufgebauscht in ihrer theatralischen Art.«

»Ich würde aber trotzdem gern hören, was damals genau passiert ist.«

»Ein Madel geht zur Kirchweih-Feier, zum Hutschn, verstehst? Also zum Schaukeln auf so einem Balken, der wo in der Tenne da von der Deckn baumelt …«

»Kenn mich schon aus.«

»Habt ihr des auch?«

»Ja, soweit san mir jetzt auch wieder nicht voneinander weg. Und der Tölzer nutzt jeden Grund zum Feiern, genau wie der Murnauer!«

Der Kollege an der anderen Leitung ratterte runter: »Maibaum im Frühjahr, Seefest im Sommer, Almabtrieb und Kirchweih dann zum Herbst … gearbeitet wird fast gar nix mehr vor lauter Festen. Bloß mir von der Polizei, mir san andauernd auf der Achsen, Raufereien beenden, Besoffene aufklauben … auf jeden Fall, jetzt bin ich wieder bei deiner Frage, ist sie nicht mehr heimkommen nach der Kirtahutschn. Nach der Feier, verstehst?«

»Vermisst also.«

»Erst schon. Aber dann haben sie die Leiche aus dem Moor gezogen.«

»Selbstmord.«

»Ah, geh! Die hat halt zu viel getrunken, nix vertragen, dann wollt sie mitten in der Nacht heimgehen, hat sich in der Dunkelheit verlaufen und aus is.«

»Die kann sich doch ned in ihrem eigenen Dorf verlaufen!«

»Alle haben gesagt, die war sternhagelvoll. Komasaufen sagt man heutzutag. Aber in den Achtzigern, da hat des noch ned so geheißen.«

Fischhaber machte sich Notizen. »Wann war das genau?«

»1987.«

»Und ihr seids sicher, dass des bloß ein Unfall war?«

»Wer ist so blöd und bringt sich in einem Moorsee um? Also, des wär ja eine Schnapsidee. Außerdem gab's keine Hinweise, dass das Madel sich hat was antun wollen.«

»Aber die konnte doch gewiss schwimmen.«

»Die Eltern haben es zumindest gesagt. Aber ich muss dir doch nicht verzählen, wie des ist? Wennst nicht mehr gradaus gehen kannst, wie willst dann noch schwimmen?«

»Und Mord?«

»Naa, da hat man nix von Gewalt erkennen können!«

»Habts ihr Spuren konserviert damals?«

»Ah, geh! Des war so eindeutig.«

Fischhaber legte den Hörer auf und ging zur Kaffeemaschine. Nachdenklich schenkte er sich die Tasse wieder voll und suchte nach Milch. Herrschaft, war denn wieder keine da? Er würde sich bei den Kollegen eine holen müssen. Mit der Tasse in der Hand verließ er das Zimmer, schlurfte durch den Gang. Als er zurückkam, stand Sascha vor seinem Bildschirm.

»Was machst denn da, Fritzi?«

Ja, zefix, jetzt war ihm der Sascha doch zuvorgekommen. Da half kein Lügen. »Ich hab mir die Sendung noch mal anschauen wollen.«

»Schau, schau, traust mir wohl nicht?«

»Doch schon, aber ...«

»Meinst, du findest was, was ich übersehen hab?«

»Blödsinn, es ist bloß ...«

»Verstehst du das unter vertrauensvoller Zusammenarbeit?«

»Herrschaftszeiten, lass mich doch ausreden!«

»Verstehst das unter: Jeder hat seinen eigenen Kompetenzbereich und der andere lässt ihn machen?« Sascha verschränkte die Arme und sah ihn mit finster zusammengezogenen Augenbrauen an. »Ich glaub, Fritz, jetzt brauchen wir wirklich einen Termin bei deiner Psychotante.«

***

Diese Lügen über mich. Ich hab denkt, die sind endlich vorbei. Aber jetzt hör ich, dass deine Freundin weitermachen will. Als ob überhaupt nix passiert wär. Eiskalt schreibt die eure Schundromane fertig, fast wie wenn du noch da wärst.

Hat die denn ned kapiert, was mit denen passiert, die wo die Vergangenheit nicht ruhen lassen? Die im alten Dreck wühlen, als gäb's da noch was zum Entdecken, was eine Menschenseele interessiert. Ich hab sie gewarnt. Öfters. So wie dich damals. Aber wer ned hören will, der muss halt leiden.

***

Am Morgen vor der Messe würde sie ihr neues Dirndl anziehen, das hatte ihr die Oma genäht. Es war ihr egal, dass sich viele Madel aus dem Dorf über die traditionelle Tracht lustig machten und lieber im kurzen Rock daherstöckelten.

Resi war halt anders.

Von der Mama würde sie sich einen Zopf um ihren Kopf flechten lassen. Das war hier Tradition, auch wenn es ewig dauerte, bis alle Haarsträhnen verstaut waren. Sie genoss es einfach, wenn die Mama sich die Zeit dafür nahm.

Vielleicht bekam sie dieses Jahr von der Oma das Hütchen mit der Feder. Sie mochte diese alten Familienstücke, wie sie überhaupt alles mit Tradition mochte. Sich so zurechtzumachen, wie's die Dirndl schon vor hundert Jahren getan hatten, das war für die Resi das Höchste. Vielleicht würde sie ein oder zwei Radlermaß trinken und tanzen, ja endlich einmal so richtig tanzen. Wenn der Flori sie an der Taille packen tät, sie würd's geschehen lassen. Und sie würd's genießen.

***

Es dauerte, bis Fritz und Sascha endlich einen Termin bei der Psychologin bekamen. Quälende Stunden, in denen die beiden weniger Worte austauschten als zwei beleidigte Leberwürste und deshalb auch mit ihren Ermittlungen kaum vorankamen. Alles steckte in einer Sackgasse: der Mordfall und die Teamentwicklung. Nicht gut, fand Fritz.

Dr. Bäumler ließ sich nicht anmerken, ob sie sich wunderte oder freute oder doch eher ärgerte, dass die Kommissare so bald wieder den Weg zu ihr gefunden hatten. Bestimmt hat ihr die Keilos gesagt, dass wir uns gedrückt haben, dachte Fritz, als er sich setzte.

Was sie sicher nicht weiß, ist, dass nicht einmal ich geahnt habe, was sich hinter diesem Telefongespräch vom Sascha … Aber natürlich würde er den Kollegen nie verpfeifen.

»Sie müssen sich darauf einstellen, dass ich heute leider nicht viel Zeit habe, schließlich hatten wir keinen Termin vereinbart.«

Fischhaber und Kunz nickten fast synchron.

»Aber es scheint akut zu sein?«

Wieder das Nicken.

Dr. Bäumler setzte sich und sah von einem zum andern.

»Wer möchte anfangen?«

»Es geht um Vertrauen«, preschte Sascha vor.

»Ich wollte doch bloß nachschauen …« Fritz kam nicht weit mit seiner Rechtfertigung.

»… ob ich alles richtig gemacht hab?«

»Herr Kunz, wir hatten uns doch darauf geeinigt, dass Sie Ihren Kollegen ausreden lassen …«

»Nein, jetzt red ich!«

Stirnrunzeln der Psychologin, aber noch ließ sie ihn gewähren.

»Wenn ich was überprüfe, dann mach ich das genauso gut wie der Herr Fischhaber. Und wenn der Herr Fischhaber meint, er müsste dann nachschauen, ob ich das auch wirklich gut gemacht habe, dann hab ich so einen Hals.« Sascha Kunz zeigte, wie stark sein Hals im Hemdkragen anschwoll, wenn er sich ärgerte.

Dr. Bäumler wandte sich Fritz zu.

»Wie sehen Sie das?«

»Ich wollte mir das Fernsehinterview mit den Schriftstellerinnen halt auch selbst anschauen. Mir ging es dabei aber weniger um die Beziehung der beiden …«

»Die war so verkorkst wie unsere, das kann ich dir sagen«, fiel ihm Sascha wieder ins Wort. »Nach außen haben sie so getan, als wäre alles in Ordnung, aber eigentlich konnten sie sich schon lange nicht mehr leiden.«

»Ist das denn bei Ihnen auch so?«, fragte die Psychologin nach.

»Ich mag dich eigentlich schon.« Fritz' Antwort klang kleinlaut.

»Gibt es ein Aber?« Dr. Bäumler wollte es genau wissen.

»Eigentlich nicht, nur müssen wir lernen, wie wir beide unsere Kommunikation besser in den Griff …«

»Du musst dich nicht verstellen, Fritz«, fauchte Sascha. »Jetzt tust du so harmlos wie die Berg, und ich soll dann wohl die zickige Montagna sein, oder was?«

Fritz Fischhaber sah seinen Kollegen überrascht an, der Zorn hatte ihm die Röte ins Gesicht getrieben, die Ader auf der Stirn war gefährlich angeschwollen, und noch immer hatte er diesen wirklich dicken Hals. Fischhaber schmunzelte: »Wie eine Diva schaust eigentlich nicht aus.« Er sah, dass auch die Psychologin sich das Lächeln verkneifen musste, und war einen Moment lang stolz auf den Gag.

»Ich bin auch keine, das bist höchstens du!«

»Lassen Sie uns zur Sache zurückkommen«, mahnte die Psychologin. »Warum, Herr Fischhaber, haben Sie sich eine Fernsehaufnahme noch einmal angesehen, obwohl Ihr Kollege sie bereits gesichtet und ausgewertet hatte?«

»Ich hab mir gestern noch Gedanken gemacht über unseren Fall«, fing Fritz ein bisschen umständlich an. Er sah auf die Spitzen seiner neuen Schuhe, die hell glänzten, aber inzwischen doch ein wenig zu drücken anfingen.

»Meinst, ich mach mir keine Gedanken?«

»Lassen Sie Ihren Kollegen bitte ausreden!«, leierte die Psychologin herunter.

»Die Krimis der zwei Autorinnen, die spielen bisher immer in ihrem Heimatort. Und dabei kommen nicht alle Leute gut weg, ich hab ja selber einen gelesen. In der Fernsehsendung hat das Mordopfer erzählt, dass es dieses Mal um einen echten Fall aus der Vergangenheit geht. Laut Polizeibericht war's zwar ein Unglück, dass das Mädchen im Moor umgekommen ist, aber Frau di Montagna hat was von Suizid erzählt und dass die beiden einen Krimi draus machen wollten. Mit einem Mörder aus dem direkten Umfeld des Opfers.«

»Das haben wir alles schon vorher gewusst.« Sascha verschränkte trotzig die Arme vor der Brust.

»Gleich in der Nacht nach der Sendung ist Daphne di Montagna umgebracht worden. Und ich hab mir gedacht: Vielleicht hat der Auftritt was mit dem Mord zu tun?«

»Hallo? Deshalb hab ich mir die Aufzeichnung ja angesehen!«

»Ja, da ging es aber eher um die Beziehung zwischen Daphne und Ina. Herrschaftszeiten! Aber ich, ich wollt rausfinden, was dieser Roman und die alte Geschichte mit dem aktuellen Fall zu tun haben. Ich dachte, der Mörder könnte ja auch jemand sein, der verhindern möchte, dass das Buch geschrieben wird und erscheint.«

Sascha sah Fritz nachdenklich an. Die Psychologin aber war offenkundig weniger an dem Fall interessiert.

»Wenden wir uns wieder der Dynamik Ihrer Zusammenarbeit zu. Die erneute Sichtung des Materials war also keine Überprüfung der Arbeit Ihres Kollegen, sondern Sie suchten nach der Bestätigung einer These, die Sie erst jetzt entwickelt hatten.«

Fritz war noch so im Fall versunken, dass er nicht genau zugehört hatte. »Ja, die These …«, sagte er nur und suchte den Anschluss.

In Sascha arbeitete es ebenfalls, und er konnte es nicht für sich behalten: »Da schaut sich einer die zwei Weiber im Fernsehen an …«

»Herr Kunz«, kam der Einwand der Psychologin, aber Sascha war nicht zu halten.

»… und da hört er: Es geht um eine echte Tote aus Oberthanning. Die war von da. Es ist das Madel, das nach dem Kirta im Moor verreckt ist …«

»Herr Kunz!« Die Stimme der Psychologin wurde schärfer.

»Im Oberland heißt's übrigens meist nach *der* Kirta, nicht nach *dem* Kirta«, fügte Fritz besserwisserisch hinzu.

Aber Sascha war gerade viel zu sehr mit seinen Gedanken beschäftigt, um sich darüber zu ärgern. Unbeirrt fuhr er fort. »Und dann will der verhindern, dass das Buch erscheint – ja, dass es überhaupt geschrieben wird.«

Fritz Fischhaber stieg mit ein: »Aber warum bringt er dann die Daphne di Montagna um und nicht die Ina Berg, die doch den größten Teil der Krimis schreibt?«

»Weil der Täter das gar nicht wissen konnte, das wusste bloß der Verleger und vielleicht das engste Umfeld. Jeder andere denkt, die Daphne ist der Dreh- und Angelpunkt, weil die die Klappe doch immer so weit aufgerissen hat.«

Dr. Bäumler hatte sich zurückgelehnt in ihren Sessel und verfolgte den Dialog der beiden Kommissare halb amüsiert, halb ärgerlich.

»Dann müsste unser Mörder was mit dem Dorf zu tun haben.«

»Vielleicht wohnt er dort ...«

Sascha Kunz stand schon auf. »Wir fahren am besten gleich nach Oberthanning.«

»Sie fahren erst, wenn Ihr Termin hier zu Ende ist«, fuhr Dr. Bäumler entschieden dazwischen.

»Aber unsere Teamarbeit funktioniert gerade hervorragend«, hielt Sascha dagegen.

»Ich habe bemerkt, dass Sie sich in dieser einen Sache gut verständigen. Aber merken Sie sich eins: Sie können hier nicht auftauchen und verschwinden, wie es Ihnen gerade in den Kram passt. Sie haben Termine, die halten Sie künftig bitte ein – und dann arbeiten wir gemeinsam, verstanden?«

Wieder nickten die beiden Kommissare, Dr. Bäumler sah streng von einem zum anderen »Und jetzt will ich noch kurz von Ihnen wissen, wie das funktioniert hat mit Ihren Gefühlen.« Sie zählte mit ihren schlanken Fingern ab: »Erstens: Die eigenen wahrnehmen, Zweitens: Die des anderen stehen lassen. Drittens: Die des anderen erspüren.«

Fritz und Sascha antworteten gemeinsam: »Besch...eiden.« Die beiden schmunzelten sich vertraut zu.

Während Fritz in seiner Hosentasche nach dem Notizbuch fischte, fuhr er fort: »Wir haben's probiert, aber dann ist es erst recht kompliziert worden.«

Sascha ergänzte: »Das wird irgendwie ganz schnell beleidigend.«

»Genau! Das geht nicht: Gefühle äußern ohne Streit.«

Sascha grinste und zeigte mit dem Daumen Richtung Kollege: »Zumindest nicht mit dem da.«

Fritz machte den Spaß gutmütig mit. Sein Büchlein hatte er jetzt zwischen den Händen, traute sich aber mit einem Mal nicht mehr, es aufzuschlagen. Irgendwie kam es ihm albern vor, all das vorzulesen, was ihn an der Zusammenarbeit gestört hatte. Außerdem hatte die Psychologin ja schon gesagt, dass sie heute eigentlich was anderes zu tun habe. Dass es keine Zeit gebe, Details zu besprechen.

Frau Dr. Bäumler schaute von einem Kommissar zum anderen: »Das mit dem Gefühle-Äußern, das geht sogar bei Ihnen beiden, da bin ich mir sicher. Sie müssen nur lernen, Ihre Gefühle richtig zu kommunizieren. Das Wichtigste: Ich-Botschaften statt Du-Vorwürfe …«

»Das macht's doch nicht besser, wenn der Fritz – jetzt nur mal als Beispiel – zu mir sagt: *Ich find*, du redest zu viel.«

»So ist's auch nicht gemeint, Herr Kunz. Das ist ein Du-Vorwurf, der nur so tut, als sei er eine Ich-Botschaft. Was meinen Sie, Herr Fischhaber, wie könnten Sie das sagen, ohne dass es Streit gibt?«

Fritz packte verunsichert seine Notizen zurück in die Tasche: »Ähh … vielleicht: Ich hab Kopfweh, weil du zu viel redest?«

»Das verletzt mich genauso!«, ging Sascha trotzig dazwischen. »Sehen Sie, das funktioniert bei uns nicht.«

Frau Dr. Bäumler bat Fritz mit einer eleganten Handbewegung, mit ihr den Platz zu tauschen. Sie setzte sich dahin, wo er vorher gesessen hatte, und schaute Sascha offen an, während sie eindringlich formulierte: »Ich bin Fritz, okay? Sascha, ich habe schreckliche Kopfschmerzen. Würde es dir was ausmachen, wenn wir heute nicht so viel redeten? Es hat nichts mit dir zu tun, nur mit mir. Irgendwie habe ich heute das Bedürfnis nach Ruhe. Wie geht es Ihnen, wenn ich das so ausdrücke, Herr Kunz? Sind Sie da beleidigt?«

Sascha schaute still in die Augen der Psychologin. Dazu fiel ihm erst mal nichts ein.

Fritz freute sich ein weiteres Loch in den Strumpf: der Sascha ohne Worte! Dass er das erleben durfte. Noch dazu hatte diese Traumfrau seinen Vornamen ausgesprochen: Fritz. So weich, fast zärtlich, hatte den Namen noch keiner je gesagt.

»Herr Kunz?«, wiederholte die Psychologin.

Sascha nestelte an seinem Hemdkragen: »Wenn der Fritz das genauso charmant sagen würde wie Sie, könnten wir drüber reden.«

»Das hat nichts mit Charme zu tun, Herr Kunz.«

Sascha wurde wieder bockig: »Aber man muss das erst mal schaffen, das so zu formulieren, mit Empathie und Konjunktiv und Zeugs. Außerdem dauert das dreimal so lang, bis man rausbringt, was man eigentlich will. Und die Zeit haben wir einfach nicht in unserem stressigen Alltag, stimmt's, Fritz?«

»Ich finde, wir sollten's probieren. Die letzten Tage ist ja einiges nicht so gut gelaufen. Früher haben wir den Ärger weggedrückt, damit Ruhe ist, und jetzt liegt der Kaas halt auf dem Tisch ...«

»Was gut ist«, schaltete sich Dr. Bäumler ein.

»Ja, schon, aber der stinkt halt bis zum Himmel.«

Die Psychologin schmunzelte »Schöner Vergleich!«

Fritz aber war in dem Moment der Kontakt zu Sascha fast wichtiger als das Kompliment von Sybille Bäumler. »Ich denk, wir brauchen mehr Zeit, wenn wir dauernd streiten, als wenn wir endlich mal probieren würden, dass wir dem anderen richtig sagen täten, was nicht passt.« Fritz lehnte sich zurück. Der Satz hatte ihn nun schon recht angestrengt.

»Wie man es richtig, also konstruktiver sagt. Genau! Ob es gelingt und wie es gelingt, schreiben Sie bitte auf. So, ich muss jetzt wirklich los. Vereinbaren wir noch einen neuen Termin? Und der ist dann verbindlich für alle!«

Sascha Kunz zog gehorsam sein Smartphone heraus: »Sagen wir übermorgen?«

»Ich bin nun erst einmal eine Woche in Urlaub.«

»Was? Ausgerechnet jetzt, wo wir Gesprächsbedarf haben?« Sascha sah Sybille Bäumler mit merkwürdig sehnsüchtigen Augen an »Sie haben doch gesagt, dass wir uns am Anfang engmaschig sehen sollten.«

»Wenn Sie Ihre Termine alle wahrgenommen hätten, wäre das auch so gewesen«, gab die Psychologin leicht patzig raus.

Sascha und Frau Dr. Bäumler beugten sich über ihre Handys, um einen Termin in der zweiten Oktoberhälfte auszumachen, währenddessen dachte Fritz intensiv darüber nach, was Sybille Bäumler wohl unternehmen würde in ihrer freien Woche. Aber er wusste, dass eine Frage in dieser Richtung ganz und gar tabu war.

Als sie nach ihrer Sitzung durchs Treppenhaus eilten, spukte dem Sascha im Kopf rum, dass er heute eigentlich noch eine wichtige Verabredung hatte: Ein Uralt-Spezl aus München wollte kommen. Seine Freundin hatte ihn wegen eines anderen verlassen. Dem ging's richtig dreckig, klar, dass Sascha das nicht absagen wollte. Also das mit dem Sofort-nach-Oberthanning-fahren-und-das-Dorf-unter-die-Lupe-nehmen, das hatte er zwar eben selbst so rausposaunt, aber eigentlich wollte er das gar nicht. Er klaubte alle Empathie und Konjunktive zusammen, die er in seinem aktiven Wortschatz finden konnte.

»Du Fritzi? Ich mein, ich hätt' da heute Abend noch mit einem Freund auf ein Bier gehen wollen. Der ist total down wegen einer Frau, braucht mich halt. Und da wollt ich dich mal fragen, ob es für dich auch in Ordnung wär, wenn wir morgen erst …«

»Passt schon! Ich hab mir auch schon gedacht, dass das heut gar keinen Sinn mehr macht. Das würde arg spät werden. Lass uns morgen fahren, dann sind wir frisch und haben den ganzen Tag.«

Ein kurzer Blickkontakt zwischen ihnen beiden.

»Doch nicht so schlecht, was die Psychologin uns so alles beibringt, oder?«, schob Fritz hinterher.

Sascha sog die Luft scharf ein und erinnerte sich mit Genuss an das kleine Zwiegespräch mit Sybille Bäumler: »Und auch nicht schlecht, wie sie schaut dabei.«

***

Er blickte ihr in die Augen. Kurz, aber tief. Sie konnte es kaum aushalten, so sehr wünschte sie sich, dass er sie an seine breite Brust ziehen würde. Stattdessen packte sie ein kühler Windhauch an den Schultern. Seit die Sonne sich hinter die Birken geduckt hatte, war es frisch geworden. Ein strahlender Oktobertag legte sich langsam nieder, und der kleine Moorsee kuschelte sich unter die Nebeldecke.

Die sonnigen Stunden des Tages hatte sie in der Küche verbracht – hatte die schlimmste aller Kirchweih-Aufgaben übernommen und geholfen, die Gänse zu schlachten und zu rupfen. Nicht nur die eine für die Familie, sondern noch eine weitere, die sie an die Nachbarn verkauft hatten. Gänse zu töten war furchtbar, nicht weil ihr die Tiere so ans Herz gewachsen wären, sondern weil man ihnen ihre Angst ansehen konnte. Die wussten genau, was mit ihnen geschehen würde. Im Grunde ahnten sie es schon, wenn man sich ihnen im Stall näherte. Noch schlimmer war das bei den Schweinen, die hatten richtig Charakter – auch wenn sie bis zum Himmel stanken.

Sie würde keinen Bauern heiraten und den Betrieb nicht weiterführen. Sie hatte sich bloß noch nicht getraut, das den Eltern zu sagen. Der Mutter würde es sicher das Herz brechen: Das einzige Kind gibt den Hof auf.

Aber sie wollte weg aus Oberthanning, Sie hatte sich auf mehrere Stellen beworben, um Schneiderin zu lernen, bei Trachtengeschäften in Tölz, Garmisch und sogar in München. Und vielleicht würde er ja mitkommen …

Flori ließ Kiesel über das Moor flitschen. Im Normalfall hüpften die vier- bis fünfmal in die Höhe, bevor sie im Wasser verschwanden. Wenn einer mal direkt sank, weil Flori ihm nicht den richtigen Drall gegeben hatte, lachten sie zusammen, schauten sich an und schwiegen dann wieder.

Morgen würde sie mit ihm tanzen. Und dann würde er sich endlich trauen, sie im Arm zu halten. Ganz fest.

***

»Fahr du«, sagte Sascha, als Fritz am kommenden Morgen auf der Beifahrerseite in den Dienstwagen steigen wollte. Der runzelte die Stirn.

»Ich mag aber, wenn du fahrst«, antwortete Fritz.

Sascha lachte: »Das ist eine schöne Ich-Botschaft, die gefällt mir.«

Fritz grinste schief: »Ich kann mich halt recht gut entspannen, wenn ich der Beifahrer bin.« Insgeheim dachte er: Und ich muss mir von dir nicht dreinreden lassen.

Sascha aber sah ihn bittend an: »Ich fänd's aber cool, wenn du heut mal fahren könntest.«

Fritz fragte nicht länger nach. Wenn sie sich weiter mit Ich-Botschaften Honig ums Maul schmierten, dann würden sie mittags noch hier stehen und diskutieren.

»Wie war's denn gestern mit deinem Spezl?«, fragte Fritz, als sie aus Bad Tölz hinaus in Richtung Murnau, genauer gesagt Oberthanning fuhren.

Sascha seufzte: »Der war so down, das kannst du dir nicht vorstellen. Dabei kann er froh sein, dass sich die Chick einen anderen gesucht hat. So teuer wie die war.«

»Vielleicht hat er sie recht lieb gehabt.« Fritz wurde ein wenig rot, weil er so was sonst nie sagte.

Auch Sascha bemerkte es. »Geh Fritz, reden wir heut über Gefühle?«

»Sei still, sonst sag ich der Psychologin, dass du mich beleidigt hast.«

»Was die wohl in ihrer freien Woche macht«, spekulierte Sascha und kramte in seiner Umhängetasche.

»Das hab ich mich auch schon gefragt«. Fritz biss sich wegen dieses unnötigen Geständnisses auf die Zunge.

Sascha sah ihn an und grinste: »Und ich hab mir gleich gedacht, dass du dich das gefragt hast.«

»Und warum fragst du dich das?«

»Weil ich gestern das erste Mal kapiert hab, was du an der findest.«

Fritz schwieg. Und Sascha wusste genau warum. Eifersüchtig war er. Sollte er ruhig. Wenn Fritz Angst hatte, dass ihm die Felle wegschwammen, würde er sich vielleicht was trauen bei der Frau Doktor. Er sollte mal checken, dass man bei den Damen nur voran-kam, wenn man proaktiv war.

Endlich bekam Sascha das Buch zu fassen, nach dem er die ganze Zeit in seiner Tasche gesucht hatte, und schlug es grinsend auf. »Dann schaun wer doch mal …«

»Was machst denn da?«

»Ich groove mich auf unsern Lokaltermin in Oberthanning ein«, antwortete Sascha und sah kurz von seinem Buch hoch. »Kannst ruhig a bisserl anziehen, Fritz. Fahrst ja wie ein Münchner.«

Fritz wollte schon dumm dagegenreden, aber dann besann er sich. »Ich finde diese Bemerkung nicht angemessen.«

»Sorry, ich wollt dir nicht auf die Füße treten. Aber mein Vater hat immer gesagt, die Münchner kennen überhaupt keine Verkehrszeichen außer den Ampeln. Und auf der Landstraße fahren sie genauso schnell wie in der Stadt. Immer sechzig.«

»Ich wär froh, wenn ich auf dieser Landstraße immer sechzig fahren könnt«, brummte Fritz und schaltete wieder einen Gang herunter. »Weiß doch keiner, was einen da hinter der nächsten Kurve erwartet. A Traktor, a Kuh …«

»Oder a Touri«, ergänzte Sascha trocken und vertiefte sich in sein Buch. Fritz genoss es, dass Sascha ruhig war. Er mochte es, über die Landstraße zu kriechen, auch mal einen Blick auf die Berge zu wagen, die heute so frei und klar vor ihm standen, als wären's nur wenige Meter und man könnte hinaufsteigen. Wenn er es sich nur fest genug vornehmen würde, dann könnte er vielleicht am Sonntag …

Saschas Lachen unterbrach seine Gedankengänge. »Da schau her!« Sascha begann, mit leicht erhobener Stimme aus dem Buch vorzulesen:

> Die Kühe zogen über die Dorfstraße, als nähmen sie an einer Fronleichnamsprozession teil. Langsam mahlten sie mit ihren Kiefern das Gras, das sie gerade noch auf der Wiese gerupft hatten. So kurz vor dem Melken hingen ihre Euter

> schwer gen Erde, und es kümmerte sie einen Dreck, dass der Tourist seine Digitalkamera zückte. So, als hätte er noch niemals in seinem Leben eine Kuh gesehen.

»Was liest da?«, fragte Fritz, dem das sehr bekannt vorkam.

»Das ist der letzte Krimi der beiden Mädels aus dem Oberland.«

»Des ist doch der, den ich kenn.«

»Vollkrasse Realität, das bieten die Heimatkrimis. Nicht mehr und nicht weniger.«

Fritz überlegte, ob er dem Sascha sagen sollte, dass ihm dieser Jugendslang auf die Nerven ging. Vollkrasse Realität! Wenn der Kollege jetzt 16 wär oder so, also mitten in der Identitätsfindung, aber ein gestandenes Mannsbild, noch dazu Kommissar, warum redete der so blöd daher? Er tat es ja nicht immer. Eigentlich nur dann, wenn er sich wie zu Hause fühlte. Das war offensichtlich gerade der Fall.

Fritz schaltete in den zweiten Gang, fuhr abrupt auf die linke Spur, sah nach vorne. Kein Auto zu sehen bis zur nächsten Kurve, aber die kam bald. Er riskierte es, stieg voll ins Gaspedal und überholte den Traktor, der in aller Seelenruhe vor ihm auf der Landstraße unterwegs war, und scherte wieder ein, kurz bevor ihm mit aufblinkenden Scheinwerfern ein SUV entgegenkam.

»Wow, jetzt provozierst aber«, grinste Sascha.

Fritz fiel in sein gemütliches Fahrtempo zurück und betrachtete wieder die Berge, bis er Sascha lachen hörte. »Hör dir das mal an!«

> Der Hinterstaller Seppi war nicht halb so blöd wie er dreinschauen konnte. Während es so aussah, als ob sein Blick prüfend auf die Wolken gerichtet war, die sich hinter den Berggipfeln zusammenbrauten, warf er in Wirklichkeit ein Auge auf die fesche Frau des Zuagroasten, der vor wenigen Monaten am Rand ihres Dorfes ein Pseudo-Bauernhaus hingestellt hatte. Mit Pool und Tennisplatz, versteht sich.

Sascha nickte. »Ja, solche Häuser und solche Frauen kenn ich auch. An den Arsch der Welt ziehen, aber dann chillig wohnen wollen.«

Chillig! Fritz biss sich auf die Lippen. Gut, dass Sascha endlich weiterlas.

> Sie war viel allein, die Neu-Oberthanningerin. Ihr Mann fuhr früh nach München, wo er bei BMW angeblich was zu sagen hatte. Die Deppen aus der Stadt, dachte der Seppi. Sie ziehen heraus aufs Land wegen der Landschaft und der guten Luft. Dann hocken sie da und ihnen ist fad, weil sie einfach nicht dazugehören. Ja, die Frau war ein bisserl zu viel allein, aber da könnt er sicher helfen. Der Seppi hatte genug Erfahrung. Erst taten sie ja recht überheblich, die Weiber aus der Stadt. Aber dann wussten sie die Qualitäten der Naturburschen doch zu schätzen. Und eine Bauernburschenschönheit war er auf alle Fälle, der Seppi.

»Ob's so einen wie den Sepp wirklich gibt?«, fragte Fritz. »Dann hat er sich bestimmt geärgert, wie die zwei Autorinnen ihn in ihrem Buch verewigt haben.«

»Hää? Der Weiberer von Oberthanning. So was ist doch ein Kompliment.«

»Vielleicht hat er deswegen Ärger gekriegt.«

»Oder es sind ihm noch mehr Frauen nachgelaufen.«

Fritz hatte sich verfahren. Das Hinweisschild war so klein gewesen und hinter dem Lastwagen hatte er es auch erst so spät sehen können. Er rechnete mit einem dummen Kommentar vom Sascha, aber der war vertieft in sein Buch. Der merkte nicht einmal, als Fritz in einem Dorf eine kleine Schleife fuhr und umkehrte. »Da, schau, über unsern Kollegen, den Landpolizisten, steht auch was drin.«

> Für den Kropfberger Alois war es nicht immer leicht, ein Oberthanninger zu sein. Eigentlich war er bei der Polizeiinspektion Miesbach, aber der Staat erwartete von einem korrekten Beamten, dass er sich auch um Recht und Ordnung im eigenen Dorf kümmerte. Und dabei kam der stattliche

Mann, dessen Bierbauch jedes Jahr um einige Zentimeter wuchs, in einen Konflikt. Denn natürlich war er ja Teil der Dorfgemeinschaft …

»Was steht da? Kropfberger Alois? Der heißt doch gar nicht so«, fiel Fritz ihm ins Wort. Sascha sah ihn mitleidig an.

»Also, ein bisserl müssen die beiden Autorinnen die Namen ihrer Leute schon verändern. Sonst haben die gleich eine Klage am Hals!«

Fritz nickte und konzentrierte sich darauf, das Schild nach Oberthanning dieses Mal nicht zu übersehen. Sascha las weiter:

… andererseits aber konnte er nicht dulden, wenn das Gesetz gebrochen wurde. Vielleicht versenkte er seinen roten Zinken deshalb gern im Bierglas, weil er nachher nicht mehr so genau sah, was um ihn herum vorging. Dass die jungen Burschen besoffen mit 80 durchs Dorf bretterten, auf dem Weg zur nächsten Landdisco, wenn sie diese überhaupt erreichten und nicht vorher an einem Baum hängenblieben. Inzwischen blickte er auch über den ein oder anderen kleinen Schwarzbau im Bauerngarten hinweg, und auf Parkregeln achtete im Dorf sowieso keiner. Stellte doch jeder sein Auto oder seinen Traktor da ab, wo er aussteigen wollte.

»Ich frag mich, ob man mit den Vorgesetzten Ärger kriegt, wenn so was über einen im Roman steht«, überlegte Fritz.

»Das ist ja angeblich alles Fiktion«, meinte Sascha.

»Wenn mich jemand in seinem Buch derart durch den Kakao ziehen würd, tät ich mich ärgern.«

»Frag ihn doch nachher, wie's ihm damit gegangen ist«, schlug Sascha vor und nutzte die letzten Meter bis zum Dorf, um seine Lesung zu beenden.

Aber bei einer Schlägerei, da kehrte er dann schon den Dorfpolizisten heraus. Nicht, dass er eingriff. Aber er packte den Rest seiner Autorität aus und drohte mit Anzeige.

Mancher Bursche ließ sich davon beeindrucken, andere verständigten sich mit einem Blick darauf, dass die Rauferei hinterm Stadel weitergehen könnte, wo sie dem Blickfeld der uniformierten Rauschkugel entzogen waren.

Sascha kriegte sich nicht mehr ein vor Lachen. »Und diese Rauschkugel will uns jetzt durchs Dorf führen?«

»Lass dir bloß nicht anmerken, dass wir die Passage gelesen haben«, warnte Fritz.

»Aber den Dorfpolizisten kann man doch wirklich nicht mehr ernst nehmen, wenn man das gelesen hat. Wie heißt er denn in Wirklichkeit, unser Kollege? Nicht dass ich ihn gleich mit Kropfberger anrede«, fragte Sascha, während sie das Ortsschild von Oberthanning passierten.

»Vinzenz Krottenthaler ist sein richtiger Name. Er wartet im Wirtshaus auf uns, und denk immer dran, dass wir auf seine Hilfe und Informationen angewiesen sind.«

»Geh, Fritz, kennst mich doch. Ich bin die Diplomatie in Person!«

Fritz bog von der Dorfstraße in den Kirchweg ein und setzte noch eine Ermahnung drauf. »Sonst schauen wir in dem Dorf alt aus, weil da schwätzt keiner mehr mit dir, wenn du nicht zu mindestens einem Ureinwohner einen guten Draht hast.«

Da wär ich nie allein drauf gekommen, dachte Sascha, so einen echten Kriminaler an der Seite zu haben, ist schon Gold wert, sonst gingen die ganzen Ermittlungen in die Hose… ihn nervten diese Sprüche und all das Oberlehrerhafte, das manchmal aus Fritz herauskam. So skeptisch, so pessimistisch schaute er dabei, von Schicksalsschlägen und Fehlentscheidungen gerupft und verbittert. Er, Sascha, würde niemals so werden, und zwar egal, was das Leben ihm noch bringen würde. Immer wollte er so bleiben wie er jetzt war: positiv, mutig, schlagkräftig. Kein alter Sack eben. Aber, da war sich der Sascha sicher, noch nicht mal eine wie die Bäumler würde es schaffen, Fritz das so zu sagen, dass es positiv ankäme. Deshalb würde er selbst es gar nicht erst versuchen. Also ließ er die Kommentare von Fritz an sich abperlen.

Vielleicht auch, weil er wusste, dass der Kollege ebenfalls einiges unkommentiert runterschluckte.

»Ist schon recht, Fritz. Ich tu so, als ob ich dazugehör, und ausnahmsweise verzichte ich mal auf alles Polyglotte. Weil, wenn du das schon nicht magst, was sollen dann erst die Oberthanninger sagen?«

Fritz sah ihn ertappt an, und Sascha grinste. »Meinst, ich hab nicht gemerkt, dass ich dir schon wieder auf die Nerven gehe?«

»Tut mir leid, aber das ganze Zeitgeist-Gewäsch mit krass und chick und chill!«

»Schon gut. Doch das nächste Mal will ich das von dir als 1a-Ich-Botschaft hören! In gepflegtem Bayerisch, versteht sich!«

***

Fritz stieg aus und sah sich um. Ja, so hatten es Ina Berg und Daphne di Montagna beschrieben, genau so. Der kleine Zwiebelturm, dessen Glocke jetzt die Dreiviertelstunde schlug. Der Friedhof, der sich eng und klein um die Kirche schmiegte. Wahrscheinlich gab's am Ortsrand schon einen neuen. Dieser war ein Relikt aus der Zeit, als hier höchstens hundert Leute gewohnt hatten, mehr Kinder als Alte. Damals waren wohl alle miteinander verwandt gewesen, auf jeden Fall kannte man sich, im Guten wie im Bösen.

Beim Herfahren hatte Fritz über die Neubaugebiete rund ums Dorf gestaunt. Zwar schienen die Häuser dem oberbayerischen Baustil nachempfunden mit der Holzverkleidung, den großen Geranien-Balkonen, dem vorgezogenen Dach, aber sie hatten nicht mehr die schlichte Volkstümlichkeit. Die Nachkommen der wohlhabenden Dorfbewohner, die nicht mehr Bauern sein wollten, wussten beides zu schätzen: Prosecco auf der Bangkirai-Terrasse und Bergblick vom ausgebauten Dachgeschoss.

Der »Alte Wirt« hieß in den Romanen der beiden Autorinnen »Neuer Wirt«. Zumindest in dem Buch, das Fritz gelesen hatte. Nicht sehr originell, fand er. Aber wie sie diese Stimmung getroffen hatten! Die frische, klare Luft, durchsetzt mit einem Hauch von Kuhstall und Mist, im ursprünglichen Dorfkern die engen, schmalen Gassen, die fast improvisiert wirkten, die wenigen Leute auf der Straße, die so gingen, als ob sie zwar ein Ziel hätten, aber trotzdem keine Eile. Vielleicht wollten sie zum Kramerladen im Ort, der mal den Hubers gehört hatte, zur Weide, wo die Kühe standen, zum Nachbarn, der das richtige Werkzeug, oder zum Doktor, der sich ein altes Bauernhaus gekauft hatte.

Diese alten Gebäude zeugten auch davon, wie man sich Oberbayern vorstellen konnte zu einer Zeit, als es noch ein Geheimtipp für die Sommerfrischler aus München gewesen war. Vorne der Wohnbereich, hinten der Stall gleich angebaut. Aus einigen dieser Ställe hörte man ein Muhen. Die meisten Kühe waren sicher auf der Weide, aber der Stier, die Kälbchen, ein krankes Rind … irgendwer war immer da, so schien es Fritz. Andere Stallungen sahen schicker aus. Vielleicht waren sie umgebaut zu Wohneinheiten oder zu Hobbyräumen.

»Hier wär's schön zum Wohnen«, sagte Fritz, der die plötzliche Ruhe und Idylle genoss.

»Um Himmels willen«, antwortete Sascha. »Hier ist doch der Hund begraben.«

»Täuschen Sie sich nicht«, hörten die beiden da eine Stimme hinter sich. »In einer guten Woche ist Kirta und dann ist bei uns richtig was los.«

Fritz und Sascha drehten sich um. Sascha musste unwillkürlich grinsen, denn der Mann, der in der Tür des Wirthauses stand, sah genauso aus, wie Ina Berg und Daphne di Montagna den Dorfpolizisten beschrieben hatten.

Er kam mit ausgestreckter Hand auf sie zu. »Ich bin der Vinzenz Krottenthaler, habe die Ehre. Ich hab Sie von drinnen vorfahren sehen, und weil Sie so lang nicht reinkommen sind, da dachte ich, ich schau mal nach.«

»Ich wollt mich erst ein bisserl umsehen«, sagte Fritz, und es klang wie eine Entschuldigung.

Krottenthaler bemerkte, dass Sascha immer noch das Buch der beiden Autorinnen in der Hand hielt. Sascha sah diesen Blick und wollte es schnell ins Auto zurücklegen, aber der Dorfpolizist schmunzelte bloß.

»Wahrscheinlich haben Sie erst einmal vergleichen wollen, was bei uns so ist wie in den Krimis.«

»Na ja, man merkt schon, dass Oberthanning das Vorbild war ...«, lavierte Sascha.

»Gell, Sie müssen zugeben, dass die zwei mich recht gut getroffen haben?«

Sascha tat, als wäre eine wichtige Nachricht auf seinem Handy eingetroffen. Fritz aber stellte sich dem prüfenden Blick des Kollegen. »Hat es Sie nicht recht gewurmt, wie Sie das gelesen haben?«

Krottenthaler schüttelte den Kopf: »Es haben sich schon einige geärgert im Dorf, aber ich kann mich über meine Romanfigur nicht beschweren, der Kropfberger Alois bringt schließlich alle zum Lachen.«

Krottenthaler klopfte sich auf den Bauch und winkte mit dem Kopf in Richtung Tür. »Damit ich jetzt meinem Image auch gerecht werde: Kommen Sie halt rein auf a Halbe.«

Die Wirtsstube war noch recht leer. Zwei alte Männer saßen in einer Ecke vor ihrem Bier, das schon lack geworden war. Sie musterten die Neuankömmlinge kurz, dann wandten sie sich wieder ab und redeten weiter über den Milchpreis. Am Stammtisch stand ein leeres Glas, hier hatte offenbar Krottenthaler gesessen.

Wenige Leute in der Stube, und doch war sie zugleich auch voll, fand Sascha. Die Wände fast ganz mit Holz verkleidet, das machte sie gemütlich, aber auch ein bisschen dunkel. In der Ecke der Herrgottswinkel mit einem Kreuz, einem Marienbild und ein paar Blumen. Rundum auf halber Höhe ein Regalbrett mit Krügen, Pokalen und Fotos, die vom Vereinsleben erzählten. Aus einem alten Radio erklang volkstümliche Musik. Unter einem der Tische lag ein großer Hund, der im Schlaf immer wieder tief aufseufzte. Eine Katze streunte über die Sitzbank, aber sie konnte den Hund zu keiner Reaktion bewegen.

»Setzen wir uns halt hin«, schlug Krottenthaler vor. Sascha nahm gleich Platz, aber Fritz war vorsichtig.

»Zwei Tölzer am Oberthanninger Stammtisch, geht das denn überhaupt?«

»Wer sollt was dagegen haben?«, meinte Krottenthaler, und es klang so, als wollte er sagen: Wenn ich das sag, dann passt das auch.

Eine junge Frau kam aus der Küche in die Wirtsstube und lächelte die Neuankömmlinge freundlich an. »Jetzt ist er da, dem Vinzenz sein Besuch aus der Stadt.«

»Aus Tölz«, korrigierte Sascha und begutachtete beeindruckt die Bedienung in ihrem feschen Dirndl mit dem großzügigen Ausschnitt. Sie war wirklich ganz eine Hübsche, und ihr Lächeln sah so aus, als wäre sie unkompliziert, herzlich und liebenswürdig.

»Für uns ist das die Stadt, gell Vinz?«, antwortete sie und lachte. »Übrigens, ich bin die Gundi.«

»Sascha Kunz.« Er wollte aufstehen und sich offiziell vorstellen, aber Gundi legte ihm die Hand auf die Schulter.

»Nicht so kompliziert. Was magst trinken?«

»Ein Alkoholfreies bittschön!«

»Und Sie?«

Freilich fiel Fritz auf, dass er nicht geduzt wurde, obwohl das hier, wie oft auf dem Land, sicher üblich war. Aber er fand es eigentlich auch besser, wenn es da ein bisschen Distanz und Respekt gab. Schließlich waren sie ja nicht auf Urlaub hier.

»Eine Apfelschorle«, antwortete Fritz. Die Bedienung nickte, nahm das Glas vom Krottenthaler, fragte ihn aber gar nicht, was er denn haben wolle, das schien ohnehin klar zu sein.

Saschas Blick folgte Gundi, die hinter den Tresen ging. Krottenthaler bemerkte das sehr wohl und grinste. »Ja, unsere Gundi, die ist schon eine ganz Fesche.«

»Vor allem so freundlich«, redete sich Sascha raus. »Das sind wir von der *Stadt* gar nicht gewohnt.«

»Sie kommt ja auch in den Krimis von Ina und …«, Krottenthaler zögerte einen Moment, dann beugte er sich zu Fritz und Sascha. »Ich sag jetzt nicht Daphne. Weil sie ja eigentlich Anna heißt, und jeder hier nennt sie auch noch so. Alles andere ist doch ein Schmarrn. Des wär ja grad so, als wenn ich mich Schimanski nennen tät.«

Sascha grinste. Fritz aber nickte. »Ja, ich kann mich schon an eine fesche Bedienung erinnern in dem einen Krimi, den ich gelesen hab.«

Aufs Stichwort kam Gundi mit Bier und Apfelschorle an den Tisch. Bevor sie sich vorbeugte und die Getränke verteilte, warf Fritz Sascha einen warnenden Blick zu. Aber der ließ sich nicht abhalten, Gundi bei ihrer Tätigkeit ganz genau zu beobachten.

»Haben Sie die beiden Autorinnen denn gekannt?«, fragte Fritz die Bedienung, als sie fast schon gehen wollte.

»Freilich, die erste Zeit waren sie ja noch manchmal da im Dorf. Erst wie sich einige über die Bücher geärgert haben, da sind sie nicht mehr gekommen.«

»Und was war Ihr Eindruck von den beiden?«

Gundi dachte einen Moment nach, dann zuckte sie die Schultern. »Manchmal sind die arrogantesten Leut die, die wo hier aufgewachsen sind, aber heut woanders wohnen. Weil sie denken, sie hätten es weit gebracht. Da sind mir die Touristen lieber, die mögen die Ruhe und Gemütlichkeit hier. Wenigstens zwei oder drei Wochen im Jahr.«

Sie wollte schon wieder gehen, aber Fritz war noch nicht fertig. »Haben Sie sich auch geärgert über die Bücher?«

»Ich bin ja das lustige, fesche Flitscherl, das haben Sie bestimmt schon gemerkt.«

»Ich kann mir gut vorstellen, wie die beiden darauf gekommen sind, also auf das lustig und das fesch, mein ich!«, schaltete sich Sascha ein. Krottenthaler grinste sich eins, was Fritz ärgerte. Dass der Dorfpolizist seinen Kollegen durchschaute, der sich hier wegen einer jungen Frau zum Affen machte, das passte ihm nicht.

»Wenn jetzt Leute hierherkommen …« Fritz musste sich ganz schön konzentrieren, damit er den Faden nicht verlor. »Wenn die also die Bücher gelesen haben und Sie dann sehen …«

»Sie meinen, die Krimi-Touristen, die das Mörderdorf besichtigen wollen?«

Fritz nickte: »Wie gehen die denn mit Ihnen um?«

»Mei, der eine oder andere meint schon, dass er mich gleich anlangen kann, weil ich ja in den Geschichten eine bin, die mit jedem ins Heu steigt.« Sie beugte sich vor und wurde etwas leiser. »Aus Sicht der Stadterer haben wir nämlich bis heute keine Betten.«

»Was machen Sie denn dann, wenn Ihnen einer zu nahe kommt?«, fragte Fritz, der sich dezent ausdrücken wollte.

»Ich weiß mich schon zu wehren, gell Vinz?«, antwortete Gundi und zwinkerte dem Dorfpolizisten zu.

***

Auf dem Weg durchs Dorf ging Krottenthaler in schleppendem Schritt voran. Fritz folgte ihm mit wachen, interessierten Augen, Sascha hingegen zückte an jeder Ecke seine Kamera.

»Im Büro sind wir froh, wenn wir Fotos haben, um zu rekapitulieren, was Sie wann wozu gesagt haben.«

Krottenthaler lächelte geschmeichelt. Er wusste ja selbst, dass er wichtig war, aber wenn es ihm der Kommissar aus Bad Tölz noch mal bestätigte, dann war das umso besser.

»Da ist das zweite Wirtshaus«, sagte er und deutete auf ein etwas heruntergekommenes Gebäude am Ende des Heuwegs.

»Man könnte denken, die hätten's schon aufgegeben«, murmelte Fritz.

Krottenthaler nickte. »Das hat auch lange Zeit so ausgeschaut, aber dann sind auf einmal die Touristen gekommen, und ein Wirtshaus war zu wenig. Die wollen ja nicht bloß Fotos machen, die wollen ja auch was essen und trinken.«

»Ja, die Touristen …« Fritz versuchte, das Gespräch in Gang zu halten. »In Tölz sieht man die auch überall.«

»Aber unsere sind ganz besondere«, behauptete Krottenthaler. »Die sind ja nicht wegen der schönen Landschaft und der guten Luft hier wie bei Euch, weil sonst wären die ja vor zwanzig Jahren auch schon hergekommen.«

Sascha sah ihn irritiert an. »Was wollen die dann in der Pampa?«

Krottenthaler schien die kleine Spitze überhört zu haben, zumindest reagierte er in keiner Weise darauf. »Die machen eine regelrechte Besichtigungstour, auf den Spuren der Krimis. Schauen Tatorte an, fotografieren die Leute, von denen sie glauben, dass die im Krimi eine Rolle spielen …«

»Und ihr macht das mit?«, wunderte sich Fritz.

»Beim ersten Krimi haben wir uns gefreut«, erinnerte Krottenthaler sich. »Touristen bei uns, wo die sonst immer auf der Hauptstraße vorbeifahren in die schöneren Dörfer. Die, wo einen Berg haben oder einen richtigen See. Endlich haben die uns entdeckt! Da haben die Anna und die Ina uns auch noch nicht so derbleckt wie in ihren späteren Werken.«

Er deutete auf eine Bäckerei, die auf der anderen Seite der Straße war. Ein kleiner Laden mit einem altmodischen Schriftzug, davor ein paar Leute, die Fotos machten.

»Schauen Sie, der Bäcker-Fonsi zum Beispiel, der wollte eigentlich schon zumachen. Dann kam der Krimi *Mordsbrezn* raus, wo in seinem Ofen ein wichtiges Indiz vor sich hin bäckt, und seitdem hat er Kundschaft noch und nöcher. In dem Buch ist er übrigens als Volldepp dargestellt. Der Roman-Fonsi kann eigentlich bloß Teig mischen und die Semmeln in den Ofen schieben. Aber sonst: zu blöd zum Leben und zum Sterben.«

»Aber gewurmt hat ihn das schon, oder?«, fragte Fritz nach.

Krottenthaler zuckte kaum merklich die schweren Schultern: »Die beiden Schriftstellerinnen behaupten ja, dass sie gar nicht den Fonsi gemeint haben. Und eigentlich lebt der ganz gut davon, dass er als Dorfdepp in die Geschichte des Oberthanninger Heimatkrimis eingegangen ist.«

Krottenthaler wandte sich ab und wollte schon weitergehen, als hinter ihm eine Stimme ertönte.

»Herr Kropfberger!«

Krottenthaler wandte sich um, sehr zum Erstaunen von Fritz und Sascha. Er bemerkte ihren verwunderten Blick und grinste. »Inzwischen höre ich sogar auf meinen Künstlernamen.«

Drei Touristen mit ihren Kameras im Anschlag eilten über die Straße. »Dürften wir ein Foto von Ihnen machen?«

»Woran haben Sie ihn eigentlich erkannt, er hat ja nicht einmal seine Uniform an«, fragte Sascha einen der Touristen, während der andere mit Krottenthaler darüber verhandelte, wo er sich für das Foto hinstellen sollte.

»Er ist so treffend im letzten Krimi beschrieben!«, rief einer der Touristen, »Der Gang und die Stimme und die Gesten und dann auch das Gesicht mit der Nase …«

»Die meisten haben ja eine Nase«, spöttelte Fritz, aber er wusste schon, was der Mann damit sagen wollte.

Sascha betrachtete Krottenthaler aus den Augenwinkeln, wie der auf all diese Anmerkungen am Rande der Beleidigung reagierte. Gehört hatte er sie, denn er sagte: »Ja mei, ich kann doch auch nix für meinen Zinken.«

»Aber da ist noch dieses Tollpatschige und dieses Hilflose … Hört eigentlich noch irgendjemand auf Sie, wenn Sie was sagen?« Die Touristin sah Krottenthaler mit großen blauen Augen an.

Krottenthaler lächelte diesmal nicht zurück. »Sie meinen, es ist wurscht, was ich sag. Weil ich im Krimi der Depp bin, bin ich's im Leben auch?«

»Nein, so wollte ich das nicht ausdrücken!«

»Dann ist es ja recht.« Krottenthaler setzte wieder eine gutmütige Miene auf. »Die beiden Herren sind übrigens von der Kripo. Sollen wir die auch mit aufs Bild nehmen?«

»Wenn das möglich wäre …«, rief eine ältere Dame aus der Gruppe und fasste einfach nach Fritz' Arm, um ihn in dic richtige Position zu schieben. Fritz schüttelte die Angreiferin ärgerlich ab.

»Ich mag nicht fotografiert werden. Ein Mensch ist umgebracht worden, und wir sollen den Fall aufklären. Bloß deswegen sind wir da.«

»Aber das Foto ist doch gleich gemacht, und dann können Sie weiter ermitteln«, argumentierte die Frau.

»Tut auch gar nicht weh«, feixte einer der anderen Touristen.

Fritz verdrehte die Augen und sah, Bestätigung suchend, zu Sascha, aber der hatte sich neben Krottenthaler gestellt und mit einem kritisch-ermittelnden Blick in Pose geworfen.

»Danke!«, sagte die Frau und wandte sich an Sascha, den sie nun als den Zugänglicheren der beiden Kriminaler erkannt hatte.

»Es geht doch bestimmt um die Autorin, oder? Wie weit sind Sie denn mit der Aufklärung des schrecklichen Mordes?«

»Wir haben ein paar heiße Spuren …«, behauptete Sascha und übersah geflissentlich den entrüsteten Blick des Kollegen. Das war seine Stunde, jetzt konnte er mal ein bisschen angeben, ohne was zu verraten. Schadete ja keinem. Auch Krottenthaler schien beeindruckt.

»Ist das nicht tragisch mit der Daphne, ich mein, wie geht es jetzt mit Ihrem Dorf und den Geschichten weiter?«, klagte ein anderer Tourist in Richtung Dorfpolizist.

»Das weiß nur der liebe Herr da oben«, sagte Krottenthaler und blickte wie ein pausbackiger Putto gen Himmel.

»Und was ist mit dem neuen Krimi, an dem die beiden gearbeitet haben?«, fragte eine jüngere Frau nach, die mit einer großen Tüte aus der Bäckerei gekommen war. *Hier ist a echte Mordsbrezn drin – die gleiche wie die da aus dem Heimatkrimi*, stand etwas umständlich drauf. An dem Satz hatte sicher kein Werbetexter gefeilt, dachte Sascha.

Krottenthaler drehte beide Handflächen nach oben und hob sie ein wenig an, aber bevor er seine Expertise dazu abgeben konnte, kam schon die nächste Frage. »Können Sie uns sagen, wo das Geburtshaus von Frau di Montagna steht?«

»Geboren ist die im Krankenhaus in Murnau«, gab Krottenthaler geduldig Auskunft. »Aber gewohnt hat sie mit ihren Eltern im Enzianweg.«

»Wie kommen wir dahin?«

»Von hier aus … ja nehmen Sie halt die Gasse da beim Marienhäusl, dann rechts herum und noch mal rechts und bis zum Ende, dann sehen Sie's schon.«

Fritz wunderte sich, als der Krottenthaler ihn und Sascha dann geradeaus weiterführte, sie wollten ja auch dorthin. Der Dorfpolizist kommentierte trocken: »Die sind wir erst mal los.«

Leider warteten im Enzianweg bereits andere Touristen auf sie.

Aber es war dem Fritz jetzt auch schon egal, er wollte sich einen Eindruck vom Dorf verschaffen, und da gehörten diese Leute wohl inzwischen dazu. Das hatte er verstanden. Sie fotografierten das unscheinbare kleine Häuschen von allen Seiten. Von innen wurden die Stores leicht beiseitegeschoben, eine ältere Frau sah kurz heraus und zog schnell den Kopf zurück, als sich die Kameras auf sie richteten.

»Ist das die Mutter von Frau di Montagna?«, fragte ein aufgeregter junger Mann, aber Krottenthaler schüttelte den Kopf. »Naa, des ist die Frau Habereder. Die ist erst später nach Oberthanning gezogen. Hätte sie sich auch nicht gedacht, dass es mal so viel Unruhe um das Haus geben würde, als sie es gekauft hat damals.«

Bevor sich die erste Gruppe Touristen, der sie begegnet waren, bis hierher durchgefragt hatte, ging es weiter zum Elternhaus von Ina Berg. Es lag nur wenige hundert Meter von dem ihrer Co-Autorin weg. Klein, bescheiden, unauffällig.

»Keine reichen Bauern«, stellte Sascha fest, und Krottenthaler schüttelte den Kopf. »Naa! Der Vater von Ina Berg war Maurer, und ihre Mutter hat die Kirche geputzt. Das war zu der Zeit, als wir noch einen Pfarrer hatten und jeden Tag eine Messe war. Und die Eltern von der Anna hatten einen Tante-Emma-…«

»Wissen wir«, unterbrach Sascha ihn und schlug sich lässig die langen Ponyfransen an die Schläfe.

Im selben Moment gingen sie an der Rückseite einer Metzgerei vorbei. Drin hingen Schweinehälften, das Blut tropfte in eine kleine Rinne am Boden. Sascha verzog angewidert das Gesicht.

»Die Stadterer«, raunte Fritz seinem jungen Kollegen zu. »Essen Fleisch und wissen nicht mal, wie's gemacht wird. Meinst, die Tiere bringen sich selbst um und zerlegen sich in Steaks?«

Sascha ignorierte auch diese Bemerkung und fühlte sich extrem souverän. So was hatte er gar nicht nötig. Er machte lieber seine Arbeit, schoss Fotos und notierte sich, was er aufgenommen hatte.

»Ist eigentlich noch jemand da von den Eltern?«, fragte Fritz nach. Krottenthaler schüttelte den Kopf.

»Die Eltern von der Ina sind leider schon gestorben. Und die Anna …«

»Ja, wohin Frau di Montagna ihre Eltern umgetopft hat, das haben wir schon gesehen«, ging Sascha wieder dazwischen.

Die Führung durchs Dorf war schnell beendet. Mit wenigen Straßen war der Ort übersichtlich, es gab noch ein Feuerwehrhaus, einen kleinen Weiher, eine Kapelle am Dorfrand, einen Fußballplatz, ein kleines Rathaus aus der Zeit, als der Ort selbstständig war. Jetzt waren Jugend- und Seniorenräume drin, und die wenigen Protestanten im Dorf durften dort ihren Gottesdienst feiern. Das alles erklärte Krottenthaler ihnen auf dem Rückweg zum Wirtshaus.

»Die beiden Autorinnen haben ja im Fernsehen darüber geredet, dass es im neuen Krimi um eine Moorleiche geht. Einen echten Fall, den sie neu aufgreifen.« Fritz wollte endlich zum Thema zurück.

Krottenthaler wischte sich mit der Hand über die Stirn: »Da gab's mal ein Madel, das verschwunden ist. Die Resi.«

»Und das war auf der Kirta?«

»Es passiert leider fast jedes Jahr was an Kirchweih«, seufzte Krottenthaler. Der umsichtige Dorfpolizist war ihm jetzt anzumerken. Er bemühte sich um gepflegtes Hochdeutsch: »Meistens sauft, also trinkt einer zu viel und baut einen Unfall, und wir sind alle froh, wenn er überlebt und auch keine anderen zu Schaden kommen. Einmal ist einer in seinem Rausch aufs Dach vom Feuerwehrhaus gestiegen, den haben wir aber noch herunterholen können, bevor er losgeflogen ist. Seine Frau hat …«

»Und wie war's bei dieser Resi?«, unterbrach Fritz ihn schnell, bevor Krottenthaler zu weit ausholen konnte.

»Mei, so genau weiß ich das auch ned. Ich war damals einige Jahre bei der Polizei in Würzburg und kenn den Fall deshalb nur aus Erzählungen. Aber es wird vermutlich ähnlich gewesen sein: Das Madel geht auf die Kirta, da wird auf der Hutschn geschaukelt, dann ein bisserl viel getrunken, und auf dem Heimweg ist sie wahrscheinlich ins Moor gefallen und konnte sich nicht mehr selber draus befreien.«

»Aber das Moor ist doch draußen, da hinter den Wiesen«, wunderte sich Fritz. »Hat das Madel denn da gewohnt?«

»Naa, die war aus dem Dorf.«

»Was hat sie dann da gemacht?«

Krottenthaler zuckte die Schultern. »Vielleicht wollte sie mit ihrem Rausch nicht gleich zu den Eltern heim, sondern sich erst ein bisserl auslüften. Anders kann ich mir das auch ned erklären.«

»Daphne di Montagna hat ja im Fernsehen so getan, als wäre da ein ganz großes Geheimnis dahinter, das sie in ihrem neuen Krimi lüften würden«, erinnerte Sascha.

»Ich mein, es hieß damals, es sei ein tragischer Unfall gewesen und dann sind die polizeilichen Ermittlungen wohl eingestellt worden. Also, die Leut im Dorf glauben«, stellte Krottenthaler klar, »die Anna hätte das im Fernsehen wegen der Sensation gesagt. In Wirklichkeit hat das Reserl anscheinend bloß mehr Pech gehabt als wie andere, die noch rechtzeitig aus dem Moor gezogen werden konnten. Weil doch immer mal wieder einer meint, da kann man einfach spazieren gehen wie im Englischen Garten in München.«

Krottenthaler steuerte wieder auf das Wirtshaus zu, da hatte Sascha noch eine Frage. »Gibt's eigentlich das Grab von dem Mädchen noch? Dann würde ich ein Foto machen.«

Der Dorfpolizist setzte ein nachdenkliches Gesicht auf, dann machte er kehrt. »Ja, ich denk, das ist noch da.«

Gemeinsam betraten sie den kleinen Friedhof, wo die Gräber sehr nah beieinander standen, die meisten sehr gepflegt, als würde die Erinnerung an die Verstorbenen nie vergehen. Fritz betrachtete in Ruhe einige Grabsteine, auch eine Maria Krottenthaler mit Geburtsdatum in den Fünfzigerjahren war dabei.

»Ihre Frau?«

Der Polizist nickte. »Wie sie gestorben ist, bin ich eine Weile weggegangen von Oberthanning ...«

»... nach Würzburg«, ergänzte Fritz.

»... weil die Erinnerung so wehgetan hat.«

Sascha schaute kurz auf das Todesjahr unter dem Schriftzug. 1984. Drei Jahre bevor der Kirchweihunfall passiert war.

»Ich war sechs, naa, sogar sieben Jahre weg. Aber bei den Franken war's auch nicht besser als wie hier. Glauben Sie mir, die Trauer läuft hinter einem her, egal wohin man flüchtet.«

Er führte sie zu einem Grab, um das sich offenbar regelmäßig jemand liebevoll kümmerte. Ein schöner, runder Stein lag in der Mitte, auf dessen glatte Oberfläche ein Herz gekratzt worden war. Zwei Schalen mit Erika in verschiedenen Herbsttönen blühten daneben. Die Schrift auf dem Grabstein war etwas verblasst: Hier ruht unsere geliebte Tochter Theresa Mayerhofer. Geboren 1971. Gestorben 1987.

»Da liegt ja noch ein Xaver Mayerhofer«, bemerkte Sascha.

»Ja, der Vater. Der hat sich bald danach umgebracht, soweit ich weiß.«

»Die Mutter lebt aber noch, oder? Sonst wär ja das Grab nicht so schön angelegt?«, wollte Sascha wissen. Die Sache ging ihm wirklich zu Herzen.

»Naa, die ist leider in der Klinik. Keine Ahnung, wer hier pflegt.«

»Was hat die Mutter denn?«

»Oid halt.«

»Was?« Sascha hatte das weder akustisch noch intellektuell verstanden.

Krottenthaler bemühte sich um deutliche Aussprache: »Alt und dement.« Er wandte sich nun endgültig ab in Richtung Wirtshaus.

***

Er hatte sie noch am Abend vor der Kirta geküsst. Das erste und das zweite und noch das dritte Mal. Seine weichen Lippen auf ihren. Zarte Haut, unendlich empfindsam. Er hatte ihr zugeflüstert, dass er sie liebte, wahrhaftig liebte. Es war so anders als das, was sie bisher erlebt hatte. So harmonisch, so respektvoll. Resi war trunken vor Glück.

Die Zeit verging viel zu schnell. Der Weg vom Moor in den Ort war weit, und sie musste rechtzeitig zu Hause sein. Lachend bahnten sie sich ihren Weg über die kleinen Pfade zurück bis zur Kirche. Im dunklen Schatten des Glockenturms umarmte er sie noch mal fest. Links und rechts neben ihnen die Gräber. Aber nicht mal das störte sie. Dann verabschiedeten sie sich voneinander.

Er hatte sie nicht bedrängt, hatte ihr nicht in die Bluse fassen wollen oder unter den Rock. Er war so liebevoll, so behutsam, dass sie hätte heulen können.

Auf dem Weg nach Haus spürte sie eine friedliche Ruhe in sich. Alles würde gut werden. So, wie sie's immer erhofft hatte. Über sieben Brücken gehen, sieben dunkle Jahre überstehen, sieben Mal die Asche sein, aber einmal auch der helle Schein – Resi musste bei dem Lied von Maffay immer ein paar Tränen verdrücken. Genauso fühlte sie sich. Seit Jahren schon. Aber der Tunnel war bald vorbei, das spürte sie. All das Dunkle würde weichen.

In diesem Moment hörte sie Mofa-Geknatter in der Ferne. Lichter tauchten am Ende der Straße auf und kamen näher. Sie ahnte schon, wer das sein konnte, ging aber stur ihren Weg. Sie würde sich die Stimmung nicht kaputt machen lassen. Nicht von denen.

Kurz vor ihren Füßen stoppte das erste Mofa, das zweite hielt knapp dahinter. Resi erkannte den schwarzen Helm mit dem auffallenden Depeche-Mode-Sticker. Er gehörte der Anna. Die Ina saß hinter ihr, eng rangekuschelt. Auf dem anderen Mofa hockten die Lisa und die Franzi.

»Mei, Resi, schick bist!«, posaunte Anna raus und zog mit einer eleganten Handbewegung den Helm vom Kopf. Das blonde Haar fiel ihr auf die Schultern. Sie trug eine schwarze Lederjacke, darunter ein weißes Hemdchen mit viel Spitze am Ausschnitt. An den Füßen rote Lackpumps. »Warst aus?«

»Naa. Bloß spazieren. Und ihr?«

»In Lenggries bei der Fete vom Sebi.«

»Kenn i ned.«

»Kannst auch nicht kennen. Der ist mit uns aufm Gymi.«

Ina verschränkte fröstelnd die Arme vor der Brust: »Können wir weiterfahren, Anna? Mir ist echt kalt.«

»Kleinen Moment. Ich wollt das Fräulein hier noch was fragen.«

Resi ahnte, was kommen würde, aber darauf wollte sie sich nicht einlassen. Nicht heute. »Ich muss los, Anna. Mei Mama wartet.«

»Nur ganz kurz: Hast den Flori gesehen?«

Resi hatte es geahnt. »Nein.« Sie wurde rot, als sie log.

»Der wollt nämlich auch zur Party kommen. Da war er aber nicht«, gab Anna spitz zurück.

Resi zuckte mit den Schultern und wollte sich zum Gehen abwenden, aber Anna schnitt ihr mit dem Mofa den Weg ab.

»Fahren wir halt«, kam es quengelnd von Ina, und Lisa zündete schon den Motor. Aber Anna war keinen Millimeter zu bewegen, sondern schaute Resi giftig in die Augen.

»Irgendjemand hat mir geflüstert, dass du dich an den Flori ranmachst. Wenn das stimmt, Madel, dann gibt's mächtig Ärger.«

»Aber du liebst den doch gar nicht«, gab Resi zurück und ärgerte sich schon im nächsten Moment, dass ihr das rausgerutscht war.

»Aber du schon, was?«

Nun schaltete sich Lisa in das Gespräch ein, sie fuhr mit ihrem Mofa auf die andere Seite und blökte unter ihrem Helm hervor: »Resi, geh, sei doch ned so bled! Der Flori will doch nix von einer wie dir. Nix Ernstes jedenfalls. Der will bloß ficken. Aber die Anna, die mag er richtig. Die lieben sich!«

Resi drückte die beiden Mofas zur Seite und bahnte sich ihren Weg hindurch. Erst ging sie in Richtung ihres Hofes, dann rannte sie. Immer schneller. Sie wollte einfach nur weg.

***

Die Küche war grad so voller Dampf, dass Sascha nicht mal die Hand vor Augen sehen konnte. Er blieb abrupt stehen. Deshalb lief erst der Fritz von hinten in ihn hinein und dann, was viel schlimmer war, noch der Krottenthaler. Bei der Massenkarambolage wäre Sascha fast gestürzt. Seinen linken Sneaker hatte einer der Auffahrer runtergetreten. Die Ferse brannte vor Schmerz. Er beschwerte sich beim Stau-Ende: »Könnts nicht aufpassen?«

»Was bremst auch mitten auf der Fahrbahn?« kam vom Fritz, »Weiterhatschn da vorn!« vom Krottenthaler.

Sascha hatte die Schnauze voll. Umgeben von unsensiblen Deppen: »Geht's noch? Ich hab mir übelst die Haxen wehgetan.«

Krottenthaler fing an zu lachen, er hielt sich die Wampe und wandte sich an Fritz: »Und das in a Küchen! Pass auf, dass du ned ins Rohr kimmst!«

Fritz blieb bei der Sache: »Jetzt … wo ist die Mama von der Gundi?«

»Lisa?«, rief Krottenthaler laut aus. »Lisa! Wo treibstn dich wieder rum?«

Aus dem wabernden Dampf trat eine gestresste Blondine. »Darf man ned amal in den Keller was holen, schon plärrt wieder einer und möcht was haben!« Im Arm trug sie einen Korb mit Kartoffeln. Hübsch war sie, fast genauso hübsch wie ihr Kind, nur eben reifer.

»Willst wissen, wie die Madels aussehen, wenn's älter sind, schau dir erst mal die Mütter an«, flüsterte Sascha Fritz ins Ohr. Und auch wenn der solche Binsenweisheiten hasste – Sascha hatte offensichtlich seinen blöden linken Sneaker vergessen und seinen Humor zurück, das war ja schon mal etwas.

Fritz dachte beim Anblick von der Lisa nicht ans Altern von Frauen, sondern an Ina und Daphne und auch an diese Resi. Sie alle waren ungefähr gleich alt gewesen, gut befreundet miteinander, sicher, man war ja aufeinander angewiesen in so einem kleinen Ort. Nun waren zwei von den vieren tot. Und irgendwie musste das miteinander zusammenhängen, wenn er auch nicht wusste wie.

»Du Lisa, das san die beiden Tölzer Kriminaler. Weißt schon, die wo wegen der Anna ermitteln. Und die wollten auch mal mit dir reden.«

»Wegen der Anna? Da weiß ich nix.«

»Und auch wegen der Resi.«

»Der Resi? Ja, warum jetzt des?«

Sascha stürzte vor und zückte sein Kärtchen »Sascha Kunz und das da ist Fritz Fischhaber. Kripo Bad Tölz. Frau …«

Von Lisa kam keine Antwort. Nur ein genervter Blick.

»Wir ermitteln momentan in ganz viele Richtungen …«, versuchte Sascha zu erklären.

»Ja, aber ned jetzt und ned mit mir. Ihr seht's doch: Die Hüttn is voll, und ich bin allein in der Kuchl.« Durch die Dampfschwaden hörte Sascha Gundis entzückende Stimme rufen: »Zweimal Haxn mit Soß, Mama.«

Sascha wurde ganz warm ums Herz: »Wann haben Sie denn mal Zeit für uns?«

»Auf d'Nacht halt. Wenn Feierabend ist. Aber ich sag gleich, da gibt's nicht viel, was ich verzählen kann.«

»Dann setzen wir uns noch ein bisschen in Ihre gemütliche Stube und Sie kommen dazu, wenn Sie Zeit haben. Kein Thema!«

Fritz war entsetzt über das Geschwafel vom Sascha. Normalerweise ließen sie sich nicht abwimmeln. Sie hatten schon Hochschwangere und Todkranke vernommen. Kinder hatten wegen ihnen nicht in die Schule gekonnt, Frauen nicht zum Frisör, Alte nicht an den Tropf. Besonders Kommissar Kunz war immer der Meinung, dass die Ermittlungen der Kripo in wirklich jeder Lebenslage Vorrang hatten. Wenn es gut aussehen tät, hätte er sich wahrscheinlich ein Blaulicht auf den Schädel genagelt, so wichtig fand er sich und seinen Job. Und jetzt das! Dazu kam, dass Fritz keinerlei Lust hatte, bis in die Abendstunden hier zu hocken und Sascha zuzuschauen, wie er mit der Gundi anbandelte und sich zum Deppen machte. Er wollte schnell wieder nach Tölz, zum Nachdenken, und dann auf seine Couch im Wohnzimmer. Er drückte Sascha zur Seite und baute sich vor Lisa auf.

»Hören Sie, wir können den Gästen in der Stube kurz erklären, warum wir hier sind, dann haben die sicher Verständnis, dass die Haxn ein wenig länger braucht. Vielleicht macht der Herr Krottenthaler derweil draußen ein paar Fotos mit den Touristen, so sind die auch glücklich und …«

»Fritz, jetzt lass die arme Frau doch arbeiten«, warf Sascha ein und zog ihn an der Schulter in Richtung Flur. »Die Zeit drängt nicht, ist ja kein Serientäter, den wir suchen. Und mal ehrlich: Hunger hab ich auch.«

Auf Krottenthalers Wangen machte sich ein Grinsen breit: »So gefallt ihr mir, Buam! Gehen wir was essen. Bis später, Lisa!«

Fritz dackelte zwar in den großen Hausflur mit, schüttelte aber empört Saschas Hand von der Schulter. »So, jetzt reicht's mir!«

»Was denn?«

Fritz wurde laut: »Unsere Psychologin hat uns doch gesagt …«

Sascha blickte sich nervös um und hielt mit zusammengekniffenen Augenbrauen den Zeigefinger vor seine Lippen. Zur Gundi, die ihnen gerade entgegenkam, rief er mit säuselnder Stimme: »Noch ein Helles bitte! Wir haben nur kurz eine Dienstbesprechung, sind gleich zurück.« Mit diesen Worten zog er Fritz auf die Straße. Draußen angekommen ließ er ihn los, und Fritz klopfte sich die Stellen sauber, an denen Sascha ihn vorher gepackt hatte. »Fass mich nicht an!«, fauchte er.

»Dann verrat du mir, wie wir vor Zeugen dastehen, wenn die erfahren, dass wir regelmäßig bei 'ner Psychotante hocken. Unprofessionell bist du!«

»Was ich tu, ist viel weniger unprofessionell als dein Rumscharwenzeln bei der Gundi und ihrer Mutter. Peinlich ist das! Wir sind da zum Ermitteln und nicht zum Verkuppeln. Dass du das nicht begreifst!«

Sascha schaute larmoyant in die Ferne, zog die Nase hoch und resümierte trocken: »Geile Ich-Botschaft!«

»Danke gleichfalls!«

Krottenthaler schob seinen Quadratkopf zur Eingangstür heraus: »Kann ich helfen?«

Die Antwort kam von beiden Streithähnen gleichzeitig: »Naa!«

Nachdem sich der Dorfpolizist erschrocken zurückgezogen hatte, fasste Fritz einen Entschluss: »Weißt was, du machst hier allein weiter mit deiner Lisa und deiner Gundi.«

»Und du?«

»Ich fahr heim, mir langt's!«

»Mit welchem Auto?«

»Mit unserem! Im Gegensatz zu dir kann ich noch fahren. Nimmst nachher den Bus oder machst Anhalter. Mir wurscht!«

»Ja, geh nur – hast Recht! Lass den jungen Stenz hier allein, der wird schon sehen, was er davon hat. Ohne den alten Fritz kriegt der eh nix hin.«

Sascha rannte ins Gasthaus und ließ seinen Kollegen einfach stehen.

Eine Zeit lang stand Fritz noch rum. Er wusste gar nicht, was er als Nächstes tun sollte. Durchs Fenster beobachtete er den jungen Kollegen, wie er wieder sein Allzeit-Lächeln aufsetzte und dem Krottenthaler am Stammtisch auf die Schulter klopfte. Die Gundi kam mit dem Bier und sprach ein paar Worte.

Kruzifix, war das jetzt alles in die Hose gegangen. So was war ihnen vor den Bäumler-Sitzungen nicht passiert. War das ein gutes Zeichen, weil die Gefühle aufplatzten, oder gab es bald nichts mehr zu kitten? Fritz war sich nicht sicher.

Plötzlich spürte er ein Klopfen auf seiner Schulter. Zu Tode erschrocken drehte er sich um, die Hand an der Dienstwaffe. Ihm gegenüber baute sich ein Mann auf.

»Servus! Bist a Spanner oder a Stalker oder was bist?«, fuhr der Kerl ihn mit einem spitzbübischen Lächeln an.

Attraktiv war er, wenn man das bei Männern überhaupt so sagen durfte. Eine gelungene Mischung aus Natürlichkeit und Schönheit. Wahrscheinlich von hier. Und etwa im Alter von Daphne. Fritz witterte seine Chance, mal einen anderen Blick auf das Dorf zu werfen. Und antwortete in lupenreinem Hochdeutsch: »Guten Abend! Zu viel der Ehre, ich bin ja bloß Tourist.«

»Ja griaß di, Touri! Magst ned neigehn in die gute Stubn? Da gibt's an richtig guaden Schweinsbraten. Und servieren tut ihn mei Madl. Also mei Kind. Schau das da, das ist sie. A echte Schönheit!«

Gundi hatte sich, nachdem sie ein paar Gäste abkassiert hatte, beim Stammtisch niedergelassen und redete wild gestikulierend mit Sascha und Vinzenz Krottenthaler. Fritz lugte durchs Fenster, als wäre er noch nie drin gewesen in der Gaststube.

»Herzlichen Glückwunsch zu Ihrer Tochter, eine wirklich Hübsche.«

»Aber aufpassen musst auf die, des sag ich dir. Ja, zefix, wer hockt denn da schon wieder neben ihr?«

»Ich glaube, das ist einer von der Kripo. Die ermitteln doch wegen diesem Mord hier bei euch. Euer lustiger Dorfpolizist hat eine Führung gemacht, beim Haus von der Daphne di Montagna habe ich ihn getroffen, und da war der andere da auch dabei und hat viele Fragen gestellt.«

»Na, der schaut ja gefährlich aus, ha?« Der Mann begann, heiser zu lachen. »Da brauch' ich koa Angst um mein Madl zu haben. Weil so einer macht keinen Stich bei der.« Fritz wusste nicht, ob er sich über diesen Kommentar freuen durfte. Ach, warum eigentlich nicht? Sollte der Sascha doch mal mit seiner Flirterei auf die Schnauze fallen.

Mit einem Mal erstickte das Lachen des Mannes: »Was will denn der wissen, der Typ von der Kripo?«

»Na ja, wie die Daphne und die Ina früher so waren und was sich durch ihre Bücher im Dorf verändert hat.«

»Alles is anders. Nix für ungut, aber die ganzen Touristen – auslachen tun die uns. Wir kommen uns hier vor wie die Zooviecher.«

»Oh, das tut mir leid, wenn Sie das so empfinden. Wir sind einfach so begeistert von den Büchern, von den Menschen darin, wissen Sie?« Fritz räusperte sich: »Aber Sie und Ihre Frau, also die Mutter von dem Mädchen da, verdienen doch sicher ganz gut daran, dass wir hier sind.«

»Ah geh, des is doch nimmer mei Frau. Getrennt leben wir. Des kommt aa von den Büchern. Weil da ist die Lisl nämlich narrisch worden, wie die gelesen hat, mit wem ich angeblich schon alles im Bett oder beziehungsweise im Heu gelegen bin.«

Plötzlich wurde Fritz klar, wer vor ihm stand: Das musste dieser Seppi sein, wie die Autorinnen den Weiberheld im Roman *Bauernopfer* genannt hatten. Der die Frauen anmachte, wenn die Männer bei der Arbeit waren.

»Da haben Sie sicher einen ganz schönen Hass auf die Daphne und die Ina, oder?«, fragte Fritz so harmlos er nur irgend konnte.

»Ich sag's dir ehrlich, Touri: Wenn des kein anderer gemacht hätte, dann wär ich der blöden Kuh an die Gurgel. Und ich bin ned der Einzige hier, der wo dran denkt hat.«

Fritz war begeistert. Soviel Insiderwissen hatte er gar nicht erwartet. Der, nach dessen Vorbild der Seppi im Buch geschrieben worden war, schien sich richtig Luft machen zu wollen über die Autorinnen. Darum fragte er weiter: »Das neueste Buchprojekt hat bestimmt auch hohe Wellen geschlagen hier in Oberthanning, oder?«

»Woher willst denn du des wissen?«

Fritz räusperte sich: »Na, der Kollege von dem Kommissar da, der hat vorhin so was gesagt. Dass es den Oberthanningern nicht so recht war, dass dieser Unfall der jungen Frau, die vor vielen Jahren hier im Moor ...«

»Hör auf mit dem Schmarrn! Die Anna, also eure Daphne da – ja, so eine Schlampen ist des gewesen. Ned mal vorm Tod hat die Respekt gehabt. Und die Ina hat des alles mitgemacht. Immer schon war die so. Ist ihr hinterhergerannt in den größten Scheißhaufen mitten rein ... Die zwei wollten schreiben, dass die Resi umbracht worden ist. Hast die Sendung auf dem Dritten gesehen? Mir haben uns alle gefragt, wen sie hernehmen als Mörder. Es hätte ja jeden treffen können. Und an die Resi, an die denkt keiner mehr. Da hätten sie auf der ihrem toten Buckel, ja, da hätten sie noch ihren Reibach gemacht.«

Fritz versuchte, so mild wie möglich zu lächeln: »Haben Sie sie denn gut gekannt?«

»Wen?«

»Diese Resi.«

»Schon. Und ich hab sie sehr gern gemocht, weil ...«

»Griaß di Flori.« Krottenthaler kam mit seiner ganzen Wucht aus der Gaststätte.

»Habe die Ehre, Vinzi.«

Während die beiden sich vertraut zunickten, versuchte Fritz, dem Polizisten mit Gesten klarzumachen, dass er gerade undercover ermittelte. Was leider schiefging.

»Hast dich der Kripo schon freiwillig gestellt?«

»Warum?«

»Na, beim Herrn Hauptkommissar!« Krottenthaler deutete mit einem anzüglichen Lächeln auf Fritz.

Betretenes Schweigen auf allen Seiten. Florian ergriff als Erster das Wort und dann die Flucht: »I muss weiter. Servus!«

Krottenthaler schaute ihm kurz hinterher, dann wandte er sich Fritz zu: »Unser Flori, der hat mit seiner Rolle als Sepp in den Romanen gar nicht umgehen können! Wollten Sie nicht eigentlich fahren, Herr Fischhaber? Der Kollege hat erzählt, ihr hättet euch jetzt erst mal getrennt?«

Fritz war zu müde, sich darüber aufzuregen, dass Sascha so was verbreitete, und er war auch zu müde, dem Dorf-Gendarm zu erklären, dass er schon gern noch etwas mehr erfahren hätte in seiner genialen Touristenrolle. Aber nachdem er so plump aufgedeckt worden war, hatte er jetzt auch keine Lust mehr, als Bulle weiterzufragen.

»Servus. Wir sehen uns bestimmt bald wieder.« Er ging gebeugt zum Auto und fuhr auf die Hauptstraße Richtung Tölz.

Obwohl die Moorlandschaft um ihn herum verheißungsvoll in der Herbstsonne glitzerte – seine Lust, am Wochenende zum Wandern in die Natur zu gehen, war irgendwie passé.

***

Die Nacht auf Kirchweih hatte sie schlecht geschlafen. Die Begegnung mit Anna und Ina ging ihr nicht aus dem Kopf. Sie hatten ihr alles kaputt gemacht: Die Küsse vom Flori, seine Umarmungen, seine Nähe … Nein, nicht alles. Das warme Gefühl war noch da. Aber in ihr Zutrauen und ihre Verliebtheit, da hatte sich ein kleiner Funke Misstrauen geschlichen. Ihr wurde schlecht, wenn sie an das Wort ficken *dachte. Es klang so gar nicht nach dem, was da zwischen dem Flori und ihr sein könnte. Wenn der Florian auf die Anna stand, warum war er dann nicht zur Party gegangen, sondern mit ihr ins Moor? Aber das hatte sie nicht fragen können, sonst wäre die Anna noch wütender geworden, und die Lisa und sogar die Ina, die hätten mit-*

geholfen, sie fertigzumachen. Als ob sie, die Resi, es nicht wert wäre, geliebt zu werden. Als ob man sie nur benutzen dürfte. Ficken halt. Nicht liebhaben. Das tat weh.

Aber der Flori war anders. Je länger sie den Abend Revue passieren ließ, desto sicherer war sie sich, dass er sie wirklich gern hatte.

Sie zog ihr neues Dirndl an und betrachtete sich im Spiegel. Schön war es geworden. Die Oma war eine gute Näherin. Von ihr wollte sie noch viel lernen. Wie schnell die Nadel durch den Stoff sauste, wie sicher jeder Schnitt mit der Schere saß, wie genau ihr prüfender Blick war. Jetzt war das Kleid fertig, und sie würde es auf der Kirchweih tragen. Nein, sie war gewiss nicht die Fescheste von allen. Aber sie war sicher: Wenn der Flori sie anschaute, dann würde sie sich so fühlen.

Sie musste seinen Blick suchen. Dann war sie geschützt vor dem Gift, das Anna und Ina verspritzten. Vor dem Neid und der Eifersucht. Wenn er da war, dann konnte ihr keiner was anhaben.

Wie schön die Falten des Rocks fielen, wie ungewohnt sich die Pumphose unter dem Unterrock anfühlte. Wie fein die Spitze an der Schürze und am Brustlatz war. Feiner als die, die sie gestern an Anna unter ihrer Lederjacke gesehen hatte. Die Mutter hatte ihr schon die Haare gemacht, fesch sah der geflochtene Schopf aus dichtem braunem Haar aus. Die Kette noch. Und die Spangenschuhe … Ja, heute wollte sie sich im Kreis drehen, bis der Rock wie ein schützender Schirm um sie herum stand.

Sie hörte die Glocken feierlich läuten. Alle gleichzeitig. Wie immer an großen Feiertagen. Sie sah zum Fenster hinaus. Von allen Richtungen liefen die Leute zur Kirche. Die meisten von ihnen waren in Tracht. Sie grüßten sich und riefen sich etwas zu, lachten und klopften sich auf die Schultern. Heute wurde gefeiert, da freuten sie sich schon seit Wochen drauf.

Sie musste sich sputen. An einen Sitzplatz in der Kirche war sowieso nicht zu denken an so einem Festtag. Aber sie wollte sich wenigstens in die Kirche hineinschieben, nicht draußen vor der Tür stehen bleiben müssen bei den alten Männern, die ihren Trachtenhut in der Hand drehten, sich Witze erzählten und nach der halben Messe schon ins Wirtshaus gingen.

Sie würde den Herrgott und die Jungfrau Maria bitten. Dass sie sie vor allem Übel bewahren mochten.

Und dass der Flori es bitte, bitte ernst mit ihr meinte. Ja, das auch.

***

Diese Figur, dieses Lächeln, diese niedlichen Grübchen inmitten strahlend schöner Haut. Sascha war verzaubert von der Gundi. So süß war die. Und so echt, nicht so gekünstelt wie manche junge Frauen in Tölz. Die, die glaubten, im Prinzip schon Münchnerinnen zu sein. Die sich so lange aufbrezelten, bis ihre ganze Natürlichkeit flöten gegangen war.

Sascha konnte sich gar nicht sattsehen an dieser Frau. Und er dachte aber auch so überhaupt nicht an Fritz. Um genau zu sein: Er dachte überhaupt gar nicht daran, an Fritz zu denken, aber dieser Mistkerl machte sich die ganze Zeit in seinem Unterbewusstsein breit und ärgerte ihn von dort aus. Wie der Fritz sich aufgeführt hatte in der Küche. So, als ginge es hier um Leben und Tod. Und dann der Kommentar von wegen Psychologin. Das war wirklich das Letzte, was Sascha nach draußen geben wollte: Du, wir liegen auf der Couch und machen Supervision, du! – Pfui Deibel, das war ungefähr so sexy wie: Ich bin Sachbearbeiter im Innendienst.

Aber gut, jetzt war der Miesefritz ja weg, jetzt konnte Sascha hier seinen Fitnesssalat genießen, den ihm die süße Gundi mit einem Zwinkern serviert hatte. Und ein paar Worte mit dem Krottenthaler sprechen, der endlich vom Klo zurückgekommen war. Wenn dem durch den Alkohol die Zunge lockerer wurde, vielleicht würde er ihm ja auch noch ein paar wichtige Details entlocken, die zur Aufklärung des Falls beitrugen. Und damit würde er dann beim Fritz auftrumpfen.

Mit ihrem frisch gezapften Bier stießen Vinzenz und Sascha aufs Du an und vertieften sich in das Thema Freizeitaktivitäten im

Oberland. Der rundliche Dorfbulle war nämlich eigentlich Frischluftfanatiker und Sportskanone – man wollt's kaum glauben.

»Aber Radl fahrst schon?«

»Freilich, Vinzenz. Auch wenn's das gar nicht bräuchte, weil wir bei unserer Arbeit sowieso schon viel Bewegung haben«, übertrieb Sascha maßlos. »Aber Mountainbiking, Downhillen und so, das mach ich schon. Und wenn ich mal meinen Stress abbauen muss, dann im Fitnessstudio. Eisen fressen, verstehst?«

»Mei, ihr jungen Buam. Geht's doch in die Berge, da stemmt ihr beim Kraxeln genauso viel Gewicht. Und kosten tut's euch nix.«

»Jetzt klingst grad wie der Fritz, der sagt das auch immer.«

Krottenthaler hob sein Bier und prostete dem leeren Platz zu, auf dem vorhin der Fritz gesessen hatte. »Na, wo er Recht hat, hat er Recht, der Kriminalhauptkommissar Fischhaber.« Schwungvoll kippte er sich die zweite Hälfte vom dunklen Hefe in den Rachen und wischte sich mit der Hand den Schaum vom Mund. Dann fuhr er fort: »Weißt schon, dass der ned gleich abgehauen ist, dein Fritz?«

»Wie meinst das?«

»Na, der hat geschaut, was du so treibst da herin. Hab ihn stehen sehen draußen, als ich aufs Häusl gemusst hab. Da war er …« Krottenthaler zeigte mit einer seiner Pranken auf das Fenster neben dem Eingang.

»Muss der wieder glotzen, ob ich alles richtig mach ohne ihn, oder was?«, entfuhr es Sascha zornig. Er konnte sich vorstellen, wie schwer es Fritz gefallen war, wegzufahren. Vor lauter Sorge, das Greenhorn Kunz würde was falsch machen.

»Geh, Sascha, das glaub ich ned!«

Sascha sah das anders. Das war ganz sicher der berühmt-berüchtigte Fischhaber-Kontrollwahn. Aber egal. Es würde der Tag kommen, an dem er ihm beweisen konnte, dass er viel mehr draufhatte als nur Frauenverstehen.

»Noch ein Nachtisch, die Herren?«, kam es von hinten. Gundi hatte ihr leeres Tablett kess geschultert. Eine Haarsträhne, die ihr vor den blauen Augen hing, blies sie geschickt aus dem Gesicht.

»Un Espresso«, bestellte Sascha, »und ein bisschen Gesellschaft, wenn's möglich wär! Ich hätte noch ein paar Fragen an dich.«

»Bald ist die Mama in der Küche fertig, dann kommt die. Die weiß viel mehr als wie ich.«

»Weißt ja gar nicht, was ich fragen will, Gundi.« Sascha grinste sie frech an.

»Und du weißt gar ned, was ich alles antworten kann.« Kesses Lächeln zurück, dann drehte sie sich um und ging. An Sascha rieselte ein warmer Schauer runter. Na dann, lass ich mich mal überraschen, was du mir später antwortest, dachte er bei sich. Ja, ja, die Gundi …

Es dauerte noch einen weiteren Espresso, einen Kaffee, zwei Schnapserl und viereinhalb Halbe, macht … ähh … zweieinviertel Ganze, so hatten Sascha und Krottenthaler beschwipst errechnet, dann endlich kam Wirtin Lisa an den Tisch. Sie wirkte nach wie vor gestresst und unwillig noch dazu. Sascha buchte das als typisch bayerische Direktheit ab. Auf dem Dorf waren sie gleich dreimal so: klar und unverschnörkelt. Aber im Prinzip war das doch praktisch, so wusste man immer, woran man war.

Wo die Gundi gerade war, wusste Sascha allerdings nicht. Die Gäste waren fort und sie irgendwie auch. Vielleicht zog sie sich kurz um? Machte sich frisch?

Lisa jedenfalls quetschte sich mit einem Ächzen zu den Herren auf die Bank. »Jetzt, was is mit eurer Resi?«

»Ihre Tochter hat gesagt, dass die eine Freundin von Ihnen gewesen ist?« Sascha versuchte, trotz seines erheblichen Pegels klar zu denken.

»Was heißt da Freundin? Bekannte, tät ich sagen.«

»Sie waren gleich alt?«

»So ungefähr.«

»Alle gleich alt: Daphne, Ina, die Resi und Sie?«

»Ja, ja … na und?«

»Sie haben sich doch bestimmt viel miteinander ausgetauscht?«

»Naa! Mit der Resi hat man nicht viel austauschen können. Die war so in sich gekehrt allweil. Des war schwierig.«

»Hatte die Resi denn eine richtig gute Freundin?«

»Naa!« Lisa schüttelte sich.

Sascha merkte schon, dass er eine harte Nuss vor sich hatte. Normalerweise wäre er jetzt ein wenig strenger geworden, aber er wollte nicht, dass die Lisa nachher der Gundi erzählte, dass er sich nicht benommen hätte.

»Und einen Freund?«

»Nix Festes!«

»Sie waren doch auf diesem Kirchweihfest, nach dem sie nicht mehr heimkam.«

»Schon.«

»War sie da anders als sonst?«

Lisa ging in sich, sie schien ernsthaft über die Frage nachzudenken. »Naa!«

»Hatte sie zu der Zeit vielleicht einen Liebhaber? Oder war sie verknallt?«

Wieder dieses lange Nachsinnen. »Da war nix Festes oder so, aber ich denk, verliebt war sie schon! Vielleicht hat sie auch was mit dem ghabt! Wär schon möglich bei dem!«

»Bei wem?«, wollte Sascha wissen.

Lisa schaute nach unten auf ihre Hände: »Beim Flori halt.«

Krottenthaler mischte sich ein. Seine Stimme überschlug sich fast: »Mit deinem Flori?«

»Des is nicht mein Flori, Vinz, des is lang vorbei, des weißt du doch!«, keifte Lisa ihn an. »Der hat doch mit jeder hier was gehabt. Bloß ich bin so damisch gwesen und …«

»Jetzt Moment, Moment. Die Resi hatte was mit Ihrem Freund?«, ging Sascha dazwischen.

»Damals war des noch ned mein Freund und heut ist er mein Ex-Mann! Und ob die was gehabt haben, weiß ich nicht! Ich sag nur: Sie war verliebt in den, des hat man sehen können. Wir Weibsleut, wir merken so was. Und dass da auch was war, also was Körperliches … da sag ich, dass das möglich gewesen wär bei dem. Mehr ned. Aber vielleicht hat sie auch mit wem anders was gehabt.«

»Haben Sie denn die beiden gesehen? Ist der Florian mit der Resi zusammen zum Moor?«

»Ich hab nix gesehen. Ich war mit der Anna und der Ina und noch einer Freundin beim Hutschn. Wie jedes Jahr halt. Da haben wir nicht geschaut, was die Resi treibt. Besoffen war's aber schon, die Resi, das haben wir schon am Nachmittag gemerkt.«

»Ihr wart die ganze Nacht beieinander beim Hutschn? Die Ina, die Anna und Sie?«

»Na ja, schon. Und die andere Freundin, die Franzi, die war auch dabei.«

»Aber der Flori war nicht bei euch?«

Lisa schüttelte den Kopf, dann hielt sie inne: »Also am Anfang schon, da war der kurz bei uns und dann hat er getanzt. Auch mit der Resi, wenn ich mich recht entsinn.«

Sascha fragte weiter, obwohl ihm grad der Schädel zu brummen anfing. »Mit der Anna, da waren Sie richtig eng befreundet?«

»Hören Sie mir auf mit der!«

»Ihre Tochter hat erzählt, dass die schon lang nicht mehr hier war?«

»Des ist auch besser so. Wissen Sie, wir waren schon befreundet, mir Madel hier am Ort, aber das ist lang her. Wie die Ina und sie auf der Oberschul den Abschluss gemacht haben, da sind die in ganz andere Kreise kommen und da waren sie ja auch bald weg aus Oberthanning und haben nicht mehr zurückgeschaut zu uns. Erst zum Recherchieren, da waren sie wieder da. Da drüben hat sie gesessen. Ja, die Lisa, hat sie gesagt, gut schaust aus. Jung. Viel zu jung für meinen Geschmack. Und dei Tochter, mei schee ist die! Bringst mir einen Kaffee? Setzt dich zu mir und erzählst mir, wie's dir so ergangen ist?« Lisa äffte Anna so gut nach, dass Sascha sie fast körperlich spüren konnte. Da drüben in der Ecke hatte sie gehockt und mit ihrer Ausstrahlung den Raum geflutet, da war er sich sicher. Genau wie in der Fernsehsendung, die er angeschaut hatte.

»Aber das klingt doch erst mal nett.«

»Des hab ich auch gemeint, Herr Kommissar, und hab der dann alles verzählt. Aber als ich das wiedergefunden hab in den Schundromanen von denen, da hab ich das nicht mehr gedacht. Das Wort im Munde hat sie mir rumgedreht, übertrieben hat sie alles. Aber schon mit Wahrheit gewürzt, dass hier im Ort jeder gewusst hat, was ich – und auch meine Familie – gedacht, gefühlt und durchgemacht haben, verstehen Sie?«

Sascha verstand sofort. Nur so als Beispiel: Dass das Töchterlein sich gern mal nach Männern umschaute, daraus wurde später dann das Flitscherl. Total gemein!

»So. War's das?« Lisa stand auf.

»Noch eine Frage: Halten Sie's für möglich, dass die Anna und die Ina irgendwie mehr gewusst haben von der Resi? Haben die vielleicht was gesehen in der Nacht? Oder hat die Resi denen was erzählt?«

Wieder dieses lange Schweigen. Lisa schien sich ganz genau zu überlegen, was sie antworten sollte. »Naa! Des glaub ich ned. Zumindest hams nicht viel gesagt nach dem Unfall von der Resi. Aber fragen Sie doch einfach die Ina, dann wissen Sie des gleich. Die ist ja im Gegensatz zu der Anna ehrlich. Na ja, meistens wenigstens!«

Damit verschwand Lisa wieder in ihrer Küche.

Krottenthaler trommelte mit allen zehn Fingern auf den Holztisch: »A Bissgurkn ist des, die Lisa, ha? Aber die meint's ned bös. Hat halt viel durchgemacht mit ihrem Florian.«

Sascha fiel etwas ein, was ihn schon die ganze Zeit unterbewusst beschäftigt hatte: »Ist des eigentlich auch der Vater von der Gundi?«

»Ja, rein technisch gesehen schon, wenn man der Lisa glaubt, aber gekümmert hat der sich nie viel um sein Madel.«

»Der ist mir schon verdächtig!«, resümierte Sascha.

»Deinem Fritz auch, denk ich.«

Sascha schreckte auf, und Krottenthaler antwortete, ohne dass der Kommissar weiter fragen musste: »Der Kollege Fischhaber hat ihn auch schon in der Zange gehabt. Vorhin vor der Tür.«

»Ich hab gedacht, der ist bloß da gestanden und hat kontrolliert, was ich tu.«

»Hereingeschaut hat er, aber als ich zurückgekommen bin vom Lokus, da war der Florian bei ihm. Und die beiden ham geratscht.«

»Was?« Sascha war außer sich, dass der Kollege schon wieder zwei Schritte voraus war. Gab's denn so was: Musste Fritz immer vor ihm am Ziel sein – wie dieser Igel aus dem Kinderbuch?

Ach egal, er machte jetzt Feierabend. Dienstschluss in Oberthanning. Er hatte das Gefühl, genug geleistet zu haben für diesen Tag. Morgen würde er den Fritz anrufen und ihn wieder hierherholen, dann würden sie diesen Florian Hinterberger in die Zange nehmen. Aber nicht mehr heute und nicht mit diesem Schädel. Das Einzige, was man mit dem noch machen konnte, war flirten. Jetzt, wo war sie, die Gundi?

»Mir schließen, die Herren«, pfiff Lisa sie eine Stunde später an und stellte schon die Stühle hoch. Krottenthaler legte zwei Scheine auf den Tisch und verabschiedete sich. Sascha legte seinen Anteil dazu, blieb aber noch sitzen.

»Wo ist eigentlich Ihre Tochter abgeblieben?«, versuchte er so unangestrengt wie möglich zu fragen.

»Wieso? Habt ihr noch ein Date?«, kam zurück.

Sascha wurde es warm: »Um Himmels willen! Aber fragen wollt ich sie noch was.«

Lisa rief Gundi aus der oberen Etage. Langsam schlappte sie mit Hausschuhen die Treppe runter. Noch immer trug sie das Dirndl von vorhin, aber die Haare waren zerzaust. Bed head, wie niedlich, dachte Sascha.

»Was is denn, Mama?«

»Bist wieder vor der Mattscheiben eingedöst, ha?«, neckte Lisa ihr Kind. »Du, der Herr Kommissar will noch was von dir.«

Gundi kam zum Tisch, besonders begeistert schien sie nicht zu sein. Wahrscheinlich war sie einfach nur müde, bei diesem anstrengenden Job kein Wunder, dachte Sascha.

»Magst noch was trinken? Ich lad dich ein«, scherzte er, aber auf der Gegenseite kam nicht mal ein Lächeln, nur eine recht patzige Gegenfrage: »Was hast denn noch?«

»Was Privates, um ehrlich zu sein.« Aber auch das schien Gundi kaum zu entzücken. Nach einer Schweigeminute versuchte Sascha es so: »Wie komm ich denn zurück nach Tölz – so ohne Auto?«

»Gar ned! Hast des noch nicht kapiert: Mir san hier am Arsch der Welt. Und da fährt bekanntlich kein Bus hin!« Jetzt huschte endlich ein Grinsen über ihr Gesicht.

»Taxi?«

»Fünfzig Euro. Mindestens.«

»Teuer!«

»Find ich auch!«

»Und 'ne Pension?«

»Eine. Musst schauen, ob die was frei haben.«

»Ich hab ja keine großen Ansprüche!«

»Na dann!« Sie fing an, sich an ihren Fingernägeln zu schaffen zu machen. Sascha setzte den schönsten Blick auf, den er zu bieten hatte, und fragte geradeaus: »Habt ihr hier bei euch nicht irgendwas frei, wo ich mich hinkuscheln kann?«

Warum war er nicht mit Fritz gefahren? Oder hatte sich einfach ein Taxi genommen, dachte Sascha eine Stunde später, als er sich schlaflos auf der Eicheneckbank des »Alten Wirts« hin und her wälzte. Die Schultern taten ihm weh, es war nicht genug Platz, um die Beine auszustrecken, und es gab keine weiche Frau an seiner Seite. War es das wert gewesen?

Sicher, die Gundi war einfach zu fertig für einen Flirt. Aber ein bisschen netter hätte sie schon sein können zu ihm.

Morgen war auch noch ein Tag, dachte er sich. Wenn sie sich beim Frühstück gegenübersaßen, würde sie ihn bestimmt wieder anstrahlen.

***

Es wird immer schlimmer. Jeden Tag steht was in der Zeitung. Über den Mord, über den Krimi und über die alte Geschichte, von der das Buch erzählen soll. Und über den Mörder schreiben sie, von dem keiner weiß, wer er ist. Die Leut laufen in Scharen durchs Dorf und fragen nach dem Dirndl im Moor. *Und jetzt auch noch die Kriminaler. Das Buch darf ned erscheinen.*

Ich möchte, dass endlich wieder a Ruh ist. Und wenn's kein anderer tut, muss halt wieder ich dafür sorgen.

***

Am nächsten Morgen beim Frühstück strahlte niemand: Gundi hatte in der Früh dringend losgemusst. Und Fritz, der aus Tölz angereist war, machte eine Miene wie zehn Tage Schnürlregen. Beim ersten Oberthanninger Hahnenschrei hatte Sascha ihn schon angerufen. Hatte ihn gebeten zurückzukommen ins Dorf, um den Florian zu verhören.

Fritz hatte denselben Impuls gehabt. Auch er glaubte, dass dieser Flori-Seppi Angelpunkt des ganzen Falls sein könnte und es dringend notwendig war, ihn auf den Kopf zu stellen. Gleichzeitig war er aber wenig erfreut darüber, den Shuttleservice für einen Kollegen zu spielen, der sich gestern offiziell von ihm *getrennt* hatte.

Während er also im Frühnebel Richtung Oberthanning fuhr, meckerte sein Stolz unaufhörlich vor sich hin: »Warum haben wir diesen Flori nicht ins Präsidium vorgeladen?« Und: »Dem Sascha hätt's mal gutgetan, nach Tölz zu hatschen.«

Entsprechend angestachelt kam er in die Wirtsstube herein, bestellte im Vorbeigehen bei der Lisa einen Kaffee und setzte sich neben den zerzausten Sascha an den Tisch.

»Morgen!«

»Morgen!«

Das blieb für viele Minuten die einzige Konversation zwischen den beiden. Sascha brach als Erster das Schweigen: »Bist beleidigt?«

»Was denkst denn du?«

»Ich bin's auch!«

»Dann weißt ja, wie's mir geht.«

»Und was machen wir jetzt?«

Fritz bewegte sich unruhig hin und her. Nach wie vor waren ihm Gespräche, bei denen es um Gefühle ging, unangenehm, weshalb er schnell zurück zu Los wollte, also zum Grund, warum er hier saß: »Na, den Florian verhören. Wann kommt der?«

»Müssen wir noch ausmachen.«

Fritz spürte, wie die Zornesröte in seine Wangen stieg. Hatte Sascha tatsächlich nichts vorbereitet? Gleich würd's ihn zerreißen vor Wut.

»Bevorst jetzt explodierst, Fritzi – ich hab ihm schon Bescheid gesagt, dass er sich bereithalten soll. Ein Anruf, dann ist er da. Aber erst mal will ich mit dir über gestern sprechen.«

»Müssen wir nicht.« Fritz versenkte seinen Blick mal wieder intensiv Richtung Schuhspitzen. »Der Krottenthaler hat mir schon erzählt, dass du dich von mir trennen willst.«

Sascha schaute ihn ungläubig an, dann prustete er los.

»Sehr witzig!« Fritz verzog keine Miene.

»Das war doch nicht ernst gemeint, Fritz. Nur der Spruch eines halbbetrunkenen Tölzer Bullen zu einem vollbetrunkenen Oberthanninger Bullen!«

»Kam bei mir aber so an.«

Sascha verdrehte die Augen, dann sagte er mit schlecht versteckter Ungeduld: »Dann tut's mir halt leid!«

»So ned!« Fritz drehte sich halb weg.

»Wie? So ned?«

»Das sagst du nur so daher. Das ist keine wirkliche Entschuldigung, die aus dem Herzen kommt. Du bist genervt, das spür ich doch.«

»Ich bin halt auch sauer auf dich. Ich hab genau wie du Anspruch auf eine Entschuldigung. Dass ich mit der Gundi geflirtet hab – peinlich war dir das. Und wie du mich belehrt hast: Wir sind da zum Ermitteln und nicht zum Verkuppeln. Als ob ich das nicht wüsste.«

Fritz sah ein, dass er das auch nicht gerade einfühlsam formuliert hatte. So ein bisschen unangenehm waren ihm seine gestrigen Aussagen mit etwas zeitlichem Abstand betrachtet schon auch. Reumütig zog er den Kopf zwischen die Schultern.

»Ja, da hast Recht. Das war übergriffig …«

Sascha schaute ihn mit großen Augen an, er schien auf was zu warten. Fritz atmete schwer ein. »Tschuldigung! Mich hat's halt geärgert, dass wir die Lisa nicht gleich vernommen haben, wie wir's sonst immer tun. Und ich wollt auch einfach heim.«

Sascha schaute in die Ferne. Seine Gesichtszüge wurden mit einem Mal ganz weich. »Weißt du, ich hab mich verliebt, und gleich viel mehr als sonst. Die Gundi ist was ganz Besonderes. Ich find die so natürlich, so unverstellt. Und ich hab plötzlich nicht mehr gewusst, wohin mit meinen Gefühlen. Kannst das verstehen?«

Fritz dachte an Sybille Bäumler und sein verschwurbeltes Verhalten in den Sitzungen. Seine dämlichen Bemerkungen, seine Profilierungssucht auf Kosten des Kollegen, und er musste zugeben, dass er sich da genauso benommen hatte.

»Ja.«

Sascha lachte ihn offen an. Und schlug ihm mit der Hand auf die knochige Schulter. »Na, fein, haben wir's wieder!« Er zog sein Handy aus der Hosentasche und wählte eine Nummer, aber Fritz bremste ihn.

»Bevor du unseren Zeugen anrufst: Ich bekomm auch noch eine Entschuldigung! Eine ernst gemeinte.«

Sascha ließ das Telefon in seine Tasche zurückgleiten und schnappte sich eine künstliche Blume aus der kleinen Vase. Langsam sank er auf die Knie, nahm den Plastikstengel zwischen seine weißen Vorderzähne und zischte hervor: »Mein lieber Fritzzz, isch will misch nisch von dir trennen! Wie könnt isch denn ohne disch sssein!«

»Darf ich dann bei den beiden Süßen abkassieren?«

Hinter Sascha tauchte Gundis Gesicht auf. Sie lächelte. Aber nicht so wie gestern: unschuldig und süß mit Herzlippen, sondern ein wenig gehässig mit den Mundwinkeln weit unten.

Sascha fiel vor Schreck die Blume aus dem Mund. Mit viel Gestottere versuchte er, die Situation zu erklären und seinen Flirt von gestern wiederaufzunehmen, aber heute wirkte er alles andere als souverän, dachte Fritz. Fast tat er ihm ein bisschen leid.

Gundi stoppte Sascha unsanft: »Zehn Euro krieg ich von dir fürs Frühstück. Und von Ihnen drei fünfzig fürs Kännchen.«

Nachdem sie abgezischt war, erkannte Fritz den Sascha nicht wieder. Verschwunden der ewig auftrumpfende Hero, stattdessen ein Häufchen Elend, erschüttert bis ins Mark von Gundis Abfuhr. So hatte er seinen Kollegen noch nie gesehen. Während sich Sascha langsam aus dem Vierfüßlerstand erhob und die Blume zurück in die Vase stopfte, legte ihm Fritz väterlich die Hand auf den Arm. »Du, das tut mir jetzt leid, wenn das an unserer Unterhaltung gelegen hat. Ich meine …«

Sascha blickte ihn ernst an: »Das liegt nicht an dir, Fritz, und auch nicht an dem bescheuerten Kniefall. Sie mag mich nicht. Das ist das Problem. Im Grunde hab ich's gestern schon gemerkt, aber ich wollt der Wahrheit nicht ins Auge schauen.« Er atmete tief ein und rang um Fassung, »So, jetzt ist Schluss mit dem Gesülze. Ich ruf den Florian an – dem heizen wir ordentlich ein, was, Fritz?«

***

Beim Essen war sie allein mit dem Vater, der Mutter und der Oma. Sie hatte sich ein großes Tuch umgebunden, damit bloß kein Soßenfleck auf ihre schöne weiße Bluse kam. Sie war so voller Erwartung auf den Nachmittag, dass sie nicht einmal richtig schmeckte, was es da Feines gab. Die Knödel so locker, die Gans so resch, das Blaukraut mit Apfel …

Der Vater ermahnte sie: »Dass du mir ned übermütig wirst bei der Kirta, Spatzerl.« Jedes Jahr trank jemand zu viel, jedes Jahr fiel eine von der Hutschn, jedes Jahr war nachher eine schwanger, die es nicht sein sollte. Aufpassen. »Und mit niemandem mitgehen, gell. Immer schön bei den anderen bleiben.«

Resi hörte zu und doch wieder nicht. Nein, sie blieb sicherlich nicht bei diesen Weibern, die sich Freundinnen schimpften und die ihr den Flori neideten. Wenn der mit ihr ein bisserl spazieren gehen wollte, sie würde nicht nein sagen. Sie war doch schon mit ihm allein gewesen, und er hatte es nicht ausgenutzt.

»Aber tanzen darf ich schon«, hatte sie mit einem Blick zur Mutter gefragt, und die hatte genickt. »Ja, freilich, dafür ist die Kirta doch da. Aber mehr ned.« Dann hatte die Mutter einen verschämten Blick auf den Vater geworfen und war rot geworden. Die Oma hatte ihr nachher beim Tischabräumen erzählt, dass sich die Eltern bei einer Kirta ineinander verliebt hatten.

Dann saß sie endlich auf der großen Hutschn. Wie das meterlange Holzbrett hin- und herschaukelte! Sie hielt sich fest und kreischte mit den anderen um die Wette. Die Ketten knarrten, wo sie am Holz befestigt waren, der Balken stöhnte, als müsste er unter der Last von dem Dutzend Personen zusammenbrechen, die sich aneinander festklammerten. Sie wollte gar nicht mehr aufhören. Nicht bloß, weil ihr das Schaukeln Spaß machte, sondern auch, weil sie da den besten Überblick hatte. Die ganze Zeit hielt sie Ausschau nach dem Florian, aber sie konnte ihn nicht sehen.

Dafür waren Anna, Ina, Lisa und die Franzi da und ließen sich von den anderen Burschen auf ein Bier einladen. Alle vier hatten sie Dirndl an. Die von der Lisa und der Franzi waren so ähnlich wie ihr blaues, halt mehr traditionell. Aber Anna und Ina hatten sich für die moderne Variante entschieden: ein bisserl zu kurz, ein bisserl zu bunt und ein bisserl zu weit ausgeschnitten.

Und er, er war natürlich auch da. Ihr wurde kalt. Sie schaute schnell weg, als sie sah, dass er die Augen zur Hutschn hob und sie beobachtete. Wie beliebt er doch war, alle wollten sie mit ihm anstoßen, alle hatten Respekt vor ihm. Niemand wusste, was er tat. Was er ihr antat. Warum hatte er kommen müssen?

Sie hoffte inständig, dass Florian bald auftauchte. Dann würde sie sich in seine Arme flüchten und mit ihm tanzen, bis sie alles vergessen hatte.

Endlich sah sie ihn! Aber so schnell konnte sie gar nicht vom schaukelnden Balken herunter, wie sich die Anna auf ihn stürzte, ihn umarmte und auf ihn einredete. Die Ina war auch dabei, aber die hielt sich mehr im Hintergrund. Und Franzi und Lisa? Die hatten sich gleich andere Buam gesucht zum Flirten. Die waren schlau. Bloß der Anna nicht in die Quere kommen.

Sie sah, dass Floris Blick sie suchte. Sie winkte ihm zaghaft. Er lachte und ging auf die Hutschn zu. Anna redete immer noch auf ihn ein, er nickte, zuckte dann die Schultern, ließ sich aber nicht ablenken. Als die Hutschn endlich zum Stehen kam, packte er Resi an der Taille und hob sie herunter. Fesch sah er aus in seiner Lederhosen und dem Hemd aus grober weißer Baumwolle. Und gut riechen tat er auch, nach Holz und Wald und Heu.

Er führte sie zum Tanzboden. Sie spürte die giftigen Blicke von der Anna in ihrem Rücken. Aber als der Flori seinen Arm um sie legte, da war das vergessen. Beim ersten Dreher, da sah sie ihn noch. Er ließ sie nicht aus den Augen. Aber heute war sie sicher vor ihm. Heute begann ihr neues Leben.

***

»Naa, naa und noch einmal naa!«

»Doch! Hast die Resi ersäuft, weil sie nicht mit dir ins Heu wollte!«

Fritz schaute Sascha von der Seite an und hoffte, dass der den Blick verstand: Nicht so heftig, das bringt doch nix, komm runter!

Aber Sascha war wie in Rage: »Das hast du noch nie erlebt, oder? Dass da eine ist, die nicht gleich die Beine breit macht. Und weil die Daphne das schreiben wollte, hast die auch gleich noch erschlagen.«

Florian verschränkte seine Arme bockig vor der Brust »Weißt was? Ich sag jetzt gar nix mehr!«

Fritz musste eingreifen, sonst war das Verhör hier gelaufen. Ob dieser Florian Hinterberger was mit dem Tod vom Reserl und dem Mord an Daphne zu tun hatte oder nicht – auf jeden Fall war er ein wichtiger Zeuge. Wenn der jetzt zumachte, gingen ihnen wertvolle Informationen flöten. Andererseits mochte er Sascha nicht bloßstellen – er hatte aus dem Streit gestern Abend gelernt. Also zog Fritz sein Handy aus der Hose und schaute gespielt überrascht darauf.

»Mist. SMS von der Chefin. Oje, ach du Lieber … Wir müssen dringend was besprechen, Sascha. Herr Hinterberger, Sie bleiben derweil hier sitzen! Ist das klar?«

Als die beiden die Tür des Gastraums aufmachten, kam ihnen ein aufgeräumter Vinzenz Krottenthaler entgegen. »Ja, guten Morgen, Burschen. Seid ihr wieder beisammen? Heben wir einen auf die Männerfreundschaft!«, rief er fröhlich.

»Herr Krottenthaler«, entgegnete Fritz. »Seien Sie doch bitte so freundlich und werfen ein Auge auf den Hinterberger, dass der brav hocken bleibt. Wir sind gleich wieder da.«

»Aufn Flori a Aug werfen? Aber gern!«

Als die Tür hinter dem Dorfpolizisten zufiel, begann Fritz so einfühlsam er nur konnte: »Was ist los?«

Der junge Kollege wippte aufgeregt hin und her. Wie ein Boxer in der Ecke kurz vorm letzten Rundengong, so sah er aus: »Ein Arsch ist das, was? Aber den haben wir bald! Den haben wir bald!«

»Sascha! Ich mein, was mit dir los ist?«

Sascha biss sich auf die Lippen.

Fritz schaute ihn empathisch an: »Es fällt dir doch ganz schön schwer, das mit der Gundi zu verwinden, oder?«

»Blödsinn!«

»Du, das passiert jedem mal.«

»Mir ist so was noch nie passiert. Dass ich mich wegen einer Frau so zum Deppen mach, und sie behandelt mich …«

… dann auch wie einen Deppen, dachte Fritz, sagte es aber nicht. Sascha hatte ohnehin schon Tränen in den Augen, ob vor Wut oder vor Kummer, das war nicht so genau festzustellen.

»… wie ein Kälbchen am Nasenring! Genau so hat sie mich vorgeführt.«

»Mei, wir haben uns alle schon mal wegen einer Frau zum Deppen gemacht.«

»Aber ich hab gedacht, das mit ihr, das könnte was Besonderes werden. Ich hab nicht bloß flirten wollen mit ihr.«

»Du kennst sie doch noch gar ned lang!«

»Trotzdem, da war so ein Band zwischen uns. Ich schwör's dir. Da hab ich mir gedacht: Das könnt die Mutter meiner Kinder werden.«

»So ein Band bringt aber nix, wenn's bloß einer in der Hand hält.«

Sascha zog seine Enttäuschung die Nase hoch. Aus einem Impuls heraus legte er den Kopf auf die Schulter seines älteren Kollegen. »Ach, Fritzi …«

Der stand erst mal dumm herum, dann nahm er Sascha zaghaft in den Arm: »Schau mich an. Ich hab damals meine Traumfrau geheiratet. Und was ist passiert? Uns war beiden recht bald klar, dass wir gar nicht zusammenpassen. Dann haben wir trotzdem noch viele Jahre so dahingewurschtelt und dann war's ganz aus. Meistens täuscht man sich gscheit, wenn man denkt, dass man die

Frau fürs Leben gefunden hat. Und dann täuscht man sich noch mal, wenn man glaubt, das gibt's nur das eine Mal.«

Der junge Kollege schwieg.

Fritz packte alles an Charme aus, was er finden konnte: »Du bist doch, also im Prinzip, bist schon ein Traummann, Sascha. Siehst gut aus, hast Hirn und Herz und Besoldungsgruppe 13. Des is doch ned schlecht und wird auch noch mehr, also das Gehalt. Mit dir kann man streiten und sich wieder vertragen, man kann diskutieren und du bist offen für alles Neue, das gibt's nicht so oft. Humor hast auch. Ned wenig. Also, ich glaub fest dran, du findest bald was Besseres wie die Gundi. Die nie rauskommen ist aus dem Kaff und die schon ganz schön verbissen dreinschaut für ihr Alter, wennst mich fragst.«

Sascha begann zu kichern. »Was Besseres? Meinst so jemanden wie dich?«

Fritz boxte ihm in die Rippen »Bist wieder frech, ha?«

Sascha schaute ihm noch mal kurz in die Augen und nahm wieder Haltung an. »Danke. Jetzt geht's mir schon besser.« Dann fügte er kleinlaut hinzu: »Mach du das mit dem Hinterberger. Du hast grad mehr Abstand, würd ich sagen!«

Als sie reinkamen, standen zwei Weizen auf dem Tisch. Krottenthaler machte seinen Job gut – bei so einer Bewirtung dachte der Florian gar nicht daran, abzuhauen.

»Also Herr Hinterberger …«, hob Fritz an.

»Oha, der Touri macht weiter!«, kam es ironisch vom Verdächtigen.

Fritz war gerade so glücklich, wie er und Sascha zueinandergefunden hatten, nichts konnte ihn da aus der Ruhe bringen. »Genau! Und der Touri hat dem Seppi einen Vorschlag zu machen. Wir reisen jetzt alle gemeinsam ins Jahr 1987 zum Kirchweihsonntag und besuchen da die Resi, kurz bevor sie ins Moor gegangen ist. Weil der Touri will nämlich ganz genau wissen, was damals passiert ist. Und wenn wir damit fertig sind, besuchen wir noch die Daphne alias Anna am vorigen Montag in Tölz. Kurz bevor sie erschlagen worden ist. Weil der Seppi hat die Daphne ja gehasst und ist deshalb schon auch ein bisserl verdächtig für die Herren Kommissare.«

»Und wenn der Seppi so einen Schmarrn nicht mitmacht?« Flori grinste schief.

»Dann wird der in Handschellen nach Tölz abgeführt. Und dann bleibt das bis in alle Ewigkeit an dem pappen. Weil in so einem Ort denkt ein jeder, dass du's warst, selbst wenn du's nicht warst, bloß weil die Polizei dich mal mitgenommen hat.« Fritz lehnte sich entspannt zurück. »Bist jetzt kooperativ?«

Vinzenz Krottenthaler schaute den Tölzer Kollegen voller Ehrfurcht an.

Florian nahm einen tiefen Schluck aus seinem Weizenglas und rülpste aufmüpfig in den Raum: »Warum nicht! Hab ja nix zu verbergen. Die Anna Huber, des ist leicht vom Tisch. Montag sagst ... da hab ich ein Alibi! Damenbesuch. Die ganze Nacht lang.«

»Und wie heißt die Dame?«

Florian fummelte einen speckigen Schmierzettel aus seiner Tasche, darauf eine Handynummer plus Herzchen. »Christina. Aus Wien. Auch so ein Touri wie du! Wollt halt mal mit dem Seppi ...« Er warf das Papier verächtlich vor Fritz auf den Tisch.

»Die ganze Nacht?«

»Jawohl!« Florian begann selbstherrlich zu grinsen. »Und ich wett mit dir, dass die sich an jede Sekunde erinnert!«

»Überprüfen wir«, kam kleinlaut vom Sascha.

»So, und nun zum Dirndl im Moor.« Fritz blieb auf Spur. Auch Krottenthaler folgte der Befragung weiter mit voller Aufmerksamkeit.

Florian ließ mit einem Mal den Kopf hängen, dann begann seine Unterlippe zu zittern. »Das Dirndl im Moor? Wieso nennt ihr die Resi allweil so? So wie die Anna und die Ina sie getauft haben. Bald ist die Resi bloß noch das Dirndl im Moor. Das ist sie doch nur geworden, weil sie auf einmal nimmer da war. Weil ich sie nimmer gefunden hab ...« Florian begann, trocken zu weinen.

»Was war mit Ihnen und der Resi?«, fragte Fritz ungerührt weiter.

»Geliebt hab ich sie. So sehr wie keine Frau nach ihr.«

Sascha stieg der Pegel. Er dachte wieder an die Gundi, aber klammerte sich an das, was Fritz ihm vorhin gesagt hatte: »Nie rausgekommen aus dem Kaff, schaut ganz schön verbissen drein für ihr Alter.« Der hatte echt Recht.

»Ich geb ja zu, dass ich mit ihr zum Moor wollte, aber sie war doch ned da, als ich vom Bieseln zurückgekommen bin. Ich hab sie überall gesucht. Die war wie vom Erdboden verschluckt.«

»Aber ihr wart schon zusammen?«

»Ja, getanzt haben wir zuerst und dann ewig hinter der Kirche gesessen und getrunken und gelacht und geküsst und dann, dann hab ich aufs Häusl müssen ...«

»Wann war das?«

»Weiß nicht. Spät in derer Nacht.«

»Und weiter?«

»Ich wollt nicht an die Kirche bieseln, also bin ich zurück zum öffentlichen Klo an der Scheune. Und danach hat mich die Anna abgefangen ...«

»Die Anna?«

»Ja, da hat sie gestanden und mich abbusseln wollen. Und wie ich dann endlich zurückgekommen bin zu meiner Resi, da war sie weg. Ich hab sie erst wiedergesehen, wie sie ... aus dem Moor gezogen worden ist ... und, und jetzt muss ich auf den Friedhof, wenn ich ihr nahe sein will.« Hinterberger heulte hemmungslos.

Krottenthaler reichte Florian ein Taschentuch, aber weniger mitfühlend, eher streng: »Bist scho a Weiberer, Flori! Was hast dich abbusseln lassen von der Anna?«

»Wie erklären Sie sich das Verschwinden von der Resi?«, ignorierte Fritz den Zwischenruf vom Dorfpolizisten.

»Vielleicht ist sie alleine los. Vielleicht hat sie mich gesehen mit der Anna und sich gedacht, dass ich was von der will. Vielleicht ist sie deshalb ins Wasser gegangen ...« Wieder ein Meer von Tränen.

Auf der Rückfahrt nach Bad Tölz hingen Fritz und Sascha ihren Gedanken nach. Eine kontemplative Ruhe herrschte im Auto wie selten zuvor. Der Flori mit seiner Trauer, das Schicksal der Resi, das alles war schon auch bewegend gewesen, aber es war noch was anderes, was den Fritz und den Sascha berührte: Da war was zwischen ihnen beiden passiert. Es fühlte sich ungewohnt an. Ungewohnt, aber gut.

***

Ich sollt mich wegducken. Mein Maul halten, mich nirgends mehr sehen lassen. Weil es jeden Tag schwerer wird, so zu tun, als ob nix wär. Ich kann euch nimmer den harmlosen, guten Kerl spielen. Aber wenn einen die Leut zwingen, dass man ihnen Moral und Anstand beibringt, was bleibt mir dann übrig?

***

Als Fritz am Montag ins Büro aufbrach, spürte er noch den herrlichen Sonntag in sich. Die Wärme der Sonne auf der Haut beim Aufstieg, die frische Brise oben auf dem Berg. Atemberaubende Alpen. Seine Tochter und er hatten sich für den Blomberg entschieden. Leicht erreichbar von Tölz aus, ein paar Höhenmeter zwar, aber eine einfache Tour, nichts Kompliziertes, und vom Zwiesel aus dann die Benediktenwand zum Greifen nah. Kein Ehrgeiz, keine Hektik, kein Stress. Einfach bloß gehen und reden oder schweigen. Kathrin erzählte bei ihrer Einkehr im Blomberghaus von ihrer Arbeit als Lehrerin, die sie erst vor Kurzem angetreten hatte. Dass sie sich so gerne von München aufs Land würde versetzen lassen. Es gefiel ihr nicht in der Großstadt. Seinen Hinweis, auf dem Land sei auch nicht alles idyllisch, beantwortete sie mit einem Lachen und der Bemerkung, dass für ihn das

Böse natürlich immer und überall sei. Aus der Versetzung würde sowieso nichts werden, sagte sie dann noch. Denn Tobias, ihr Freund, wollte auf keinen Fall aus München weg, da war nichts zu machen.

Fritz freute sich, dass seine Tochter so offen mit ihm über ihr Leben, ihre Beziehung und ihre Arbeit sprach. Das war nicht immer so gewesen. Am schönsten aber war für ihn ein Augenblick auf dem Rückweg ins Tal, als sie ihn von der Seite ansah und lächelte: »Bei dir tut sich auch was, gell?«

Er schaffte es, sich noch eine Weile – vielleicht einen Kilometer – dumm zu stellen und erzählte dann von der Psychologin. Dass da gar nichts laufen könnte, aber irgendwie war's doch schön, wieder Herzklopfen zu haben. Damit hatte er nicht gerechnet.

»Wer sagt dir denn, dass da nichts zwischen euch sein kann?«, fragte sie zurück, aber er winkte mit einer kurzen Handbewegung ab und zeigte in die Landschaft.

»Da schau, was haben wir für ein Massel mit dem Wetter.«

Er erzählte dann noch vom Sascha und dass sie sich zurzeit sehr gut verstehen würden. »Wir streiten mehr, aber wir vertragen uns auch anders«, sagte er und dachte dann selbst, dass das so ziemlich der größte Blödsinn war, den er jemals von sich gegeben hatte. Kathrin aber sah ihn nur amüsiert an. »Das klingt nach einer lebendigen Beziehung«, antwortete sie, und ein bisschen war die Ironie schon rauszuhören.

»Mei, wir sind halt ein Team. Ihr Lehrer seid ja eher Solisten, aber ich muss mich auf meinen Partner verlassen können.«

»Ach, verpartnert seid ihr auch schon? Was sagt denn die Psychologin dazu?«

Die Erinnerungen an die Bergtour und das Gespräch mit Kathrin begleiteten ihn, als er aus dem Haus ging. Er war noch früh dran, und er würde heute lange genug im Büro sitzen. Das Gehen hatte ihm gestern gut getan, er wollte gleich weitermarschieren, und wenn's nur kurz hinauf auf den Kalvarienberg war. Oben setzte er sich auf eine der Aussichtsbänke. Von dort schaute er hinunter auf die Stadt – seine Stadt, die noch gar nicht richtig wach war.

Fritz atmete tief ein. Schön war's hier. Und am frühen Morgen recht still. Nach der Scheidung von seiner Frau war er oft hergekommen. Er betrat die Kirche und bewunderte wieder einmal die ungewöhnliche Innenraumgestaltung. Eine breite Stiege führte mit vielen Stufen zu einer Skulptur von Jesus – er trug die schrecklichen Wundmale von der Kreuzigung am Körper. Besucher, die sich das Standbild auf der Empore anschauen wollten, mussten ganz rechts oder ganz links auf den schmalen abgetrennten Bereichen der Treppe laufen, denn in der Mitte durfte man nur auf Knien betend hochkrabbeln. Erst dann, so hatten es Fritz mal ein paar Pilger erzählt, würde man von seinen Sünden erlöst werden. An bestimmten Feiertagen gab es sogar einen Generalablass.

Es klang verführerisch, mit einmal Hochrutschen alle schlechten Taten los zu sein – allerdings galt das wohl nur für sehr gläubige Menschen. Also nicht für Fritz, der weniger zum Beten in die Kirchen ging als zum Zweifeln. Aber es fiel ihm schon auf, dass selbst er mit leichterem Herzen aus den Gotteshäusern rauskam, als er reingegangen war.

Vielleicht sollte er dem Sascha raten, auch mal diese Kirche zu besuchen. Hier über das eigene Leben nachzudenken, das war allemal besser als sich bei Liebeskummer im *Pistolero* die Cocktails reinzuschütten.

Während er langsam auf der anderen Seite des Kalvarienbergs hinunterging und sich dem Kommissariat näherte, dachte er weiter über Sascha nach. Wie er wohl den Sonntag verbracht hatte? Hoffentlich hatte er sich nicht in seinem Kummer vergraben. Oder war gar noch mal nach Oberthanning gefahren und hatte sich eine zweite oder dritte Abfuhr von diesem Landmadel geholt, das in ein paar Jahren mindestens doppelt so mürrisch und in ihren Hoffnungen betrogen sein würde wie ihre Mutter. Nein, die Gundi war gar nichts für den Sascha. Eine wie die Kathrin wäre viel besser für ihn. Aber die hatte ja ihren Tobias. Und ob Sascha der Kathrin so gut tun würde wie umgekehrt, da war er sich nicht so sicher.

Sein Kollege saß bereits am Schreibtisch und starrte auf den Bildschirm.

»Guten Morgen«, grüßte Fritz und schnupperte. »Ah, der Kaffee ist schon fertig.«

»Dosenmilch ist auch noch da«, antwortete Sascha nur und wandte nicht einmal den Kopf, um ihn anzusehen.

Fritz sah sich kurz in seinen väterlichen Gefühlen gekränkt. War er nicht voller Sorge und Anteilnahme hierhergekommen nach ihrer schönen Versöhnung am Samstag? Wieso empfing Sascha ihn jetzt so abweisend? Bevor er sich noch Kaffee eingegossen hatte, ging er zu ihm an den Schreibtisch.

»Was hast denn gemacht gestern?«, begann er das Gespräch, etwas hilflos und wie aus dem Nichts, anstatt gleich zu fragen, was ihn denn gerade so sehr ärgerte, dass er nicht einmal Guten Morgen sagen konnte.

Sascha sah von seinem Bildschirm hoch, und Fritz fuhr der Schreck in die Glieder. »Um Gottes willen, was ist denn mit dir passiert?«

Rote Striemen zogen sich durch Saschas Gesicht, als hätte ihn jemand mit einer Peitsche misshandelt. An einigen Stellen waren sie breiter, so etwa an der Stirn. Die Wangen aufgerissen, eine Verletzung am Mund, die Nase leicht geschwollen. Nur die Augen waren offenbar verschont geblieben von der Attacke.

»Wer hat dir das angetan?«

»Ein Baum«, antwortete Sascha, und wenn er's nicht gar so erbärmlich gesagt hätte, dann wäre dem Fritz vielleicht doch ein Lachen rausgerutscht.

»Ich wollte mich auspowern«, erzählte Sascha, als sie beide endlich ihren Kaffee hatten. »Deswegen bin ich zum Mountainbiken. Da kann ich doch so richtig relaxen … jedenfalls sonst immer.«

Diesmal nicht, wegen diesem Weibsbild aus Oberthanning, dachte Fritz, sagte aber nichts, um nicht noch in Saschas Wunden zu stochern.

»Außerdem hab ich mir gedacht, ich könnte wieder mehr für meinen Body tun, will ja nicht als Couch-Potato enden.«

Fritz nickte nur. Er konzentrierte sich auf Saschas Erzählung, die dieser ausschweifend fortsetzte. Wahrscheinlich hatte er am Sonntag mit niemandem reden können.

»Dann war da dieser Baum mit den tief hängenden Ästen. Und ich hab ihn zu spät gesehen.«

»Aber gestürzt bist nicht?«

Sascha schüttelte den Kopf. »Ich hab das Radl grad noch halten können. Aber wie mir die Zweige durchs Gesicht gewitscht sind, da dachte ich, mich streift ein Meteorit.«

»Gut, dass der dich nicht vom Rad geworfen hat.«

»War knapp.«

Fritz legte ihm die Hand auf die Schulter. »Sei nicht so waghalsig. Ich brauch dich noch.«

»Du brauchst niemanden.«

»Doch, dich. Für diesen Fall und sonst auch und überhaupt.«

Sascha versuchte breit zu grinsen, was er aber wegen der Schmerzen schnell wieder aufgab. »Ein großer Redner wirst nicht mehr!«

Fritz musste lachen.

»Was ist so lustig?«, kam es von der Tür. Die Keilos stand da und betrachtete ihre beiden Kommissare von oben herab. »Ihr Aussehen kann es ja nicht sein, Herr Kunz.«

»Danke fürs Mitgefühl, jetzt tut's schon fast nicht mehr weh.«

»Das freut mich sehr. Ich hätte einen krankheitsbedingten Ausfall sehr bedauert.«

»Da geht's Ihnen wie dem Fritz«, stellte Sascha fest.

»Ich hab's aber mehr menschlich gemeint«, rutschte Fritz heraus, dann biss er sich auf die Lippen.

»Unterstellen Sie mir Herzlosigkeit?«, fragte Brigitta Keilos, und ihre Stimme wurde frostig.

Fritz wusste nicht recht, was er sagen sollte.

»Mei, seit wir zur Psychologin gehen, sind wir halt recht emotional«, antwortete Sascha für ihn und richtete die Augen in seinem geschundenen Gesicht treuherzig auf Brigitta Keilos.

»Und wie wollen meine Emo-Mitarbeiter weiter vorgehen?«, fragte die Chefin, unbeirrt von diesem traurigen Anblick.

Nun war es an Fritz, seinem Kollegen aus der Verlegenheit zu helfen. »Wir teilen uns auf und verfolgen verschiedene Spuren.

Einer befasst sich mit Daphne di Montagna und ihren vielen Liebschaften, und der andere wird von hier aus recherchieren, was wir in den alten Unterlagen zu dem angeblichen Unfall im Moor finden, über den die beiden Autorinnen ihren nächsten Krimi schreiben wollten.«

»Wenn Sie meinen, das bringt was. Aber dann würde ich sagen, Herr Kunz bleibt hier und setzt sich mit diesem Gesicht nicht den fragenden Blicken der Menschen aus.« Der Ton der Chefin klang nicht so, als würde er noch Raum für Diskussionen lassen.

»Das wollte ich auch gerade vorschlagen. Ist ungut fürs Image der Polizei«, meinte Sascha und verbarg seine Kränkung, dass er nun tatsächlich zum Innendienst verdonnert worden war.

Ob er Ina Berg wieder im Garten antreffen würde wie beim ersten Mal, als er ihr die Nachricht vom Tod ihrer Co-Autorin überbracht hatte? Fritz stand mal wieder im Stau, als er aus Bad Tölz in Richtung Lenggries rausfuhr. Aber es pressierte heute nicht so. Er würde sich nicht aufregen über Dinge, die er sowieso nicht ändern konnte. Auch das hatte er sich gestern auf dem Blomberg vorgenommen.

Fritz überlegte, wie er mit Ina Berg reden sollte. Sie hatte Sascha und ihm weder von ihrer Affäre mit dem Mann der besten Freundin gesagt, noch irgendetwas Wesentliches zur Aufklärung des Mordes beigetragen. Aber vielleicht war es besser, nicht zu hart mit ihr umzuspringen, sondern es erst auf die väterliche Tour zu versuchen. Das lag ihm ohnehin mehr. Seine authentische Gemütsruhe verlockte die Menschen manchmal zu unüberlegten Äußerungen.

Ina Berg sah den Kommissar überrascht an. »Ich kann Ihnen doch sowieso nicht weiterhelfen.«

»Schauen wir mal«, antwortete Fritz und ließ sich auf die Terrasse bitten, wo der Laptop auf dem Gartentisch stand, daneben ein bunter Fruchtsaft, ein bisschen grün, ein bisschen rot, ein bisschen gelb. Wie sie die Schichten hinbekommen hatte, war ihm unklar. Es sah auf jeden Fall gut aus.

»Wollen Sie auch einen?«, fragte Ina Berg, und Fritz nickte. Eigentlich nahm er selten solche Angebote an, aber manchmal war die Abwesenheit von Zeugen oder Verdächtigen ganz nützlich ... Während die Autorin ihm ein Glas aus der Küche holte, sah er verstohlen auf den Bildschirm, wandte sich aber schnell ab, als sie wieder aus dem Haus trat.

»Bevor Sie gleich fragen. Ja, ich arbeite tatsächlich an unserem Krimi weiter. Das bin ich Daphne, aber auch mir schuldig.«

»Meinen Sie denn, das würde Ihre Freundin auch so sehen?«

Ina Berg lächelte. »Daphne hätte im Zweifelsfall schnell jemanden gefunden, der ihr hilft, den Roman zu Ende zu bringen.«

Fritz setzte sich und sah auf den wildschönen Garten. Er freute sich, dass er hier sein durfte und nicht in der Bürostube hocken musste. Armer Sascha.

»Ich würde mich gerne mit Ihnen über das Privatleben von Daphne di Montagna unterhalten«, brachte Fritz sein Anliegen vor.

»Wollen Sie da nicht lieber mit Daphnes Mann reden?«

»Sie meinen mit Ihrem Geliebten?«

Ina Berg wirkte kein bisschen überrascht. »Ach stimmt, Sie haben mit Glotter gesprochen. Mir war schon klar, dass der Ihnen alle schmutzigen Details über unser Verhältnis verraten würde. Und? Noch Fragen?«

»Oliver Schmidt und Sie haben uns das Techtelmechtel ja leider verheimlicht.«

»Was heißt Techtelmechtel? Und wieso verheimlichen? Es spielt überhaupt keine Rolle, ob wir zwei uns lieben oder nicht. Die Partnerschaft zwischen Oliver und Daphne war passé. Die beiden führten seit einiger Zeit schon eine offene Ehe, in der jeder machen konnte, was er wollte. Nichtsdestotrotz hatten sie ein sehr inniges, freundschaftliches Verhältnis. Eben genauso wie Daphne und ich. Von daher haben wir Ihnen das gesagt, was für Sie relevant ist: Wir beide haben Frau di Montagna geliebt und gebraucht – mehr als jeder andere.«

Fritz schaute sie streng an. »Interessant! Auch Herr Glotter sagte, er würde sie wie kein anderer lieben. Egal, wissen Sie, ich will mit Ihnen nicht über die Ehe Ihrer Freundin reden, es geht mehr um ihre Liebschaften.«

Ina nickte nachdenklich. »Daphne hatte einen enormen Männerverschleiß. Das war schon so, als sie noch Anna hieß und wir in Oberthanning wohnten. Alle paar Wochen ein neuer Freund. Ich bekam damals die abgelegten Typen, wenn ich die wollte.«

»So wie Oliver Schmidt?« Fritz konnte sich den erneuten Seitenhieb nicht verkneifen.

»Noch mal: Das Gefühl, das mich zu Oliver geführt hat, war Liebe und nicht das, was Sie vielleicht denken. Kein Triumph, keine nachträgliche Genugtuung, dass die blasse Ina der mondänen Daphne den Kerl weggenommen hat.«

»Wie war Ihr Verhältnis denn früher? Hat es sie gewurmt, dass alle Jungs hinter Daphne her waren?«

»Nein, gar nicht. Ich war sehr stolz darauf, ihre Freundin zu sein. Sie war so klug, nahm sich, was sie wollte, fragte nicht nach Erlaubnis. Und konnte doch auch einfühlsam sein. Sie war der leuchtende Stern in meinem kleinen Universum. Und neben ihr strahlte ich ein wenig mit. Das war mir genug.«

»Auf welchen Typ Mann stand sie denn?«

Sie überlegte. »Sagen wir so: Wenn sie älter waren, dann sollten sie ihr finanziell und gesellschaftlich etwas bieten können. Und wenn die Männer jünger waren, dann eher optisch und … konditionell.«

»Sie meinen sexuell.«

»Möglich.«

Fritz verkniff sich ein Schmunzeln und fragte weiter. »Können Sie mir Namen von Männern geben, mit denen Daphne eine Beziehung hatte?«

»Es waren eher Affären, und ja, einige kann ich Ihnen nennen, aber sicherlich nicht alle. Was wollen Sie damit?« Als Fritz schwieg, beantwortete sich Ina ihre Frage selbst. »Sie denken, einer von ihnen könnte der Mörder sein?«

»Eifersucht, verschmähte Liebe, verachtete Gefühle … Vielleicht hat's einer mal richtig ernst gemeint. Sie weist ihn ab. Es kommt zur Aussprache, es gibt Streit, er greift zum Wendelstein …«

»Wenn Sie die alle überprüfen wollen, da werden Sie viel zu tun bekommen.«

Fritz trank seinen Fruchtcocktail, der vorzüglich schmeckte. Dabei beobachtete er Ina Berg, die nebenbei die neue Version ihres Krimimanuskripts speicherte.

»Ich schreibe Ihnen eine Liste. Am besten geben Sie mir Ihre Mail-Adresse, dann schick ich Ihnen die Namen, die mir bekannt sind.«

Ina Berg sah ihn an, als ginge sie davon aus, dass er sich jetzt verabschiedete. Tatsächlich stand Fritz auf.

»Ich würde gerne zur Toilette, und dann hab ich noch ein paar Fragen«, nahm er ihr alle Hoffnungen auf ein schnelles Ende seines Besuchs.

»Die Toilette ist vorne an der Eingangstür, und auch wenn ich mir nicht vorstellen kann, wie ich Ihnen noch weiterhelfen könnte, so warte ich doch geduldig auf Ihre Rückkehr.«

Sie kann also auch spöttisch sein, wenn's drauf ankommt, dachte Fritz, als er ins Haus ging. Er ließ sich Zeit, sah sich ein bisschen im Erdgeschoss um. Eigentlich kannte er das meiste von seinem ersten Besuch hier. Die Küche, das Wohnzimmer, den Flur … War irgendwas anders? Ja, doch. Im Wohnzimmerregal stand ein Foto von der Ermordeten. Eine vertrocknete Herbstaster schmückte den Rahmen. Vielleicht eine Art Trauerflor.

Als er wiederkam, telefonierte die Autorin. Sie gab ihm mit einer kurzen Handbewegung zu verstehen, er solle sich ruhig wieder hinsetzen. Offenbar war es der Verleger. Erst hörte Fritz interessiert zu, dann merkte er, dass Ina Bergs Aussagen immer kryptischer wurden. Bald kam nichts mehr außer Ja und Nein. Er beschloss, kurz Sascha anzurufen, schließlich war es eigentlich schon Mittagszeit. Er ging ein Stück in den Garten hinein, lehnte sich an einen Apfelbaum, dessen Blätter sich schon zu verfärben begannen, und zog sein Handy heraus.

»Servus, wie geht's dir?«

»Bist du schon fertig bei der Berg?«, wunderte sich Sascha.

»Nein, aber ich wollte mich zwischendurch wenigstens kurz melden.«

»Willst wissen, was ich den ganzen Vormittag getrieben hab?«

»Nein, ich wollte wissen, wie es dir geht!«

Sascha nahm es nicht ernst und blieb lieber beim Fall. »Ich hab noch nichts Neues über die Resi finden können.«

»Wie - es - dir - geht?«

Er war offenbar laut geworden, denn Ina Berg warf ihm einen verwunderten Blick zu, bevor sie wieder das Gespräch mit Glotter aufnahm.

»Ich hab gerade mit deiner Tochter telefoniert, seitdem geht's mir besser.«

»Wieso telefonierst du mit der Kathrin?«

»Sie hat dich auf deinem Dienstapparat angerufen, und ich bin rangegangen. So einfach ist das. Jedenfalls haben wir uns sehr nett unterhalten.«

»Wieso ruft sie mich nicht auf dem Handy an?«

»Frag sie selbst.«

»Was habt ihr denn geredet?«

»Sei nicht so neugierig.«

Sascha ging es offensichtlich von Sekunde zu Sekunde besser. Er amüsierte sich über Fritz' Fragen und tat sehr geheimnisvoll.

»Aber ich soll dich lieb grüßen«, sagte er, und als Fritz wieder nachfragen wollte, legte er schon halb auf. »Hey, die Chefin hat gerade vom Flur aus reingeschaut, ich muss weitermachen. Bis später.«

Fritz setzte sich wieder in seinen Stuhl, schlürfte seinen Fruchtsaft und hörte, wie Ina Berg das Telefonat beendete.

»Das war Glotter.«

Fritz nickte nur.

»Wie war Daphne eigentlich, als sie noch Anna hieß?« Fritz nahm nicht sehr geschickt die Kurve in die Vergangenheit.

Ina Berg überlegte, dann lächelte sie. »Sie konnte alle haben - außer einem - und das war insofern speziell, weil sie wirklich alles daran gesetzt hat, dass sie den kriegt.«

»War's der Florian Hinterberger, der in Ihren Büchern Seppi heißt?«, fragte Fritz direkt.

Ina Berg sah ihn überrascht an. »Gut recherchiert!«

»Wir waren halt in Oberthanning und haben uns umgeschaut.« Fritz konnte seinen Stolz kaum verbergen.

Ina Berg nickte. »Ja, der Florian war wirklich ein Besonderer. Der ließ sich nicht einfach von der Anna entern. Der stand auf die Resi, auch wenn wir das alle nicht kapiert haben. So ein fescher, offener Kerl. Und sie so still und zurückgezogen.«

»Gab's dafür einen Grund – also für ihr Zurückgezogensein?«

Ina schaute nachdenklich zu Boden. »Wenn, dann kenn ich den nicht.«

»Wie ging es Ihnen denn, als die Resi im Moor gefunden wurde?«

»Wir waren damals alle total geschockt.«

Einen Moment schwiegen beide, dann bohrte Fritz weiter: »Denken Sie, dass es ein Unfall war?«

Ina Berg wiegte den Kopf hin und her. »Es könnte zumindest sein.«

»Das Madel ist mit Ihnen auf dem Fest, geht dann allein und nachts zwei bis drei Kilometer spazieren und versinkt in einem Moor, das nur ganz in der Mitte tiefer als zwei Meter ist …«

»Vielleicht weil der Florian Schluss mit ihr gemacht hat, und da wollte sie nicht mehr leben?«

»Der Hinterberger sagt, er ist mit der Resi bei der Kirche gewesen. Er musste kurz austreten, danach hat ihn die Anna aufgehalten. Als er zurückgekommen ist, war die Resi weg. Und am nächsten Tag lag sie tot im Moor.«

»Vielleicht hat sie ihren Freund mit der Anna oder einer anderen gesehen, die falschen Schlüsse gezogen und sich umgebracht …«

Fritz sah Ina Berg ernst an. Der wurde unter diesem Blick ganz unbehaglich. »Was ist?«

»Für eine Krimiautorin finde ich diese Lösung ein bisschen arg simpel.«

Nun schwiegen sie beide. Ina Berg sah zur Uhr. Sie war jetzt deutlich reservierter. Mit seiner Aussage war Fritz ihr ganz schön auf den Schlips getreten. Viel würde er aus ihr nicht mehr herauskriegen.

»Wenn Sie von einem Unfall oder einem Selbstmord ausgehen, warum wollten Sie dann aus der Geschichte einen Krimi machen?«

»Es war nicht meine Idee, sondern die von Daphne.«

Ja, der Ton war schneidend geworden. Wie konnte er für ein bisschen Entspannung sorgen? Er wusste es nicht.

Ina Bergs Gesicht hellte sich ohne sein Zutun auf, als sie den schwarzen Kater bemerkte, der durch den Garten schlich. »Emil, schau her!« Tatsächlich kam Emil näher. Er sah zu Ina Berg, zu Fritz, dann sprang er diesem unvermutet auf den Schoß, drehte sich ein paar Mal und ließ sich nieder. Ina Berg machte große Augen. »Das dürfen Sie als Kompliment sehen.«

»Tu ich.« Fritz streichelte den Kater, der sofort zu schnurren begann. »Fanden Sie die Idee Ihrer Co-Autorin gut?«, nahm er den Faden wieder auf.

»Nein, aber ich konnte mich nicht durchsetzen.« Na bitte, nun war sie wieder gesprächig.

Fritz nickte und überlegte weiter, während der Kater sich auf den Rücken drehte und die Vorderpfoten genüsslich nach oben streckte. Zumindest einer, der sich mal freiwillig ergab!

»Wer sollte denn der Mörder sein?«

Ina Berg lachte leise, aber es war ein trauriges Lachen. »Wir waren uns nicht einig. Daphne war für die große Liebe des Mädchens …«

»Also Florian Hinterberger alias Seppi …«

Ina Berg nickte. »Oder für einen vom Stammtisch. Ich habe vorgeschlagen, dass es eine Freundin sein könnte. Aber das wollte Daphne auf keinen Fall. Dann habe ich überlegt, ob wir's nicht am Ende doch als Unfall ausgehen lassen, aber so was lässt natürlich die Leser unzufrieden zurück.«

»Ein Mord ist besser.«

»Freilich, wenn Sie einen Krimi kaufen, wollen Sie doch auch, dass am Ende jemand zur Verantwortung gezogen wird, oder nicht?«

Fritz dachte darüber nach, wie das bei ihm war. Krimis las er selten. Er konnte sich oft schlecht auf die Handlung einlassen, weil er sich die ganze Zeit ärgern musste, wie die Kriminaler dargestellt wurden. Im Fernsehen waren sie ihm meist zu testosterongesteuert und fast unwirklich omnipotent. Und in den Büchern, besonders in diesen Heimatkrimis, wurden sie als jämmerliche Stümper veralbert. So wie der Krottenthaler in den Daphne-Ina-Krimis zum Beispiel. Obwohl – wenn er's recht überlegte, war der ja wirklich so! Er musste sich eingestehen, dass er das »*Bauernopfer*« wirklich ganz gern gelesen hatte, vielleicht gerade weil die Figuren so schrullig waren. Und wenn's da keinen Mörder gegeben hätte, sondern alles nur ein banaler Unfall gewesen wäre, das hätte ihn wohl auch geärgert.

Im wahren Leben dagegen war er immer heilfroh, wenn sich rausstellte, dass der Tod eines Menschen nicht durch einen anderen verursacht worden war. Bei Daphne gab es unleugbar ein Fremdverschulden, aber die Resi, die war ja vielleicht doch nur aus Versehen im Moor ertrunken.

Fritz überlegte und überlegte, aber ihm fiel keine Frage mehr ein. Ina Berg sah ihn amüsiert an. »Sagen Sie bloß, wir sind fertig?«

»Erst mal schon.«

»Sie haben mich gar nicht gefragt, ob ich meine Freundin umgebracht habe.«

»Und – haben Sie?«

»Nein.«

»Aber Sie lieben den Mann Ihrer Freundin. Ein starkes Motiv.«

»Man kann sich auch anders einigen, wenn die eine Liebe zu Ende gegangen ist und die andere begonnen hat, oder nicht?«

***

Langsam wurde es empfindlich kalt. Resi zog ihren Walkjanker noch enger um ihre Schultern und nahm den letzten Schluck aus der Maß, die sie beim Ausschank in der Scheune gekauft hatte. Der Alkohol war ihr schon am Nachmittag in den Kopf gestiegen, ein leichter Schwips erst, inzwischen war der Pegel aber deutlich über dem, was sie als angenehm empfand: die Zunge schwer, die Glieder müd, die Gedanken wirr.

Sie lehnte sich träge an die Seitenwand der Kirche, dort hatten sie sich vorhin niedergelassen, der Flori und sie. Er hatte ihr ins Ohr gehaucht, wie sehr er sie mochte, wie gescheit sie sei und wie wunderschön sie aussah, wenn sie tanzte. Sie schloss für einen kurzen Moment die Augen. Aber immer, wenn sie in die trunkene Dunkelheit blickte, kamen die furchtbaren Bilder hoch. Bilder, die sie verdrängen wollte, aber doch nicht konnte, weil sie eine zu große Rolle in ihrem Leben spielten.

Die Kirchmauer hinter ihr war noch deutlich kühler als die Luft dieses Kirchweihabends, trotzdem fühlte sie sich von ihr beschützt. Beschützt und auch gestützt wie von ihrem Glauben. Resi hatte schon oft ihre Sorgen zu Gott getragen. Und sogar einmal zur Mama, aber das war keine gute Idee. Die wollte ihr gar nicht zuhören, meinte, das seien Phantasien, die mit der Pubertät zusammenhingen, nichts weiter. Als Resi tausend Eide schwor, dass alles wahr sei, brach die Mutter das Gespräch ab. Zur Beichte müsse sie gehen, wenn sie solche Behauptungen verbreite. Unschuldige Menschen so in den Dreck zu ziehen, nur weil sie sich selbst so sehr einen Freund wünsche. Sie solle nur hübsch warten, auf den Richtigen, und in der Zwischenzeit keine Märchen erfinden. Ganz anders als sonst war die Mama da. Hartherzig und starr.

Danach hatte Resi nicht wieder darüber gesprochen. Nur wenn sie allein in der Kirche saß, flüsterte sie es manchmal in Richtung Altar.

Sie versuchte sich damit zu beruhigen, dass er Schuld hatte und nicht sie. Und dass es ihr irgendwann gelänge, sich gegen ihn zu wehren. Aber so lang sie hier in Oberthanning wohnte, würde das schwer sein. Weg, nur weg von hier, dann wäre sie für ihn unerreichbar. Vergangenheit. Dust in the wind.

Und bis dahin? Sie wollte nur noch mit Flori zusammen sein, nie mehr mit dem anderen. Aber das würde dem nicht gefallen. Sie war sein »Spatzerl«.

Und wenn er es aus lauter Eifersucht dem Flori erzählen würde? Resi wurde es bei dem Gedanken ganz heiß. Nein, das würde er nicht. Er dürfte das ja gar nicht. Das mit ihr, das war verboten. Das wusste sie inzwischen. Früher hatte sie immer gedacht, es sei erlaubt. Als er zu ihr kam zum Kraulen, zum Kitzeln, zum Kuscheln.

Nein, Flori sollte das niemals erfahren, das mit ihm und ihr. Er würde sich vor ihr ekeln, sie nicht mehr anfassen wollen. Und das wäre das Schrecklichste, was ihr passieren könnte.

Resi schaute auf die kleine Uhr an ihrem Handgelenk. Wie lang war er eigentlich schon weg? Über eine Viertelstunde? Hoffentlich war er in keine Schlägerei geraten. Resi überlegte, ihm entgegenzugehen. Es gab nur den einen Weg vom Fest zur Kirche, da konnten sie sich nicht verfehlen.

***

»Der Flori hat für beide Morde ein wind- und regendichtes Alibi. Scheißdreck!« Sascha senkte den Kopf, weil ihnen ein paar Wanderer entgegenkamen. Er trug eine Baseballmütze, um sein geschundenes Gesicht zu verbergen. Eigentlich hatte er gar nicht rauswollen aus dem Kommissariat, aber Fritz hatte es ihm nicht durchgehen lassen.

»Kriegst einen ganz platten Hintern, wenn du den ganzen Tag da hockst.«

»Ich will nicht, dass mich die Leut so sehen.«

»Dann fahren wir raus und gehen ein bisserl spazieren. Frische Luft und über den Fall nachdenken, das kann doch nicht verkehrt sein.«

Draußen auf dem Flur hörten sie das Klacken von Schuhen. Sascha grinste, was sein geschwollenes Gesicht hergab: »Aber die Chefin lassen wir da.«

Fritz war mit ihm zum Kirchsee gefahren. Sie gingen das Ufer entlang und tauschten sich über die Rechercheergebnisse des Vormittags aus.

»Dein Innendienst war fleißig, Fritzi. Der hat schon die Christina in Wien angerufen und da Sachen erfahren, die weder jugend- noch seniorenfrei sind, deshalb behalt ich die lieber für mich.«

»Sehr witzig. Gibt's da auch was schriftlich?«

»Also keine Details über die Libido vom Florian Hinterberger, wenn du das meinst. Aber selbstverständlich ein vor der Wiener Kripo unterschriebenes Protokoll als Fax.«

»Gut«, bemerkte Fritz knapp. »Und für den Resifall hat er auch ein Alibi?«

Sascha streckte stolz die Brust nach vorn. »Ich hab das Gesprächsprotokoll mit der Lisa, also der Mutter von dieser ... verbitterten Wirtsbraut, noch mal vom Handy abgetippt. Da ist mir aufgefallen, dass wir eine Freundin von damals noch gar nicht befragt haben. Franzi Wohlschläger heißt die. Wohnt inzwischen in München. Ich hab sie gleich erreicht. Und jetzt halt dich fest: Die ist sich ganz sicher, dass sie am späten Abend noch mal die Resi gesehen hat, wie die zum Festplatz gekommen ist und dort offenbar den Florian beim Quatschen mit der Anna, also mit der Daphne di Montagna, beobachtet hat.«

»So wie's der Hinterberger ja auch gesagt hat.«

»Genau. Und dass die Resi dann weggerannt sei. In Richtung Moor.«

»Doch Selbstmord ...«

»Das hat sie natürlich nicht gesehen. Aber dann ist ihr noch eingefallen, dass da jemand das Fest kurz nach der Resi verlassen hat.«

»Was? Wer denn?«

»Hat sie nicht erkennen können. Viel zu weit weg. Wohl eher ein Mann.«

»Mist, warum hat sie das noch nie jemandem gesagt?«

»Sie hat sich halt nichts dabei gedacht. Haben ja auch alle an einen Unfall geglaubt. Außerdem, vielleicht war es auch nur ein Kirtabesucher, der zufällig nach ihr gegangen ist. Diese Franzi Wohlschläger hat schließlich nicht gesehen, dass die miteinander geredt haben oder so.«

»Und wenn's doch der Flori war?«

»Naa, der ist in Richtung Kirche, nachdem er sich von der Montagna befreit hat. Und kurz darauf hat Franzi ihn sogar noch mal gesehen. Als sie heim ist, lag der am Pfarrhaus auf der Bank und hat seinen Rausch ausgeschlafen. Und weißt du, warum sie ihn da gesehen hat? Weil die Franzi, die ist nämlich die Tochter von der Haushälterin des Pfarrers. Einen Vater gibt's nicht dazu. Komisch.«

Sascha kniff verschwörerisch eins der Augenlider zu, ließ das aber schnell wieder sein, denn sofort brachten sich die vielen Verletzungen in seinem Gesicht schmerzlich in Erinnerung.

»Also, der Herr Pfarrer kann auf keinen Fall der Papa sein, der hat ja ein Alibi« ging Fritz auf die Steilvorlage ein, dann kam er zurück zum Thema: »Was meinst, Sascha? Dieses Oberthanning müssen wir uns noch mal vorknöpfen, ha?«

»Schon, aber nicht wegen der Resi, sondern wegen der Daphne! Ich finde, wir sollten mal wieder in die Gegenwart zurückkehren. Ich hab mir noch mal die Akte von damals angeschaut. So schlampig haben die Kollegen beileibe nicht gearbeitet. Und es deutet wirklich vieles auf Unfall oder Selbstmord hin …«

»Das hab ich von dir schon mal anders gehört«, unterbrach ihn Fritz.

»Nur wahrhaft große Geister können eingestehen, dass sie auch gelegentlich in die Irre gehen.«

Fritz sah ihn skeptisch an: »Das war jetzt aber nicht von dir, oder?«

Sascha ging gar nicht darauf ein. »Also ich denk, es war Selbstmord. Das Madel betrunken, offenbar einsam. Und selbst wenn's was anderes war: Wie willst du nach so langer Zeit noch einen Hinweis oder gar Spuren finden«

Fritz schaute unglücklich über den See. Auch hier gab es rundum eine moorige Landschaft mit Birken und durchtränkten Böden.

Ganz ähnlich wie im Murnauer Moos eigentlich, doch die Berge standen nicht so direkt dahinter. Fritz versuchte, das Karwendel zu entdecken, der Himmel hatte die Wolken aber inzwischen fest zugezogen, so als würde er den Sommer endgültig schließen.

Die Vorhersage hatte sich bewahrheitet: Föhnzusammenbruch am Nachmittag, Kälteeinbruch am Abend. Der Herbst – jetzt kam er doch. Fritz war unglücklich. Nicht nur übers Wetter, auch über den Fall. Sie steckten fest, und er ärgerte sich, dass er dieses blöde Gefühl nicht loswurde, dass jemand die Resi untergetaucht hatte. Aber der Sascha maulte mit Recht, dass sie sich um ihren aktuellen Fall kümmern sollten.

»Was hast denn du rausbekommen bei der Frau Autorin?«, versuchte Sascha ihn aus der Resignation zu holen.

Fritz kramte sein Diktiergerät aus der Tasche, das er noch immer bei sich trug. »Wir bekommen eine Liste mit den Liebhabern der Daphne di Montagna, von denen die Ina Berg weiß. Und der Rest meines angenehmen Gesprächs mit Frau Berg ist auch drauf. Wir fahren jetzt zurück nach Tölz, und ich tipp das ab, dann kann ich besser zwischen den Zeilen lesen.«

»Mensch, Fritz, lass das doch die Sandra oder die Isi von unten machen.«

»Glaub mir, Sascha, das machen die nur für dich, ned für mich.«

Gegen Abend lehnte sich Sascha zurück und beobachtete amüsiert seinen Kollegen, wie der untalentiert und mit zunehmender Aggression auf die Tastatur seines Rechners einhackte. Die Kopfhörer des Diktiergeräts sahen auf Fritz' hagerem Kopf aus wie traurige Mäuseohren, immer wieder musste er hin- und herspulen, nie schien er auf Anhieb die richtige Stelle zu finden.

Draußen war es inzwischen winterdunkel. Der Wind peitschte die Regentropfen über die Fenster.

Nach einiger Zeit bemerkte Fritz, dass sein Kampf mit der Technik nicht unbeobachtet blieb. Er stoppte das Gerät und sah Sascha an. »Was hast du? Kann ich helfen?«

»Nee, ich werd *dir* helfen! Ich leg jetzt der Sandra dein Diktiermonstrum auf den Tisch, dann macht sie das morgen für uns, und du gehst mit mir zum Essen, statt hier deine Lebenszeit zu vergeuden. Andiamo!«

In dem Moment meldete sich eine Nachricht auf Saschas Handy. »Schau, schau, der Überraschungsgast ist schon eingetroffen.«

Ein bisschen Sorgen hatte sich Fritz schon gemacht, dass ihm jetzt Sybille Bäumler gegenübersitzen könnte und er nicht gescheit angezogen war – aber die war ja noch in Urlaub bis Donnerstag, hatte er sich auf dem Weg zur Fußgängerzone beruhigt. Sie gingen zu dem urigen italienischen Restaurant in der Marktstraße. Die Bestuhlung im Außenbereich war regensicher hochgeklappt. Draußen sitzen war jetzt erst mal passé. Vielleicht bis Mitte April. Je nachdem, wie Herbst und Winter sich noch entwickelten.

Aus einer Ecke der Gaststube strahlten ihnen die nettesten braunen Augen der Welt entgegen, fand zumindest Fritz, der Vater der Augen. Kathrin war wie die beiden Kommissare etwas nass geworden beim Fußmarsch vom Parkplatz hierher. Ihre Haare standen kreuz und quer. Bestimmt hatte sie sie nur kurz durchgewuschelt, ohne danach in den Spiegel oder in ein Schaufenster zu schauen. Aber das machte gar nichts, denn sie war auch so eine Augenweide. Und frech wie immer.

»Das ist also der fesche Kollege, den du mir seit Jahren vorenthältst.«

»Jetzt bekomm erst mal ich eine Umarmung«, gab Fritz zurück und zog sie fest an die Brust. »Also, Madel, dann nimm mal Haltung an: Das da ist der verwegene Sascha Kunz, der gestern mit den Bäumen gekämpft hat.«

Kathrin gab artig die Hand. »Griaß di, Sascha Kunz. Beeindruckend!«

»Danke. Hab leider verloren. Sieht man ja. Servus, Kathrin Fischhaber!«

Es wurde ein schöner Abend ohne Gestenze, Geschacher und Getue. Sascha war charmant zur Kathrin, mehr aber nicht. Fritz spürte, dass er vom Flirten erst mal die Schnauze voll hatte. So hielt er den angemessenen Abstand, ohne unterkühlt zu wirken.

Beim Bezahlen allerdings kam der alte Sascha zurück. »Lass mich, ich hab gesagt, ich lad euch ein, dann lad ich euch auch ein. Sei nicht so renitent.«

»Der Hilfssheriff packt seinen letzten Fünfer aus.«

»Ich verdien fast so viel wie du, schon vergessen?« Als Sascha schließlich die Rechnung anforderte, war sie längst von Kathrin beglichen.

»Denkt ihr, ich lass mich auf dieses alberne Hahnen-Gepluster ein? Selbst ist die Frau!«

»Ganz die Mutter«, gab Fritz halb beleidigt, halb stolz zurück.

»Findest, dass die Mama so ist?«

»Wie sie jetzt ist, weiß ich ja nicht so genau, aber so war sie, als wir noch zusammenlebten.«

Kathrin kuschelte sich an Fritz' Arm. Sie spürte seine Traurigkeit. »Ist gut, dass ihr euch getrennt habt, Papa. Ihr beide, das hat nicht gepasst.«

Sascha wollte es genauer wissen. »Zu viele misslungene Ich-Botschaften zum falschen Zeitpunkt, ha?«, vermutete er.

Die beiden Fischhabers schauten ihn verstört an.

»Ich mein ja bloß«, gab Sascha kleinlaut zurück, die Hände abwehrend vor der Brust.

»Mein du mal in deinem Leben, nicht in meinem«, gab Fritz gespielt zickig zurück. Als Sascha betroffen dreinschaute, musste er lachen. »Mei, Sascha, hast ja Recht. Bei Syb… also bei der Frau Dr. Bäumler, da hab ich schon auch was dazugelernt. So eine Paartherapie hätte unsere Ehe damals vielleicht gerettet. Aber da wären wir ja niemals hingegangen.«

»Naa!«, lachte Kathrin. »Ihr hättet gesagt: Das ist nur was für Kranke. So was brauchen doch mir ned!«

Fritz ergänzte: »Oder: Da muss man gar nichts nachbessern! Wir sind mit unseren Gefühlen auf du und du.« Er schaute Sascha provozierend an.

»Was?«

»Erinnerst dich ned?« Als Sascha nur mit den Schultern zuckte, legte er zu Kathrin gewandt nach: »Das hat der Sascha ganz am Anfang bei der Psychologin gesagt.«

»Hab ich nicht.«

»Freilich!«

»Na gut, hab ich. Aber jetzt schau, was die Therapie aus mir gemacht hat.« Er beschrieb mit dem Zeigefinger einen Kreis vor seinem geschundenen Gesicht: »Ein armseliger Don Quichotte mit Narben auf Wangen und Herz.«

***

Ich glaub, ich weiß jetzt, wie ich dem anderen Luder eine Lektion erteilen kann. Die wird sich das dann zwei Mal überlegen, ob sie weiter über ein ganzes Dorf herzieht.

Und ich hab gedacht, ich hätte die Richtige erwischt.

Egal. Leid tut mir gar nix. Von denen hat's eine jede verdient. Man darf sich ned bereichern, indem man seine Heimat durch den Dreck zieht und die Leut, die dort leben.

***

Der Regen hatte die Leute nicht abhalten können. In der Tölzer Stadtpfarrkirche Mariä Himmelfahrt bekam man nur noch mit Mühe einen Stehplatz. Der Pfarrer, auch nicht mehr gewöhnt, seine Kirche so voll zu haben, sah sich kurz beeindruckt um und begann dann das Requiem für Anna Huber, die als Daphne di Montagna berühmt geworden war, aber jetzt den Weg alles Irdischen gehen würde.

Ein paar ältere Frauen waren da, wohl weil sie immer da waren, und nur die bemühten sich, mit ihren dünnen Stimmen die Gebete mit »Amen« zu beantworten und den Liedern auch Melodie und Text zu verleihen, so dass die Orgel nicht ganz allein erklang.

Der Pfarrer kündigte an, er werde sagen, wann die Gemeinde sitzen, stehen oder knien sollte. Diesen kleinen Seitenhieb auf diejenigen, die schon seit Jahrzehnten keine Kirche mehr von innen gesehen hatten, konnte er sich nicht verkneifen. Außerdem bat er darum, nicht zu fotografieren, aber in dem Moment blitzte es schon wieder aus irgendeiner Ecke. Er seufzte ergeben, warf aber einen bittenden Blick auf seinen kräftigen Mesner, der aufstand, eine Kniebeuge machte und in die Richtung ging, aus der der Blitz gekommen war. Fritz stand in einer der hinteren Reihen, drehte sein Kapperl in der Hand, das er heute aufgesetzt hatte, weil es gar so kalt war auf dem Kopf.

Sascha war nicht mit hineingekommen. »Ich positioniere mich schon mal auf dem Friedhof«, hatte er angekündigt. »Bestimmt ist das viel interessanter als die Stunde in der Kirche, wo sowieso nur ein paar Betschwestern den Pfarrer anhimmeln.«

Fritz versuchte, einen Blick auf die ersten Bankreihen zu erhaschen. War Verwandtschaft gekommen? Ja, Anna Hubers Eltern saßen da, Oliver Schmidt im schwarzen Mantel neben ihnen. Ina Berg war nicht bei der Gruppe. Aber Fritz entdeckte sie eine Bankreihe hintendran. Daneben die Wirtin Lisa mit ihrer Gundi sowie eine weitere Frau um die 45 und ein Mann. Vielleicht war das diese Franzi, die Jugendfreundin, von der Sascha erzählt hatte. Auch in den Bänken dahinter meinte Fritz das ein oder andere Gesicht aus Oberthanning wiederzuerkennen: der Bäcker oder der Metzger? Komisch, dass die gekommen waren, denn so richtig leiden mögen hat ja keiner die Anna, besonders nachdem sie die Daphne geworden war.

Während der Predigt betrachtete Fritz den goldenen Hauptaltar mit der Muttergottes, wie sie hoch über den anderen Menschen schwebte, wahrscheinlich bei ihrer Auffahrt gen Himmel. Er schaute sich die Decke an, auch die Maria im Strahlenkranz. Eigentlich hatte er keine Ahnung von sakraler Kunst, aber irgendwie war es gerade ganz schön, hier zu sitzen, nichts zu tun, zuzuhören, sich umzuschauen. Auch wenn er befürchten musste, dass Sascha Recht behalten sollte. Wahrscheinlich war's auf dem Friedhof bedeutend interessanter. Da würden sich jetzt schon die

Pressefotografen um die besten Plätze streiten und viele Promis auftauchen, um von Daphne Abschied zu nehmen. Wenn so ein Sarg in die Erde gesenkt wurde, konnte man sehen, wem der Tod eines Menschen wirklich zu Herzen ging, da flossen die Tränen oder eben auch nicht.

Tatsächlich verließen die meisten Trauergäste nach dem Gottesdienst die Kirche im Schweinsgalopp, als ob es irgendwo was umsonst gäbe. Wer zuerst am Friedhof war, der hatte noch eine Chance auf einen Platz mit Grabblick. Aber Fritz brauchte sich nicht zu hetzen, er wusste ja, dass Sascha gut stand, er selbst würde wohl auch noch irgendwo ein Platzerl finden.

Er stellte sich – ganz ungebührlich – auf den Stein einer letzten Ruhestätte, die gerade aufgelöst worden war, und blickte nun über ein Meer dunkler Regenschirme hinweg auf das Grab, an dem der Pfarrer stand und ein paar Worte sprach. Sonst sagte niemand etwas. Wenn Daphne di Montagna in ihrem Leben überhaupt Freunde gehabt hatte, dann wussten die wohl nichts Nettes oder Anerkennendes über sie zu berichten.

Oliver Schmidt hielt schützend einen großen Schirm über Daphnes Eltern und sich. Direkt daneben stand Ina Berg und die recht große Delegation aus Oberthanning. Nun erblickte Fritz auch den Krottenthaler mit zwei alten Männern. Vielleicht Spezln vom Stammtisch. Wahrscheinlich hatte diese Fraktion ähnlich wie Sascha die Kirche geschwänzt, um nun hier Abschied zu nehmen.

Fritz entdeckte, dass er nicht der Einzige war, der sich einen besonderen Standort gesichert hatte. Ein Fotograf hatte eine Leiter aufgebaut, ein anderer stand auf der Brüstung eines Brunnens. Manche Objektive waren groß wie Kanonen. Ja, da konnte man schon verstehen, warum viele Prominente in aller Stille beigesetzt werden wollten. Nur in Gegenwart der engsten Verwandten und Freunde.

Fritz stieg von seinem verwitterten Stein und wartete, bis die Masse den Verwandten kondoliert und sich langsam verzogen hatte. Jetzt konnte auch er etwas näher an das Grab herangehen, wo Sascha bereits auf ihn wartete. Er hatte seinen Schal hochgezogen, so dass nur Augen und Stirn sichtbar waren. Wegen der Verletzungen? Die sahen eigentlich gar nicht mehr schlimm aus. Hier ging es wohl eher darum, unerkannt zu bleiben, falls Wirtsbräute aus Oberthanning um die Ecke kommen sollten.

»Was war los in der Kirche?«, tönte es dumpf unter Saschas Vermummung.

»Nix.«

»Hier eigentlich auch nicht.«

»Du hast doch gesagt, dass bestimmt alle Promis aus Tölz und München kommen.«

»Der Glotter war da …«

»Der ist aber bloß der Verleger und kein Promi.«

»… dann noch einige Münchner Schauspieler, Wirte, Köche, Regisseure, Politiker. Aus Tölz natürlich auch. Unser Bürgermeister stand ganz vorn und die vom Stadtmarketing und ein paar aus der Verwaltung.«

»Wenn ich mal sterbe, hältst mir eine Rede am Grab, Sascha?«, fragte Fritz, ohne es wirklich ernst zu meinen.

»Mach mir keine Angst! Uns zwei gibt's hoffentlich noch länger.«

Der besorgte Blick des Kollegen amüsierte und rührte Fritz zugleich. Er tätschelte Sascha behutsam den Rücken und sah dabei aus dem Augenwinkel die Oberthanninger Meute abschwirren. Es waren doch recht viele.

»Komm, Sascha, die schnappen wir uns jetzt. Waidwund wie die von der Beerdigung sind, verraten die uns bestimmt noch mehr übers Reserl.«

»Jetzt bist hier auf der Beerdigung von der Daphne und redest wieder nur über die Resi. Lass die doch mal endlich in Frieden ruhen! Außerdem: So waidwund sehen die nicht aus. Schau!«

In die Friedhofsstille brachen Gelächter und Motorengeräusch ein. Ein uralter Polizeibus fuhr draußen aus einer Parklücke, durch das Tor des Friedhofs sah man das Gefährt, selbst das Blaulicht funktionierte noch. Fritz und Sascha kamen näher und erkannten Krottenthaler am Steuer mit einem scherzhaft drohenden Zeigefinger. Er stoppte vor den Oberthanninger Herrschaften und öffnete einladend die Schiebetür.

»Die müssen jetzt alle zurück in ihren Dorfknast«, sagte Fritz.

»Komm, wir packen's auch. Das bringt doch nichts. Zumindest nicht hier«, schob Sascha nach, aber so ganz war Fritz davon nicht überzeugt.

Als sie zurück ins Büro kamen, lag die Abschrift von Fritz' Gespräch mit Ina Berg vom Vortag bereits bei Sascha auf dem Schreibtisch. Mitsamt einem hübsch verzierten Klebezettel: »Einladung zum Kantinenessen von der Sandra. Herzchen, Herzchen«, den Sascha milde lächelnd beiseiteschob. Er überflog stattdessen das Protokoll und seufzte. »Ich mag dich ja nicht ärgern, aber viel ist das nicht.«

»Es kommt immer darauf an, was zwischen den Zeilen steht, mein Lieber.« Fritz fuhr den Computer hoch und sah in sein Postfach: »Schau an, die Liste von Liebhabern, die mir die Berg gestern Nacht noch geschickt hat.«

»Oha, hat sie noch schnell vor der Beerdigung fertiggestellt«, mutmaßte Sascha.

Fritz öffnete die Datei, und sein Gesicht wurde länger, je weiter er nach unten scrollen musste. »Jessas, des hört ja gar nimmer auf.«

»Ja, manche Leute sind halt recht aktiv.«

»Da brauchst aber viel Zeit für so ein Privatleben.«

»Du, die hat ja nicht lange flirten müssen, da standen die Männer einfach vor der Tür.«

»Das heißt ja nicht, dass sie jedem auch aufmachen muss.«

Sascha stellte sich neben Fritz und sah auf die Liste. »Vielleicht ist der Mörder deshalb durchs Fenster gekommen«, sagte er lapidar.

Gemeinsam verbrachten sie ihren Nachmittag damit, Liebhaber von Daphne di Montagna anzurufen. Alle erzählten, die Sache sei längst vorbei, es sei auch nur eine Geschichte auf ein paar Tage oder besser Nächte gewesen, nur Sex und Spaß und sonst gar nichts. Nie schienen tiefere Gefühle im Spiel gewesen zu sein, keiner war gekränkt, weil Daphne sich einem anderen zugewandt hatte, keiner eifersüchtig. Die meisten konnten sich nicht mal erinnern, wann sie Daphne zuletzt gesehen hatten. Nur einer war ein wenig anders.

»Ich hab sie vor eineinhalb Wochen noch mal getroffen, wir waren was trinken.«

»Nur trinken?«

»Ja, irgendwie war sie nicht so drauf wie sonst.«

»Sie meinen, Daphne di Montagna hatte Sorgen?«

»Sie hat gesagt, eine alte Geschichte gehe ihr nach, und das habe mit dem neuen Krimi zu tun.«

»Das heißt, sie hat mit Ihnen über ihre Probleme und ihre Arbeit gesprochen?«

Sascha stellte seine Telefonate ein, als er merkte, dass Fritz einen interessanten Fisch an der Angel hatte. Er kam rüber und stellte auf laut.

»Ja, sie hat zwar immer recht wild getan, aber ehrlich: Eigentlich wollte sie auch bloß reden, wie die meisten anderen meiner Kundinnen auch.«

Fritz und Sascha sahen sich überrascht an. »Sie war Ihre Kundin?«

»Ja, sie hat mich bezahlt.«

»Heißt das, Sie sind ein Callboy?«

»Ich arbeite für einen Begleitservice.«

»Aha … Waren Sie heute eigentlich auf der Beerdigung?« Oder ging der Begleitservice so weit nicht, schob Fritz in Gedanken hinterher.

»Nein, ich hatte leider keine Zeit. Aber ich geh irgendwann mal ans Grab, wenn die anderen Deppen sie schon längst vergessen haben.«

Fritz notierte sich die Adresse und sagte, sie würden sich melden, wenn sie noch Fragen hätten. Eine Weile sahen sie sich schweigend an, Fritz und Sascha.

»So allein möchte ich mein Lebtag nicht sein«, murmelte Fritz.

Eine halbe Stunde vor Dienstschluss stand ein junger Bursche bei den Kommissaren vor der Tür. Es war der neue Assistent vom Herbert, der stolz seine Ermittlungsergebnisse zu den Alibis präsentierte: »Inas Nachbarn sind sich sicher: Die Autorin ist nach der Fernsehsendung, die in Lenggries angeblich alle angeschaut haben, nach Hause gekommen. Und die ältere Dame im Haus direkt nebenan hat mit eigenen Augen gesehen, dass Ina Berg gegen 22 Uhr schlafen gegangen ist, also zumindest ging da das Licht aus. Wie übrigens fast jeden Abend, hat sie noch dazu gesagt«.

Sascha schüttelte fassungslos den Kopf: »Big Grandma is watching you, ha?« Dann fing er gemeinsam mit Fritz an zu lachen. Der junge Kollege fiel nach kurzem Zögern mit ein und legte einen Zettel mit einer akkurat mit der Hand geschriebenen Zeugenliste vor die beiden Kommissare.

»Und jede Menge Leute bezeugen, Oliver Schmidt in der Mordnacht gesehen zu haben. Ein paar Kneipenbesucher. Zwei Passanten. Und natürlich die Bedienungen. In Tölz war er am frühen Abend definitiv im *Krambambuli*, im *Kesselhaus* und beim *Gasthaus* oben am Eck. Die nächste Station war dann nach seinen Angaben München – und auch in der *Kultfabrik* wurde er eindeutig erkannt. Der Schmidt treibt sich da wohl häufiger rum und hat viele Bekannte.«

»Wann war das?«, wollte Sascha wissen.

»Der Zeuge dort ist sich nicht ganz sicher. Er meinte, er selbst sei erst gegen drei in der Früh gekommen, da wär der Oliver Schmidt aber sicher schon lang da gehockt. Zumindest war er recht blau. Leider können sich auch die Bedienungen nicht an das genaue Eintreffen erinnern, aber da gibt's ja den Taxibeleg.«

Als der Kollege gegangen war, holte Sascha die Klarsichtfolie mit den Taxiquittungen raus. »Ja, da steht's: Um kurz nach eins ist der Schmidt nach München, um fünf zurück… und um zwei war der Mord.«

»Fleißig, fleißig«, unterbrach Brigitta Keilos ihre Überlegungen zu Oliver Schmidts Alibi vom Flur aus und rauschte in ihrem neuen Mantel Richtung Ausgang.

»Wir fassen gerade die Ermittlungsergebnisse zusammen«, rief Fritz hinterher und bereute es gleich wieder, als er die Antwort hörte.

»Wunderbar, dann tragen Sie mir diese doch morgen früh vor!«

»Du lernst es nie«, seufzte Sascha, und Fritz sah ihn gespielt verärgert an. »Du warst es doch, der gleich am Anfang behauptet hat, wir wären ganz nah dran an der Lösung. Kein Wunder, dass sie Druck macht.«

»Jetzt mach du mir nicht auch noch Druck, sondern lass uns weiter überlegen.«

Keiner von beiden sagte laut, dass er nicht heimwollte. Wo niemand wartete, wo es vielleicht ähnlich einsam war wie im Leben von Daphne die Montagna, die sich bei all ihrer Prominenz auch manchmal so gefühlt haben mochte.

Sascha tippte sich mit dem Bleistift vorsichtig auf die langsam vor sich hin heilende Unterlippe und begann, dabei auf und ab zu gehen. »Also: Wir haben fast alle Möglichkeiten durch. Von der Spurensicherung wissen wir: Der Mörder hat in blinder Wut auf sie eingeschlagen. Tatwaffe: der Goldene Wendelstein. Riecht alles nach einer Beziehungstat mit viel aufgestauten Emotionen. Aber kein Sex. Spurenlage insgesamt dürftig: viele Fingerabdrücke von allen möglichen Leuten, aber nicht an den entscheidenden Orten.«

»Da ist der Ehemann, der ein Verhältnis mit der Co-Autorin hat.«

Sascha nickte: »Zwei mit doppeltem Motiv: Liebe und Geld.«

»Der Oliver Schmidt scheint ein sauberes Alibi zu haben. Und die Ina Berg …«

»Eine Nachbarin, die sich sicher ist, dass Autorinnen schlafen, wenn das Licht ausgeht – toll!«, spöttelte Sascha.

»Aber würde die Ina bei der Daphne durchs Fenster einbrechen?«

»Wenn sie einen Überfall vortäuschen will, dann schon.«

Fritz überlegte weiter. »Wen gibt's noch?«

»Jede Menge Liebhaber, aber anscheinend ist keiner drunter, der so viel Leidenschaft hatte, dass es zu einem Mord reichte.«

»Das wissen wir nicht, weil erstens«, Sascha setzte seine klugscheißerische Miene auf, »kennen wir nicht alle, und zweitens werden die, die wir kennen, uns nicht auf die Nase binden, wenn sie wütend oder enttäuscht waren.«

»Dann hat's da einen Verleger mit Motiv, aber auch mit Alibi. Und es gibt noch die Vergangenheit von Oberthanning.«

»Denkst immer noch, wegen der alten Kirta-Geschichte bringt jemand eine der beiden Autorinnen um?«

»Das sagt mir mein Instinkt, genau. Denk nur mal an den Florian, von den beiden Autorinnen in den Krimis als brünftiger Seppi geschildert.«

Sascha nickte. »Das ist aber nix Neues. Das war in den früheren Krimis auch so, also hätte er die Montagna schon vor Jahren umbringen müssen.«

»Aber jetzt ging's um seine große Liebe, das Reserl, das im Moor versunken ist.«

»Bloß blöd, dass der Florian ja zum Zeitpunkt, als Daphne di Montagna erschlagen worden ist, die Christina aus Wien … verwöhnt hat.«

Fritz nickte still. »Vielleicht haben sich die Oberthanninger kollektiv bei Daphne gerächt. Alle gemeinsam. Verstehst?«

Sascha wiegte den Kopf hin und her. »Weiß nicht. Keiner hat die Krimis gemocht, aber gelebt haben viele von den Touristen. Was wäre das Kaff ohne die Krimis? Bloß ein noch viel größeres Kaff!«

»Weißt noch, Sascha, wie der Krottenthaler uns durchs Dorf geführt hat?«

»Freilich.«

»Weißt auch noch, wie wir auf dem Friedhof waren, am Grab von der Resi?«

Sascha überlegte, dann zuckte er die Schultern. »So genau kann ich mich nimmer erinnern.«

»Da ist auch ihr Vater gelegen.« Fritz zog die Stirn in Falten, er musste lange überlegen. »Der hat sich doch umgebracht, hieß es?«

»Eben Fritz! Genau wie seine Tochter«, betonte Sascha.

»Und was war noch mal mit der Mutter?«

»Alt und dement.«

Fritz grübelte und grübelte. »Sagt der Krottenthaler. Ob der sich damit auskennt? Vielleicht hat sie manchmal helle Momente …«

»Jetzt bist du schon wieder an der alten Geschichte dran.«

»Wir müssen morgen ins Dorf. Ich hab des im Gefühl.«

»Und ich sag dir: Viel zu viel Gefühl hast da!«

Aber Fritz reagierte gar nicht darauf. Er starrte vor sich hin, als würde er irgendetwas sehen, was niemand außer ihm erkennen konnte.

***

Es war stockdunkel, und je weiter sich Resi vom Festplatz wegbewegte, umso finsterer wurde es um sie herum. Es schien, als würde alles Licht in ihrer Traurigkeit verschwinden wie in einem schwarzen Loch. Das Einzige, was ab und an hell aufblitzte, waren die silbernen Spangen auf ihren Schuhen, die erst durch Kies eilten, dann über Asphalt, schließlich über Waldboden.

Resi lief und lief. Wie im Rausch. Die Enttäuschung über Florian und Anna und all die anderen sollte sie nicht mehr einholen können. Und vor der Verletzung würde sie sich so gut verstecken, dass die ihr Herz nie mehr fand.

Sie schwankte. Auf den Beinen, in ihrem Kopf. Zwischen der Wut auf das ganze Dorf und der auf sich selbst. Vielleicht war das, was hier passierte, kein Wunder, wenn man so war wie sie. Wenn man so geworden war wie sie. Wenn man so gemacht worden war. Und nie mehr neu würde anfangen dürfen. Hinter ihr die langsam untergehenden Lichter der Kirchweih. Vor ihr düstere Perspektivlosigkeit. Warum hatte der Florian sie einfach sitzenlassen. An der kalten Kirche mit dem Bier in der Hand. War einfach los in die Arme von der Anna. Sie hatte genau gesehen, wie er da stand mit ihr und ratschte, wie sie ihn packte, ihm was ins Ohr tuschelte. Resi konnte es noch immer nicht begreifen – Florian hatte sie einfach vergessen.

Ein Geräusch ließ sie kurz innehalten. Schritte. Ein Arm legte sich ihr flink um die Schulter. Es war nicht die warme, trockene Haut vom Flori, die sie spürte, sondern der kalte Zugriff eines anderen. Eine alte, eine feuchte Hand, der Geruch nach Bier und Fleisch. Die Hand, die ihre Jugend zerstört hatte. Resi liefen die Tränen runter, aber sie wehrte sich nicht, lief nur weiter.

»Hat der andere doch nix von dir wollen, Spatzerl?«

Resi biss sich auf die Lippe. Sie schüttelte kaum merklich den Kopf.

Er blieb abrupt stehen und brachte sie damit fast aus dem Gleichgewicht. »Hab dir doch gesagt, dass du dich auf niemanden einlassen sollst. Halt dich an die, die dich wirklich lieben.«

Er strich ihr eine Strähne aus dem Gesicht und küsste sie auf die Stirn. Aus der Innentasche seines Jankers fischte er ein Schnapserl. Und nahm daraus einen großen Schluck, noch immer den Arm um ihre Schulter.

Sie bekam schlecht Luft in seiner Umklammerung, selbst das ließ sie ergeben geschehen. Dann nahm sie ihm mit einem Ruck die Flasche ab, hob sie an ihre Lippen, aber er riss sie ihr wieder weg.

»Geh, Spatzerl, bist doch noch halberts ein Kind. Darfst so was nicht trinken.«

Dann begrapschte er sie.

***

Mit einem unangenehmen Klatscher landete erst der Tölzer Kurier, dann die Süddeutsche und zu guter Letzt die Berliner Morgenpost auf Fritz' Schreibtisch. Auf einem Titel die Headline: »*Das Dirndl im Moor* – Ina schreibt allein weiter«, auf dem nächsten ein großes Foto von Daphnes Beerdigung und auf dem dritten ein Artikel mit der Überschrift: »Noch keine heiße Spur im Tölzer Dirndl-Mord.«

Hinter dem liebevoll zusammengestellten Pressespiegel zwei Hände mit blutrotem Nagellack, die sich an der Tischplatte festkrallten.

»So, die Herren, nun gewähren Sie mir einen Einblick in Ihre Ermittlungsergebnisse, damit das Rauschen im Blätterwald ein Ende hat.«

Sascha setzte sich kurzentschlossen auf den Haufen Papier und überkreuzte frech die Beine. In der einen Hand balancierte er eine Tasse, in der anderen drei Kondensmilchblister.

»Kaffee?«

Brigitta Keilos nahm wortlos an. Während ihre langen Nägel mit den kurzen Laschen der Plastikdöschen kämpften, seufzte sie laut auf. »Sie haben noch gar keinen Bericht, stimmt's?«

Fritz übergab mit hochgezogener Augenbraue einen dicken Hefter an Sascha, der ihn wiederum an die verdutzte Chefin weiterreichte. »Aber sicher! Gestern Abend fertig gemacht. Druckfrisch.«

Die schlug mit großen Augen die letzte Seite auf. »Ja und? Wer war's jetzt?«

Sascha schaute sie verständnislos an. Fritz wollte ihm zuvorkommen, er fürchtete eine dumme Bemerkung seines jungen Kollegen und dann Ärger. »Wir haben viele Spuren. Noch sind nicht alle überprüft.«

»Und vor dem Hintergrund, dass wir zur Zeit sehr eingespannt sind in unsere Paartherapie, finden wir, dass sich die Ergebnisse durchaus sehen lassen können.«

Keilos lachte verächtlich. »Pah. Die Bäumler ist doch in Urlaub.«

Sascha machte sich groß. »Mit Verlaub, Chefin, wenn Sie schon mal eine Psychotherapie gemacht hätten, wüssten Sie, dass dabei Umstrukturierungskräfte in Gang gesetzt werden, die weit über die Sitzungen hinaus wirken. Seele braucht Zeit!«

Fritz war so stolz auf seinen Kollegen, fast wäre ihm ein dämliches »Genau!« rausgerutscht, aber er verschluckte es schnell. Frau Keilos jedenfalls fiel dazu nicht mehr viel ein. »Wie auch immer. Ich will, dass dieser Fall so schnell wie möglich gelöst wird.«

»Jipp!«, kam es knapp von Sascha.

»Was haben Sie jetzt vor?«

»Wir fahren nach Oberthanning.«

Fritz kam wieder auf seine Dirndlgedanken: »Wir müssen wissen, was passiert ist mit dieser …«

Sascha beeilte sich zu übernehmen: »… Dorfgemeinschaft. Also den Menschen, die im Ort leben, wo die Krimis spielen. Wir vermuten das Motiv und den Mörder also entweder da …«

»Oder?«

»Oder hier in Tölz.«

»Das klingt ja fantastisch«, kam es resigniert von der Keilos. Dann ging sie gebeugt aus dem Büro: »Seele braucht Zeit …«

Sascha hielt Fritz die rechte Hand hin, aber der schlug nicht ein.

»Das war doch genial. What's up?«

»Warum redst mir schon wieder ins Wort?«

»Weil du das unnötig kompliziert gemacht hättest mit deiner Resi. Das will die Keilos nicht hören, und ich im Übrigen auch nicht mehr. Du beißt dich da richtig fest an dem Thema. Mach dir mal Gedanken, warum. Ich mein so tiefenpsychomäßig!«

Das erste Mal seit Tagen war Fritz wieder so richtig sauer auf den Kollegen. Übergriffig war der. Selbstgefällig. Egozentrisch. Und was noch alles. Gut, dass das Telefon klingelte. Fritz stürzte sich drauf. Danach kam nur noch Kryptisches von ihm: »Ja … aha … was? … ja … wieso? … wie?«

Sascha wurde neugierig, aber als er, wie er das sonst auch immer tat, auf laut schalten wollte, wedelte ihn Fritz entnervt weg und legte sich schützend über seinen Apparat wie ein Kleinkind über den Schokopudding.

Sascha zeigte still den Vogel und setzte sich auf seinen Platz zurück.

Als Fritz endlich fertig war, hob er an. »Also, das war der …«

Aber Sascha drehte sich beleidigt zum Fenster. »Lass nur. Behalt's für dich! War ja dein Anruf.«

»Spinnst jetzt?«

»Wenn einer hier spinnt, dann du!«

»Ich mag das eben ned, wenn du immer in meine Sachen neilangst.«

»Dann ist ja alles gut.«

»Geh, Sascha, ich mach das nie bei dir – einfach an dein Telefon gehen und die Knöpferl drücken.«

»Ich hätt nix dagegen. Ist doch sinnvoll, wenn der andere gleich mithört.«

»Manchmal schon. Aber es ist eben auch übergriffig.«

Sascha verdrehte die Augen. »Also, was gab's jetzt so Geheimes?«

»Das war der Herbert von der Spusi.«

»Ah, deshalb. Habt ihr euch über Rheumasalben ausgetauscht?«

»Genau. Die du mal brauchen wirst, wenn du weiterhin so viel Schweinsbraten isst«, gab Fritz schlagfertig raus, wurde aber schnell wieder ernst. »Dieser neue Assistent vom Herbert, der gestern hier war, weißt schon. Der hat vergessen, was weiterzuleiten.«

»Immer macht die Jugend alles falsch, was?«

»Sakradi, jetzt lass mich halt endlich ausreden, es gibt noch ein wichtiges Detail, das uns fehlt.«

Sascha machte brav ein Spitzmündchen und schaute übertrieben erwartungsvoll.

»Der hat doch das Alibi vom Oliver Schmidt überprüft …«

Von Sascha keine Reaktion.

»… und da hat ihm die Spülhilfe vom *Gasthaus* gesagt, dass sie gesehen hat, wie sich der Oliver Schmidt dort gegen ein Uhr nachts rumgedrückt hat – auf der Terrasse.«

»Na dann.«

»Hat sich der junge Kollege auch gedacht und das so aufgeschrieben. Nur, dass der Schmidt nicht allein war, sondern mit einer Frau getuschelt hat und dann auch noch mit der weggegangen ist, das hat unser Genie blöderweise nur auf seine Schmierzettel notiert und nicht in den Zeugenbericht übernommen. Fand er wohl nicht wichtig.«

Sascha kam endlich zum Fall zurück: »Ina Berg?«

»Möglich. Der Herbert zeigt der Spülfrau grad Fotos von der Berg.«

»Avanti Dilettanti!«, kommentierte Sascha knapp.

»Der Jungbulle ist vielleicht ein Dilettant, aber nicht der Herbert! Wenn der nicht die Verhörprotokolle genau unter die Lupe genommen und mit den Schmierzetteln verglichen hätte …«

»Prüft wahrscheinlich immer alles noch mal nach, dein Korinthenkacker!«

Nach einer Stunde war klar, dass es Ina Berg gewesen war, die sich mit Oliver Schmidt getroffen hatte. Die Zeugin hatte auch sie eindeutig auf den Fotos wiedererkannt. Der emsige Assistent hatte sich nicht getraut mit diesen neuen Erkenntnissen selbst vorbeizukommen, also brachte Herbert sie ihnen. Er sah in die Gesichter von zwei schweigenden Kommissaren, der eine mahlte mit dem Unterkiefer, der andere starrte an die Wand, als stünde dort etwas geschrieben.

»Was das heißt, das könnt ihr euch selber überlegen, da braucht ihr mich ned«, sagte Herbert, dem klar war, dass die beiden das gerne schon früher erfahren hätten. Dann verdrückte er sich.

Das Schweigen dauerte noch eine Weile, dann fand überraschenderweise Fritz als Erster seine Sprache wieder. »Die Frau Berg, früh ins Bett gegangen und nimmer aufgestanden.«

Sascha nickte grimmig: »Und der Schmidt. Von einer Kneipe in die andere, erst in Tölz und dann in München.«

»Da frag ich mich doch: Warum haben die sich mitten in der Nacht getroffen?«

»Und warum haben sie uns das nicht gesagt?«, ergänzte Sascha.

»Entweder: Sie haben nur kurz geredet, möglicherweise gestritten, dann ist die Berg wieder heim und der Schmidt hat weitergesoffen. Und weil es ein recht massiver Streit war, wollten sie es uns nicht sagen.«

»Oder: Weil's einfach verdächtig ist, dass sie sich kurz vor dem Tod von Daphne di Montagna getroffen haben.«

»Eben. Ganz verdächtig. Vielleicht sind sie zusammen hingefahren und haben der guten Frau das Lebenslichterl ausgeblasen.«

»Eher ausgeschlagen«, korrigierte Sascha.

»Du hast doch die ganzen Taxiquittungen unter die Lupe genommen.«

Sascha reagierte leicht gereizt. »Jetzt sag nicht, ich bin so blöd wie der Depp, der für deinen Herbert arbeitet.«

»Das hab ich auch gar nicht gesagt!«

»Dann ist ja gut. Die Quittungen geben dem Schmidt nämlich eindeutig ein Alibi. Also werden wir die Fahrer noch mal einzeln vernehmen müssen. Aber erst mal düsen wir zur Berg. Ich möchte schon wissen, warum die Turteltauben uns nichts erzählt haben von ihrem nächtlichen Rendezvous.«

Sascha fummelte ungeduldig an seinem Pistolenhalfter. Er hasste es, wenn das Ding beim Autofahren irgendwo kniff. Seine schlechte Laune ließ er an Fritz aus: »Damit ist ja wohl klar, dass du dir deine ganze Oberthanning-Resi-Kirta-Geschichte sonst wohin stecken kannst. Mit unserem Fall hat das jedenfalls nichts zu tun.«

Fritz wusste sehr wohl, dass Sascha sich nicht nur wegen der schlechtsitzenden Schusswaffe ärgerte. Er hatte die Quittungen sicherlich ausreichend überprüft. Trotzdem sah die ganze Geschichte jetzt irgendwie blöd aus. Der junge Kollege fühlte sich wahrscheinlich wie ein Verlierer. Und verlieren, das konnte er gar nicht. Dabei müsste er sich erstens gar nicht so fühlen, und zweitens kannte Fritz das von sich selbst auch. Als er jung gewesen war, da hatte er genauso gedacht.

Saschas Handy klingelte. Leider war es im Auto immer automatisch an die Freisprechanlage gekoppelt, sonst hätte er auch gerne einen auf konspirativ gemacht und Fritz nicht mithören lassen.

Am Telefon ein atemloser Oliver Schmidt. »Auf Ina wurde ein Mordanschlag verübt. Sie müssen sofort zu ihr nach Hause kommen!«

»Notarzt?«, kam es knapp von Sascha.

»Schon gerufen.«

»Atmung?«

»Schwach.«

»Wir sind sofort da.«

Ein kurzer entgeisterter Blickwechsel der Kommissare, dann klemmte Sascha das Blaulicht aufs Dach und raste die Bundesstraße an der Isar entlang.

Als sie am Einfamilienhaus von Ina Berg ankamen, sah es dort zum ersten Mal nicht nach Voralpenidyll aus. In den Bergen hingen noch dickere Regenwolken als gestern. Es war düster. So, als hätte es niemals diesen traumhaften Altweibersommer gegeben. Auf dem dunklen Asphalt vor Ina Bergs Grundstück lagen schmierige Linden- und Ahornblätter, die der Herbst innerhalb der letzten Regenstunden von den Bäumen gerissen hatte. Aber damit nicht genug: Vor der Einfahrt warteten ein Krankenwagen, zwei Polizeiautos und ein paar besorgte Dorfbewohner, die rege interpretierten, was da wohl passiert sein mochte. Die Unschuld des Ortes war dahin. So schnell ging das manchmal.

Sascha und Fritz drückten sich an den Uniformierten und den Rettungsgerätschaften vorbei ins Wohnzimmer – immer weiter ins Auge des Orkans.

Dort lag diesmal Ina Berg. Weiß wie ihre gekalkten Möbel inmitten einer dunklen Blutlache, daneben ein heilloses Chaos aus Pappkartonresten. Über allem lag beißender Geruch. Drei Sanitäter hockten mit zwei Notärzten um die Autorin herum, Spritzen wurden auf-, Masken angezogen, Druckverbände gelegt. Hektik der Erstversorgung.

»Schafft sie's?«, fragte Fritz einen der Polizisten, der hilflos daneben stand.

»Sieht gut aus.«

»Na ja«, rügte Sascha den Einsternebullen »Gut sieht anders aus.«

»Sichert uns den Tatort, wenn die hier weg sind. Ist die KTU schon alarmiert?«, wollte Fritz wissen.

Der Polizist nickte ergeben. »Und der Feuerwehr hab ich grad eben auch Bescheid gesagt.«

»Die kannst du gleich wieder heimschicken. Die machen uns nur die Spuren kaputt. Brennt doch nix mehr, stinkt nur!«, ermahnte Sascha den Kollegen.

Nachdem die Kommissare das Wichtigste geklärt hatten, wollten sie nicht länger im Weg stehen und suchten nach Oliver Schmidt. Sie fanden ihn in der Küche. Mit der einen Hand umklammerte er ein Glas Gin, mit der anderen die Arbeitsplatte. Es schien, als müsste er seine Welt festhalten, die zum zweiten Mal innerhalb weniger Tage bebte.

»Was ist passiert?« Sascha nahm dem Traumatisierten den Alkohol aus der Hand. Genau wie nach dem Mord an Daphne, dachte er. Wie sich die Bilder glichen. Die Kommissare setzten Oliver Schmidt auf einen Küchenstuhl.

»Ich weiß es nicht. Ich bin hergekommen, da lag sie. Und überall dieser Gestank.«

***

Herbert Aschberger schaute kaum auf, als die Kommissare am nächsten Morgen in sein Labor kamen. »HMTD!«

»Wie bitte?«

»Hexamethylentriperoxiddiamin. Und? Sagt euch das jetzt mehr?«

Sascha schüttelte langsam den Kopf.

»Sprengstoff!«, löste Fritz auf.

Und damit wurde das hier mal wieder zu einem Vieraugengespräch der beiden alten Hasen. »Hochexplosiv schon in kleinen Dosen. Das Zeug kam als Briefbombe zu Ina Berg.«

»Fingerabdrücke?«

»Ach was. Genau wie beim Wendelstein Fehlanzeige. Aufgegeben wurde das Zeug in München bei der Hauptpost. Drin viel Pappe und ein mechanischer Zünder. Paketaufkleber gedruckt. Absender: Rainbow Verlag. Existiert natürlich nicht. Was sagt die Berg?«

»Gestern konnten wir sie noch nicht vernehmen. Wir haben veranlasst, dass eine Wache im Krankenhaus steht – man kann ja nie wissen, ob der Attentäter schon eine Wiederholung plant.«

»Wisst ihr denn, wie's ihr geht?«

»Sie hat viel Blut verloren.«

»Ach genau: Die Wunde am Kopf hat sie sich anscheinend an der Kante ihres Regals zugezogen, als sie reflexartig der Explosion ausgewichen ist. Wir haben entsprechende Spuren gefunden.«

»Hätte sie bei dem Attentat sterben können?«

»Bei dem Glump weiß man nie, wie es und vor allem wann es detoniert. Also: ja, schon!«

»Aber es lässt sich gut nachweisen?«

»Korrekt!« Herbert wand sich noch ein bisschen: »Was da mein Assi vermasselt hat ...«

»Passt schon«, winkte Fritz ab. »Hast ihm bestimmt die Meinung gegeigt.«

»Da kannst drauf wetten.«

Während die beiden sich versicherten, dass sie bald mal auf ein Bier gehen wollten, rief Sascha im Krankenhaus an und erkundigte sich nach Ina Berg.

»Wir können sie verhören«, unterbrach er die Altherrenrunde.

»Ein Sprengstoffanschlag auf unsere Täterin. Was soll jetzt das?« Sascha ließ den Motor aufheulen.

Fritz schnallte sich nachdenklich an »Vielleicht gibt es da keinen Zusammenhang. Oder aber es gibt doch einen. Und es zeigt uns, dass wir unter Umständen noch mal ganz anders denken müssen. Eins sag ich dir: Die Berg weiß mehr als sie uns erzählt.«

»Pah, und ich bin mir sicher, das hier hat mit dem Mord an Daphne rein gar nichts zu tun.« Sascha schlug einmal kräftig aufs Lenkrad. »Di Montagna geht auf das Konto von Oliver Schmidt und Ina Berg. Oder zumindest von einem der beiden. Punkt.«

***

»Ja, es stimmt«, gab Ina Berg ohne langes Zögern zu und sah mit schuldbewusstem Blick unter ihrem Kopfverband hervor. »Ich habe mich an diesem Abend noch mit Oliver getroffen.«

»Warum haben Sie uns das nicht früher gesagt?«, hakte Sascha nach. »Ich dachte, es könnte einen schlechten Eindruck machen, wenn sich das Liebespaar heimlich trifft in der Nacht, in der Daphne umgebracht wird.«

»Meinen Sie, es ist besser, dass wir's erst jetzt erfahren?«, wollte Sascha wissen.

Ina Berg schüttelte den Kopf und zuckte gleich zusammen, offenbar tat der Schädel noch sehr weh. »Wir hatten an diesem Tag unseren Fernsehauftritt hinter uns gebracht. Daphne und ich. Davon habe ich Ihnen doch erzählt.«

Sascha und Fritz nickten einträchtig.

»Normalerweise gehen wir nach den Veranstaltungen noch etwas trinken. Aber da ist jede für sich nach Hause gefahren. Und weil ich so wütend war, dass Daphne alles über unseren neuen Roman ausgeplaudert hat in der Sendung, und nicht schlafen konnte nach dem Streit, deshalb habe ich mich hier in Bad Tölz noch mit Oliver getroffen.«

»Heimlich, in einem Hinterhof.«

»Ganz so war's nicht. Ich bin von Lenggries losgefahren und habe Oliver abgepasst. Wenn er seine Kneipentour macht, landet er meist irgendwann im *Gasthaus*. Ich hab ihn schon vom Auto aus am Tresen stehen sehen, dann hab ich draußen gewartet. Dort kennen mich einfach zu viele Leute – und was es in Bad Tölz bedeutet, wenn ich mich mit dem Mann meiner besten Freundin und Kollegin sehen lasse, das brauche ich Ihnen nicht zu erzählen.«

»Da brauchen Sie keine Presse mehr, das macht dann der Heimatfunk.«

Ina Berg sah an den beiden Kommissaren vorbei zum Fenster hinaus. Von hier aus hatte man einen schönen Blick auf die kleine Parkanlage. Selbst das Plätschern des Brunnens war zu hören. Privatzimmer – natürlich.

»Ich mochte diese Geheimniskrämerei nicht mehr. Nach unserem nächsten Krimi wollte ich reinen Tisch machen und Daphne von uns erzählen. Also nicht, dass wir miteinander ins Bett gehen, das tolerierte sie ohne Probleme, sondern, dass wir zusammenziehen möchten. Das hatte ich mir geschworen.«

Sascha und Fritz wechselten einen überraschten Blick.

»Haben Sie das so besprochen, der Oliver Schmidt und Sie?«

Ina Berg seufzte. »Wir haben immer wieder darüber geredet. Auch, was das für Folgen haben könnte. Aber ich war mir fast sicher, dass sie auch das gut verkraftet hätte. Schließlich hat mir

Daphne selbst immer wieder erklärt, sie werde sich von Oliver trennen. *Diesmal aber wirklich!* hat sie dann gesagt. Und wie Sie wissen, fühlte sie sich ihm schon lange nicht mehr nahe. Auf der anderen Seite wusste man nie so ganz, wie sie reagiert.«

»Wie ist es denn dann gegangen mit dem Herrn Schmidt vorm Wirtshaus«, wollte der Fritz wissen.

»Oliver ist aus dem Lokal gekommen, und ich habe sofort gemerkt, dass er außergewöhnlich stark betrunken war. Unser Gespräch verlief … unerfreulich. Ich habe mir Nähe und Verständnis gewünscht, er wollte nichts von Daphne hören und lieber noch ausgehen.«

»Aber das wollten Sie nicht.«

Ina Berg schüttelte den Kopf: »Also ist er allein nach München. Denn in Tölz machen um diese Zeit alle Kneipen dicht.«

»Wie lange sind Sie denn vor dem Lokal gestanden?«

»Nur kurz, vielleicht zehn Minuten, dann war klar, dass wir beide an den Abend und auch an die Nacht recht unterschiedliche Wünsche hatten.«

»Da wäre noch Zeit gewesen, bei Ihrer Freundin Daphne vorbeizuschauen«, preschte Sascha vor.

»Und Sie umzubringen? Wollen Sie das sagen?« Einen Moment war es still im Raum. Ina Berg schloss die Augen, sie wirkte müde und erschöpft. Wie so oft in letzter Zeit.

Sascha baute sich auf, um das Verhör in aller Direktheit weiterzuführen, aber Fritz gab ihm mit einer besänftigenden Geste zu verstehen, dass er noch in eine andere Ermittlungsecke wollte.

»Frau Berg, haben Sie irgendeine Ahnung, wer den Anschlag auf Sie verübt haben könnte?«

»Nein.« Die Autorin ließ die matten Lider bei ihrer Antwort geschlossen. Fritz zwinkerte Sascha konspirativ zu.

»Wir haben einen unschönen Verdacht. Wir vermuten, dass es Oliver Schmidt gewesen sein könnte.«

Ina Berg riss die Augen auf »Wie kommen Sie denn darauf? Auf keinen Fall würde Oliver mir etwas antun! Er liebt mich, er will mit mir zusammen sein …«

In aller Ruhe formulierte Fritz seine These: »Wir vermuten aber, dass er erst seine Frau umgebracht hat – und dann Ihnen etwas antun wollte.«

Die Autorin stotterte unsicher: »Nein, nein … er ist direkt nach München gefahren in der Nacht. Das haben Sie doch überprüft. Das stimmt. Das wissen Sie doch …«

»Es gibt ein starkes Motiv, Frau Berg«, fuhr jetzt Sascha fort, der verstanden hatte, worauf Fritz hinauswollte. »Gier! Oliver Schmidt war finanziell am Ende. Vielleicht war die Lust auf Reichtum und Unabhängigkeit größer als die Liebe.«

Ina Berg blickte auf ihre Hände. Sie schien fieberhaft nachzudenken. »Hören Sie«, rückte sie schließlich mit der Sprache raus, »wir, also zunächst nur Daphne, seit ihrem … Tod aber auch ich, wir haben Morddrohungen bekommen.«

Fritz schaute zu Ina Berg, dann zu Sascha: »Jetzt, auf einmal kommen Sie uns damit daher.«

»Ja, es gab da manchmal Anrufe, eine verzerrte Stimme … am Dienstag zum ersten Mal auch bei mir.«

»Wann hat das angefangen?«, wollte Sascha wissen.

Ina Berg schluckte. »Ich weiß es nicht ganz genau. Es ist ja vorher immer nur Daphne belästigt worden. Ich glaube, es war nach dem zweiten Buch. Aber sie hat das nicht ernst genommen. Und bald auch nur noch davon erzählt, wenn ich danach gefragt habe. Wohl um mich nicht zu beunruhigen.«

»Was wollte der Anrufer?«

»Dass wir aufhören mit den Büchern. Er sagte, wir, also vor allem Daphne, sei ein Nestbeschmutzer. Wegen uns sei alles kaputt. Die Ruhe. Der Frieden. Die Dorfgemeinschaft sei tot. Gerufmordet – diese merkwürdige Vokabel hat er oft gebraucht.«

»Warum sind Sie nicht zur Polizei?«

Ina Berg fing an zu weinen. »Ich wollte ja. Aber Daphne war der Meinung, dann sei alles dahin, was wir uns aufgebaut hatten. Und das Schlimme ist: Sie hatte Recht! Unsere Leser leben mit unseren Figuren in dieser Idylle. Sie lachen über die Oberthanninger, aber sie *sind* auch Oberthanninger. Sie wollen sich amüsieren, so wie man sich über einen schrulligen Nachbarn lustig macht … Wenn sie erfahren hätten, dass unsere Bücher die Dorfgemeinschaft, also *ihre* Dorfgemeinschaft zerstören, dann wäre aus ihrer Begeisterung Hass geworden.«

»Das ist doch nicht Ihr Ernst.« Sascha war regelrecht entsetzt über so viel Dummheit »Die ahnen doch, dass das in Oberthanning nur Fassade ist. So was wie die Bavariafilmstadt halt.«

Ina Berg lächelte traurig vor sich hin. »Nein, Herr Kunz, das weiß keiner … oder vielmehr, das will keiner wissen. Sie wollen doch auch nicht sehen, wie Ihre Markenjeans von Fünfjährigen in Bangladesh genäht werden. Obwohl die Medien uns schon lange darüber aufgeklärt haben. So funktioniert nun mal der Markt. Wir machen uns alle was vor. Aber wehe, einer zeigt mit dem Finger drauf.«

Sascha musste schlucken.

Ina Berg setzte nach einer Pause neu an: »Mir war schon klar, dass Daphne Recht hatte. Wenn es die Polizei erfahren hätte, wäre es auch irgendwann in der Presse gewesen, und dann hätten wir keinen Krimi mehr schreiben können über unser schönes Oberthanning. Trotzdem war bei mir diese Angst, vor allem um Daphne. Und als ich erfahren habe, dass sie tatsächlich … ermordet worden ist, da habe ich mir entsetzliche Vorwürfe gemacht. Ich hätte es verhindern können, verstehen Sie, ich wusste das ja mit den Morddrohungen, aber ich bin genauso scharf auf Auflage gewesen wie Daphne.« Ina Berg schloss wieder die Augen, dann fügte sie sehr leise an. »Und nun ist sie tot, und ich bin mitschuldig. Und wofür? Jetzt kommt doch alles raus, und die Romanreihe ist am Ende.« Ina Berg begann wieder zu weinen. »Entschuldigen Sie, meine Nerven liegen blank.«

Fritz legte mitfühlend den Kopf schief. »Sie brauchen sich nicht zu entschuldigen. Aber wenn Sie noch genug Kraft hätten für einen Gedanken.«

Ina Berg nickte schwach.

»Gehen wir noch mal zurück zur Fernsehsendung. Sie haben sich geärgert, weil Ihre Freundin so ungeniert über den neuen Krimi geplaudert hat – trotz der Morddrohungen.«

»Natürlich! Ich hatte solche Sorge, was passiert, wenn dieser Anrufer erfährt, dass wir dieses Mal die Dörfler nicht nur karikieren, sondern ihnen auch noch einen Mord anhängen, obwohl doch wahrscheinlich nur ein Unfall passiert ist.«

»Und Ihre Sorge war nicht unberechtigt«, mutmaßte Fritz. »Denn in der Nacht nach der Sendung wurde Daphne ermordet. Vielleicht hat diese alte Geschichte das Fass zum Überlaufen gebracht.«

Ina Berg nickte traurig: »Vielleicht war es so. Dieser anonyme Anrufer hat mir gesagt, ich solle endlich die Toten ruhen lassen, die in Frieden von uns gegangen sind. Und die alten Geschichten begraben, die ich nicht kenne.«

»Und jetzt der Anschlag auf Sie«, setzte Sascha fort.

»Ich naive Kuh dachte, die Post wäre von einem der Verlage, mit denen Daphne verhandelt hat. Sie wollte doch weg von Glotter.«

»Sie hatten überhaupt keinen Verdacht?«, fragte Sascha, und die Autorin schüttelte langsam den Kopf.

»Nicht bei dem Paket. Wirklich idiotisch. Nach Daphnes Tod war ich eigentlich ständig in Angst, deshalb war Oliver meist bei mir.«

»Frau Berg, Sie hätten uns das viel früher sagen müssen«, entgegnete Sascha.

»Hätten Sie versucht, mich zu beschützen?«

»Wenn Sie uns erzählt hätten, dass Sie Morddrohungen von einem anonymen Anrufer erhalten.«

»Ach, Sie haben doch lieber Oliver und mich verdächtigt, statt sich in Oberthanning richtig umzusehen.«

»Doch«, widersprach Fritz. »wir haben sogar sehr intensiv dort ermittelt, aber …«

»… Sie haben nichts rausgefunden, weil die alle zusammenhalten da draußen.« Ina Berg wandte den Kopf ab.

»Haben Sie denn jemanden in Verdacht? Also einen, der sowohl was mit dem alten Resi-Fall als auch mit den Anschlägen auf Sie zu tun haben könnte?«, fragte Fritz.

»Nein, ehrlich gesagt. Wir waren ja noch ganz am Anfang unserer Recherchen über das *Dirndl im Moor* … aber es wäre gut möglich, dass wir da in ein Wespennest gestochen haben.«

»Sie haben mir erzählt, sie sei ein bisserl anders gewesen, diese Resi. Jeder sagt das«, ergänzte Fritz.

»Ich war damals sechzehn und Daphnes beste Freundin«, erzählte Ina Berg. »Resi gehörte nicht wirklich zur Clique. Ich hätte sie schon mal mitgenommen, doch das wollte Daphne nicht. Und oft hatte die Resi auch keine Zeit.«

»Waren die Eltern streng?«

Ina Berg zuckte die Schultern. »Ja, schon. Aber manchmal denke ich, die Resi hatte außerdem ein Geheimnis. Etwas, was sie niemandem von uns erzählen wollte.«

»Wie kommen Sie darauf?«

Sascha beobachtete den Fritz, wie er so ganz konzentriert war auf das Gespräch mit Ina Berg.

»Ich weiß es nicht, es war so ein Gefühl. Sie war so verschlossen. Ohne Grund, meine ich.«

»War sie eine Außenseiterin?«

»Ja, so könnte man sagen. Später dann, nach ihrem Tod, sind die Gerüchte aufgekommen.«

»Welche Gerüchte?«

»Dass sie sich umgebracht haben könnte. Und dann gab's natürlich die wildesten Spekulationen über das Motiv.«

»Sie reden von familiären Problemen?«

»Da war vieles im Umlauf. Dass ihr Vater sie geschlagen hat, das stand am Anfang. Auf einmal behauptete jemand, dass er sie wahrscheinlich missbraucht habe. Seit vielen Jahren. Auf einmal haben das alle schon lange geahnt, und dann hat's jeder geglaubt. Das geht schnell auf dem Land.«

»Denken Sie, es war was dran?«

»Ich konnte mir das jedenfalls gut vorstellen. Der Vater von der Resi war ein Patriarch, alles musste so laufen, wie er das wollte. Auf der anderen Seite waren die Männer früher nun einmal so.«

Fritz schaute betreten auf den Boden.

»Wie auch immer, aus dem Selbstmord ist dann ein Mord geworden. Vielleicht hat der Vater sie ja umgebracht, weil sein Reserl sich in den Florian verliebt hatte, hieß es auf einmal. Und deshalb hat er sie im Moor versenkt.«

»Davon ist in den alten Polizeiakten überhaupt nicht die Rede!«

»Ja, glauben Sie, darüber hätte man mit den Kriminalern gesprochen? Aber untereinander da haben sie fortwährend so getratscht, das hat nicht mehr aufgehört. Und als sich der Vater vom Reserl dann umgebracht hat, haben alle gedacht, das sei ein Schuldeingeständnis.«

Sascha kam wieder ans Bett und setzte sich neben Fritz. »Das alles wollten Sie aufgreifen in Ihrem Krimi?«

»Daphne wollte, dass wir das schreiben, und noch ein bisschen was dazu erfinden. Mehr Blut, mehr Schrecken. Ein ganzes Dorf, das eine grausige Tat unter den Teppich kehrt.«

Sascha nickte: »Und jeder, der den Teppich lupft, muss dran glauben.«

***

»Meinst, das stimmt, dass der Vater seine Tochter missbraucht hat?«, fragte Sascha, als sie zum Auto gingen.

»Kann schon sein. Aber das lässt sich halt nimmer beweisen. Opfer tot, Täter tot. Also bleibt die Ratscherei von den Leuten. Aber trotzdem, irgendwas ist da faul in Oberthanning. So faul, dass jemand eine Autorin umbringt, wenn die aus solchen Gerüchten einen Krimi bastelt. Wir müssen diese Anrufe überprüfen.«

»Hab dem Aschberger schon eine Mail geschrieben. Der soll mal alle Telefonlisten von der Berg und der Montagna durchgehen.«

Auf dem Weg zurück ins Büro hatte Fritz eine Idee. »Weißt was? Wir gehen jetzt ins *Gasthaus*.«

»Location checken?«

»Also ich wollte eigentlich bloß ein Bier«, antwortete Fritz trocken.

***

Schon wieder hatte der Wecker nicht geklingelt. Und das Handy auch nicht. Frechheit! Während Sascha ins Bad eilte, fluchte er leise vor sich hin. Es war noch früh genug, um pünktlich zu kommen, aber zu spät für alles, was einem am Morgen ein bisschen Spaß machte: Heiß duschen, schön machen, Espresso trinken. So Sachen halt!

Sascha fuhr sich mit der Zahnbürste durch den Mund, mit den Händen voll Gel durch die Haare und stürzte sich in die Klamotten von gestern. Das musste reichen.

Auf dem Weg zum Auto hatte er das erste Mal Zeit, über den gestrigen Abend nachzudenken. War angenehm, mit dem Fritz auf ein Bier. Obwohl sie sich wieder mit Samthandschuhen angefasst hatten. Bloß weil keiner dem anderen oder sich selbst den Abend versauen wollte. Sascha war gespannt, wie die Sitzung bei der Bäumler heute laufen würde. Eigentlich war er der Meinung, man sollte jetzt am Fall dranbleiben. Aber er erinnerte sich, was die Keilos gesagt hatte, als sie sich beim letzten Mal gedrückt hatten: Das tun Sie nie … wieder!

***

»Wir können das hier abkürzen, Fritz, ich hab nachgedacht. Und ich muss dir sagen, dass du nicht in allem, aber in vielem Recht hast. Und dass ich zwar nicht immer, aber häufig übergriffig bin und nicht jedes Mal, aber doch oft zu hart in meinen Kommentaren.«

Fritz schaute genauso ungläubig drein wie Frau Dr. Bäumler. Mit dieser Antwort hatte sie offensichtlich nicht gerechnet, als sie die beiden Kommissare nach der Teamdynamik der letzten Tage gefragt hatte.

Das Gespräch war gleich zu Anfang ans Eingemachte gegangen, was auch an Saschas Gesichtsverletzungen gelegen hatte. Sie waren zwar nahezu abgeheilt, der Psychologin aber trotzdem aufgefallen. Der Mountainbike-Unfall wurde erklärt, dann die neusten Entwicklungen im Mordfall skizziert, schließlich widmeten sie sich wieder den Kommunikationsproblemen der beiden Polizisten.

Fritz war gerade dabei, die Einträge aus seinem berüchtigten Hefterl vorzutragen, er sprach über Annäherung und Spannungen ... genau da war Saschas Entschuldigung wie aus dem Nichts hereingeplatzt und hatte Stille erzeugt.

Fritz hoffte, dass Sybille Bäumler was dazu sagen würde, aber die hatte natürlich mal wieder den Mut, so eine Aussage stehen zu lassen. Also blieb ihm nichts anderes übrig, als rot anzulaufen und zu stammeln, aus Scham, aber auch schon ein bisserl aus Rührung. »Das ist jetzt schon irgendwie überraschend, was da redest, Sascha. Bist dir sicher, dass du das auch so meinst?«

Sascha nickte und formulierte bedächtig Satz für Satz, ohne seinen Kollegen anzuschauen. »Weißt Fritz, ich hab mir gedacht, dass das doch ein Schmarrn ist mit unseren Kleinkriegen. Ich will da jetzt wirklich gelassener werden. Du bist okay, ich bin okay. Klingt abgedroschen – ist aber so.« Jetzt schaute er dem Kollegen direkt in die Augen und lächelte verschmitzt. »Ich hätt ja auch den I-Tüpferl-Herbert, den Gockel-Hansi oder die Gartenzwerg-Evi als Kollegen erwischen können. Da ist so ein Alter Fritz doch Gold dagegen.«

Fritz musste schmunzeln, aber die Psychologin gab wenig amused zu bedenken: »Wobei auch die anderen Kollegen sicher *okay* sind, wenn man sie nicht nur als Abziehbilder der eigenen Vorurteile betrachtet.«

»Wie auch immer.« Sascha trommelte mit dem Fingern kurz auf den Tisch. »Fritz, ich mag dich so, wie du bist. Und zusammen sind wir unschlagbar, finde ich. Also ich gelobe, in Zukunft nicht mehr so schnell loszuschießen, mit dir immer im Gespräch zu bleiben und unsere Konflikte so weit wie möglich zu deeskalieren. Sagt man so, oder?«

Sybille Bäumler massierte sich verunsichert den Nacken »Ich bin verwirrt, Herr Kunz. Ist das hier Strategie oder ernst gemeint?«

Sascha griff sich theatralisch ans Herz, was Frau Doktor fehldeutete.

»Strategie also. Aha! Sie wollen mal wieder schnell hier raus!«

»I wo!«, entrüstete sich Sascha. »Mittlerweile bin ich sehr gern hier. Der Fritz hat ja von Anfang an gesagt, was für eine fantastische Psychologin Sie sind. Und inzwischen bin ich da ganz bei ihm. Sie haben uns füreinander die Augen geöffnet!«

Nun liefen Fritz Fischhaber und Sybille Bäumler gleichzeitig rot an – sogar in fast derselben Nuance. Sascha setzte grinsend hinzu »Wir würden uns auch gerne weiterhin mit Ihnen treffen, um engmaschig zu kontrollieren, wie sich unsere Zusammenarbeit entwickelt. Gerne auch in Einzelsitzungen. Nächste Woche ist mein Terminplan zum Beispiel übervoll, da könnte der Herr Fischhaber direkt mal alleine bei Ihnen vorbeikommen.«

Fritz schaute seinen jungen Kollegen entsetzt an, doch Dr. Bäumler reagierte mit einem verschmitzten Lächeln. »Warum nicht? Vielleicht erfahre ich dann unter vier Augen, ob der Herr Kunz das wirklich so meint, was er sagt. Vorausgesetzt, Sie wollen das auch?«

Fritz nickte vor lauter Überraschung nur stumm.

Sascha durchbrach die Romantik des Augenblicks: »Da das ja jetzt geklärt wäre, hätten wir noch eine fachliche Frage. Wir würden gerne eine Zeugin verhören, die seit Langem mit Demenz im Heim hockt.« Fritz schaute Sascha überrascht an, wie der sich plötzlich sehr für die Vergangenheit zu interessieren schien. »Man hat uns gesagt«, fuhr Sascha fort, »dass eine Befragung wenig bringt, weil ihr Gedächtnis ja oft versagt. Gibt es eine Möglichkeit, dass sich solche Menschen doch noch an Vergangenes erinnern? Kann man vielleicht mit Musik oder Düften nachhelfen?«

»Manchmal funktioniert so was, aber da muss man schon geschult sein. Geht es denn um ein einschneidendes Erlebnis?«

»Wir wollen rausfinden, ob der Ehemann die Tochter missbraucht hat vor Jahren.«

»Oh, das ist heikel – schon bei Menschen ohne Demenz gibt es bei solch traumatischen Erlebnissen Erinnerungslücken. Aber ich würde es trotzdem probieren. Bei dementiellen Erkrankungen kommt es immer mal wieder zu überraschend lichten Momenten. Gehen Sie auf jeden Fall behutsam vor, sonst macht die Dame sofort zu. Außerdem kann es passieren, dass sie das Gespräch sehr aufwühlt. Sprechen Sie vorher mit dem behandelnden Personal. Ärzte und Krankenschwestern müssen das danach unbedingt auffangen.«

»Zu Nebenwirkungen fragen Sie Ihren Arzt oder Ihre Bäumler«, flüsterte Sascha beim Rausgehen in Fritz' Ohr.

»Schsch!«, zischte der zurück, aber schon als sie einen Büroflur weiter waren, konnte auch er sich nicht mehr zusammenreißen. »Also Sascha«, ganz bewegt war der Fritz, »was du da grad eben alles zusammengeredet hast …«

»… war scheiße?«

»Nein, es war …«

»… ein Schmarrn?«

Fritz schüttelte den Kopf. Das Ratespiel ging weiter.

»… unangebracht, hinterhältig, überflüssig, nervtötend?«

»Jetzt lass mich ausreden, Kruzif…«

»Sorry!«

»Also«, fing Fritz noch mal an und atmete tief durch, »es war, wie soll ich sagen, sehr schön, was du gesagt hast. Du hast wirklich Recht mit dem unnötigen Kleinkrieg. Es hat überhaupt keinen Sinn, wenn wir ständig beleidigt tun. Wir sind deshalb so ein gutes Team, weil wir so verschieden sind.«

»Du hast das Bäumler-Date vergessen, das ich so geschickt eingefädelt hab.«

»Na ja, so geschickt fand ich des auch ned.«

»Aber wirkungsvoll!«

»Das sehen wir dann am nächsten Montag, wenn ich allein bei ihr sitz.«

»Und sie ihre Klangschalen nur für dich bimmeln lässt.«

Allein der Gedanke daran ließ eine Gänsehaut auf Fritz' Nacken wachsen. Vor Glück, aber auch ein bisschen aus Angst.

Als sie ins Büro kamen, waren alle Phantasien dahin. Auf Saschas Tisch saß der I-Tüpferl-Scheißer Herbert und machte sich wichtig. »Da seids ja endlich, Buam. Warts wieder beim Weichspülen in der Supervision?«

Diese Mimik, dieses Gelaber, dachte Sascha. Das müsste die Bäumler mal sehen. Von wegen Abziehbild, der war wirklich so.

»Schwing die Hufe, Aschberger, das ist meine Schreibtischplatte und kein Sitzmöbel für Sesselpupser.«

In Zeitlupe erhob sich der Angegriffene, den Blick unverwandt wie ein Stierkämpfer auf dem jungen Kollegen. Dann drehte er sich mit einem Ruck seinem alten Spezl zu.

»Also Fritz, im Gegensatz zu dem da drüben interessiert dich bestimmt, wer so alles bei unseren beiden Opfern angerufen hat.«

Fritz rollte ihm seinen Bürostuhl hin. Als es sich der Herbert selbstverliebt bequem gemacht hatte, fuhr er ihn jedoch zurück zum Schreibtisch vom Sascha und stellte sich daneben.

»Des interessiert den jungen Kollegen genauso wie mich, Herbert. Schließlich hat er dir doch gestern den Auftrag dafür gegeben, oder nicht?«

Aschberger zog die Nase hoch. »Und warum ist er dann so gschert zu mir?«

»Ich kann ihn schon verstehen. Auf meinen Akten darf auch nicht jeder sitzen. Nur die VIPs. Stimmt's, Sascha?«

Damit hockte sich Fritz selbst auf die Schreibtischkante, auf der vorher der Spurensicherer gesessen war. Sascha grinste ihn verschwörerisch an.

»Na, wartet's ab! Die Auswirkungen von derer Bäumler, die sind bald vorbei, und dann seid ihr euch noch mehr zuwider. Aber dann braucht ihr ned zum Ausheulen zu mir kommen«, brummelte Herbert beleidigt und wühlte geschäftig in seinen beiden lächerlichen Telefonlisten rum.

Fritz wurde streng. »Jetzt sag, was die Auswertungen ergeben haben, Herbert!«

»Schaut's euch halt selbst an. Hab's für die Herren schon angestrichen.« Der Aschberger stand auf. Während er langsam das Büro verließ, drehte er sich noch mal um und leierte vorwurfsvoll runter: »Danke, Aschberger. Du bist echt so ein Liaber! Ohne dich – wo wär'n wir da …«

Fritz zog eine Augenbraue hoch, dann musste er grinsen.

»Ist das geil: V-I-P! Fritzi, spitzenmäßig!« Sascha freute sich ein Loch in den Bauch. »Obwohl ich mich ja schon gefragt hab, was er mit dem Ausheulen meint. Ich hab das sicher nie bei dem gemacht. Du?«

»Ned direkt«, gab Fritz leise zurück »Und wenn doch: Das waren auch andere Zeiten damals.«

Er wollte nun schnell das Thema wechseln, denn er erinnerte sich recht gut an den ein oder anderen Abend beim Herbert daheim, da hatte er vielleicht schon mal hergelästert über den jungen Kollegen. Also schaute er auf Aschbergers Telefonlisten. »Die Montagna hat die letzten Jahre alle paar Wochen Anrufe aus einer Telefonzelle bekommen. Kurz vor ihrem Tod ein paar mehr.«

»Wo steht die Zelle?«

»Es war fast jedes Mal eine mit einer anderen Vorwahl. Mal in München. Mal in Rosenheim. Einmal sogar Augsburg.«

»Oberthanning?«

»Naa, aber da gibt's auch bestimmt schon lang keine mehr.«

Fritz blätterte weiter: »Und hier auf Bergs Liste ... Tatsache, Dienstag und Mittwoch, einmal vier, einmal drei Anrufe aus Telefonzellen. Diesmal alle in München.«

»Wem sonst, wenn nicht einem aus dem Dorf, könnte daran gelegen sein, dass sie aufhören darüber zu schreiben. Da hat jemand eine Riesenangst, dass alte Geheimnisse rauskommen«, dachte Sascha laut vor sich hin.

»Bist jetzt bei mir? Das Dirndl im Moor, das ist der Dreh- und Angelpunkt.«

»Wir müssen wirklich mal mit dieser dementen Mutter reden.«

»Ich schau, ob ich das Pflegeheim erreichen kann, um einen Termin auszumachen.«

»Und ich konfrontier noch mal ein paar Oberthanninger mit unseren neusten Erkenntnissen. Diese Franzi, die ja auch mal zu der Clique von der Anna gehört hat und inzwischen in München wohnt, die war ja recht offen. Und dann ruf ich noch den Flori an. Der könnte vielleicht mehr über den Missbrauch wissen.«

»Lass uns doch gleich nach Oberthanning fahren. Und die Leute dort im Vieraugengespräch mit unserem Verdacht konfrontieren.«

»Erst nächste Woche. Bitte, bitte, Fritzi. Ich brauch das Wochenende zur Entspannung!«, jammerte Sascha.

Plötzlich kam Fritz was in den Sinn: »Am Sonntag. Wir fahren am Sonntag.«

»Willst mir wehtun?«

»Naa, aber am Sonntag ist wieder Kirchweih.«

***

Kirta, so wie damals. Jedes Jahr denk ich dran. Das hätte alles ned sein müssen, mein Spatzerl. Wenn du gesehen hättest, wer's wirklich gut mit dir meint. Aber ihr Weiber hängt's euch halt immer an die Falschen. Und für ein echtes Gefühl, da habt's nix übrig.

***

Fritz freute sich auf einen Abend vorm Fernseher. Die Woche hatte ihn schwer mitgenommen. Ein Auf und Ab war das zurzeit: Mit Sascha. Mit dem Fall. Mit der Liebe. Der Liebe? Man durfte mit seiner Psychologin doch gar nichts anfangen. Selbst, wenn sie wollen würde, es war sicher verboten.

Am Montag würde er eine Einzelsitzung mit ihr haben und sie definitiv nicht um ein Date bitten. Er würde vom Sascha erzählen, ihr vorschwärmen, wie viel Gutes sie im Team bewirkt hatte, und dann brav in sein Büro gehen. Das war's dann mit der Liebe. Schade.

Ansonsten war Fritz recht zufrieden mit den Ergebnissen des heutigen Tages. Die Zusammenarbeit mit Sascha hatte geklappt, und sie hatten die nächsten Tage gut geplant.

Er hatte vorhin noch das Altenheim erreicht, in dem Resis Mutter lag. Die Ärzte dort waren durchaus hilfsbereit, keiner hatte von einem Gespräch abgeraten. Im Gegenteil: Sie meinten, die Frau Mayrhofer sei sehr zugänglich. Trotzdem sei es besser, wenn ihr langjähriger Psychologe mit dabei sein könnte, und der hatte erst wieder am Sonntag Zeit. Was für Fritz und Sascha nur von Vorteil war: erst Frau Mayrhofer in Benediktbeuern, dann direkt nach Oberthanning auf die Kirchweih. Und vorher der Samstag: Freispiel!

Ausschlafen, auch wenn er das schon seit vielen Jahren nicht mehr konnte, er würde es zumindest mal wieder versuchen. Semmeln holen. In Ruhe die Zeitung lesen. Und dann Bergwandern. Oder ins Kino mit einem Spezl aus seiner Schafkopfgruppe. Der Sascha hatte ja bestimmt was vor, da brauchte er gar nicht durchzuklingeln, auch wenn er tatsächlich Lust dazu verspürte. Sie hatten vorhin noch kurz telefoniert, weil der junge Kollege nach dem Hausbesuch bei dieser Franzi gleich in der Stadt bleiben wollte. Viel Erhellendes hatte er nicht rausbekommen, nur, dass die Franzi das mit dem Missbrauch natürlich auch gehört, aber nichts gesagt hatte, denn sie wollte keine Gerüchte verbreiten.

Wieso waren bloß alle so verstockt bei dem Thema? Warum konnte man darüber nicht offener reden? Wer weiß, vielleicht hätte das der Frau Berg sogar den Anschlag erspart, weil sie den Täter schneller geschnappt hätten. Hätten! Sie würden sehen, was dran war, an dem Gerede. Aber wundern täte es Fritz nicht.

Noch immer konnten Menschen jemanden über Jahre hinweg missbrauchen, ohne dass was ans Tageslicht kam. Obwohl die Opfer anderen sogar davon erzählten, sie um Hilfe baten, man glaubte ihnen nicht. Ungeachtet dessen, dass in fast jeder Klosterschule ein Missbrauchsfall stattgefunden hatte und obwohl in allen Medien über solche Fälle berichtet wurde. Solche Taten blieben trotzdem erbärmlich oft ungesühnt! Richtig wütend machte das den Fritz. Da konnte er nicht ruhig bleiben. Immer noch nicht. Und was hatte er in seinem Dienst nicht schon alles erlebt!

***

Sie waren ganz in der Nähe vom Moor. Resi spürte die Kühle vom Wasser herüberwehen, als er sie ins Gras drückte. Sie hatte gar nicht bemerkt, wie lange sie zusammen gegangen waren. Nein, wie weit er sie mitgeschleift hatte, denn gewollt hatte sie nicht. Ihre Füße waren gelaufen, aber ihr Herz war noch immer an der Kirche und wartete sehnsüchtig auf Flori.

Während er ihre Dirndlbluse öffnete und ihr den Unterrock hob, musste sie daran denken, dass all das gar nicht für ihn bestimmt war. Sie hatte sich zurechtgemacht für den schönsten Mann, dem sie je begegnet war, und nun glotzte sie der widerwärtigste Kerl an, den ihr Dorf zu bieten hatte. Aber der nahm sich nicht nur diesen Anblick, er hatte sich schon viel mehr genommen, was ihm nicht gehörte: ihre Jugend, ihre Offenheit, ihre Schwere- und Sorglosigkeit. Das alles würde sie nie wieder zurückbekommen. Und niemand half ihr. Nicht einmal die Mutter. Und ihrem Vater brauchte sie erst recht nicht damit zu kommen. Der würde doch alle Schuld nur bei ihr sehen. Ein Flitscherl wäre sie in seinen Augen.

»Ja leck, was bist fesch, Resi. Hast dich hübsch gemacht extra für mich?«

Er versuchte, sie zu küssen. Wieder überfiel sie dieser unsagbare Ekel. Sie drückte ihn weg, aber er machte weiter. Mit seinem ganzen Gewicht lag er auf ihr drauf. Sie konnte kaum atmen.

Mit einem Mal fühlte sie neben sich etwas Großes. Sie griff nach einem Stein. Ein geduldiger glatter Brocken groß wie eine Kuhglocke. Seit der Eiszeit lag der wahrscheinlich schon hier und wartete auf seinen großen Tag. Wartete darauf, dass er endlich sinnvoll eingesetzt werden würde. Dass er einem Mann den Schädel brach, der jahrelang eine Seele gebrochen hatte.

Resi schlug zu. Mit aller Kraft.

***

Sascha holte Fritz am Vormittag mit seinem Wagen ab. Beide waren sie entspannt auf dem Weg raus nach Benediktbeuern, jeder hing seinen eigenen Gedanken nach. Sie fuhren übers Land wie die Ausflügler, fast überall läuteten die Glocken zum Sonntagsgottesdienst, fesch gekleidete Menschen, die meisten davon in Tracht, machten sich auf den Weg zur Kirche.

»Und? Was hast gestern gemacht?«, fragte Sascha.

»Mei, a weng aufgeräumt hab ich und einkaufen war ich, weil der Kühlschrank ganz leer war. Eigentlich wollt ich mich noch bewegen, aber dann war's schon später Nachmittag und ich wär zur Sportschau nicht rechtzeitig wieder da gewesen. – Und du?«

»Ich hab auch nichts gemacht.«

»Nicht einmal Fitness?«

»Mir war nach Kanapee und Ruhe.«

»Das versteh ich – und abends?«

Sascha antwortete nicht gleich. Denn eigentlich hatte er abends überlegt, Fritz anzurufen und mit ihm auf ein Bier zu gehen. Aber dann gedacht, dass er als junger Typ doch was Besseres zu tun haben müsste an einem Samstagabend. Also hatte er in Tölz zwei oder drei Kneipen aufgesucht, sich aber überall grandios gelangweilt, war wieder heim und hatte sich noch einen Krimi im Fernsehen reingezogen.

»Ich war auf der Piste, war aber wenig los.«

Aha, dachte Fritz. Dann hätte ich ihn sowieso nicht erreicht. Auch er hatte sich später überlegt, was er denn mit dem angebrochenen Abend machen sollte. Kurz hatte er das Telefon in die Hand genommen, aber dann war er sich blöd vorgekommen. Er würde es doch bittschön einen Tag ohne seinen Kollegen aushalten!

»Und was hast am Abend gemacht?«, fragte Sascha.

»Bei mir war's ganz gemütlich«, antwortete Fritz und umschrieb damit, dass er um neun Uhr ins Bett gegangen war vor lauter Langeweile.

»Hier muss es sein. Schau mal«, rief Sascha wie aus dem Nichts. Das Seniorenzentrum lag mitten im Ort, ein heller Bau mit vielen Fenstern, einladend und freundlich.

»Schön. Aber einziehen möchte ich hier nicht«, kommentierte Sascha.

Die Frau saß am Tisch in einem der Wohnräume. Sie hatte die Hände auf die Tischplatte gelegt, daneben stand eine Tasse schwarzer Kaffee. Sie starrte vor sich hin, nickte kurz, als der Mann neben ihr leise etwas zu ihr sagte, nahm die Tasse, sehr langsam und vorsichtig, trank einen Schluck, stellte sie ab. Aufmerksam blickte sie hoch, als die beiden Kommissare den Raum betraten. Erst schaute sie Sascha an, dann Fritz.

Wie alt sie wohl war? Siebzig oder noch älter? Die Haare waren weiß. So als läge der Schnee vom letzten Jahr noch darauf. Sie war weder dick noch dünn. Ihre Statur wirkte kraftlos, als wären die Muskeln schon vor längerer Zeit eingeschlafen, weil sie kaum noch gebraucht wurden. Es fehlte an Körperspannung, ihr schien alles egal. Sie hatte überraschend wenig Falten, aber die fahle Gesichtsfarbe ließ sie müde und ausgelaugt erscheinen. Ihr Kleid war blaugrau wie ihre Augen, die sie immer noch auf Fritz gerichtet hielt. Der Blick war so direkt wie der eines Kindes, das seine Neugier nicht kaschiert, sondern offen zeigt.

»Grüß Gott, Frau Mayrhofer.«

Der betreuende Psychologe stellte sich den Kommissaren vor. In Zeitlupentempo erhob sich auch die Frau und kam mit vorsichtigen, kleinen Schritten auf sie zu. »Grüß Gott.«

Ihre Hand war kalt und schlaff, Fritz passte auf, dass er nicht zu fest zudrückte. »Danke, dass Sie sich Zeit für uns nehmen.«

»Ich hab gerne Besuch«, sagte die Frau. »Leider kommt er nicht oft.«

Fritz und Sascha wechselten einen überraschten Blick, als wollten sie sagen: »Die ist ja wirklich gar nicht so schlecht beieinander!« Dr. Kunter bemerkte ihre nonverbale Kommunikation und lächelte. Fritz senkte ertappt die Augen. Schon wieder so einer, der ihn durchschaute. Er dachte an Sybille …

Als sie an dem Tisch Platz genommen hatten, war es zu ihrer Überraschung Frau Mayrhofer, die das Gespräch begann: »Der Herr Doktor hat gesagt, Sie wollen was von mir wissen über Oberthanning.« Wie klar und direkt die Frau auf das Thema zuging.

Der Psychologe schaltete sich ein. »Wir haben vorher ein bisschen drüber geredet. Frau Mayrhofer wollte schon gerne wissen, was sie erwartet.«

Die Frau nickte und sah unverwandt auf Fritz. »Obwohl es mein Geburtsort ist, denk ich eigentlich nicht so gern ans Dorf. Schon gar nicht, wenn sie wieder Kirta feiern.«

»Sie haben viel Leid dort erfahren«, antwortete Fritz und bereute die Bemerkung gleich wieder, weil der Frau stille Tränen über die Wangen liefen. Unsicher sah er zum Psychologen, aber der schien das nicht schlimm zu finden.

»Weinen Sie ruhig, Frau Mayrhofer. Das macht den Herren von der Polizei nichts aus.« Umständlich holte sie ein Taschentuch hervor und wischte sich langsam die Tränen ab.

»Wir würden gerne mehr über Ihre Tochter erfahren«, sagte Sascha und hoffte, dass diese Bemerkung nicht noch mehr Tränen hervorbringen würde. Tränen machten ihn schnell unsicher.

»Ja, das Reserl, das war ein so liebes Madel.«

»Das sagen alle im Dorf«, rutschte es Fritz raus, und auch die Bemerkung tat ihm sofort leid, als er den alarmierten Blick der Frau sah. Irgendwie fühlte sich das hier wie ein Eiertanz an. Keine klaren Fragen, sondern immer so von hinten durchs Knie in die Brust oder wie das hieß.

»Wer sagt das denn?«, fragte die Frau nach.

»Ina Berg zum Beispiel oder der Florian …«

»Mei, der Flori, der hat unsere Resi wirklich gemocht.« Wieder kamen die Tränen.

Sascha und Fritz schwiegen. Sie sahen hilflos zum Psychologen. Der schien zu ahnen, was mit ihnen los war. »Stellen Sie Ihre Fragen«, forderte er die beiden Kommissare auf. »Keine Scheu. Frau Mayrhofer weiß, dass die wehtun können. Wir haben schon oft drüber gesprochen, vielleicht ist es gut, wenn sie auch einmal mit jemand anderem über das reden kann, was auf ihrer Seele liegt.

Besonders wenn es jemand von der Kriminalpolizei ist.« Der Psychologe schaute so ernst von Fritz zu Sascha und wieder zurück, dass es den beiden ganz anders wurde. Obwohl sie nichts dafür konnten, irgendwie schämten sie sich für die schlampige Arbeit ihrer Kollegen im Fall Resi.

Fritz fasste sich ein Herz. »Es gibt Gerüchte, dass Ihre Tochter missbraucht worden ist.«

Hoffentlich bricht sie jetzt nicht zusammen, überlegte Sascha. Auch Fritz hielt die Luft an.

»Ja, das hat sie mir damals auch erzählt.«

Fritz und Sascha sahen sich überrascht an. »Sie hat sich Ihnen anvertraut?«

Der Tränenfluss wurde stärker. Auch die Hände der Frau begannen zu zittern. »Sie war schon immer anders als die anderen, aber in der Pubertät ist sie noch komischer geworden. Saß allweil in ihrem Zimmer. Irgendwann hab ich sie gefragt. Nix ist, hat sie erst gesagt. Aber irgendwann, da ist es halt aus ihr rausgesprudelt. Weil sie es nicht mehr verheimlichen wollte.«

»Was haben Sie gemacht?«

Langes Schweigen. Ein starrer Blick auf die Wand gegenüber. »Nix.«

»Nix?«

Die Frau schüttelte den Kopf. »Das war so schlimm, ich konnte mir einfach nicht vorstellen, dass es wirklich wahr ist.«

»Sie dachten, sie lügt Sie an?«

»Ich hab gedacht, das bildet sie sich nur ein. Das gibt's einfach nicht. Sie hat so widerliche Sachen erzählt, ich wollte das nicht anhören müssen.«

»Und Sie sind nie auf die Idee gekommen, Ihren Mann zur Rede zu stellen?«

Die Frau hob den Blick und sah Sascha verständnislos an. »Meinen Mann?«

»Wir haben Gerüchte gehört, dass er es war, der Ihre Tochter über Jahre hinweg missbraucht hat. Und sich deshalb später das Leben genommen hat.«

Der Sascha ist heute beinhart, dachte Fritz. Er war gespannt, was diese brutale Frage auslösen würde. Im Umgang mit dementen Menschen hatte er keine Erfahrung, der Sascha aber auch nicht, soweit er wusste. Aber der Psychologe saß dabei und legte kein Veto ein, also war das vielleicht die bessere Art.

»Er hat sich umgebracht, weil er es nicht mehr ausgehalten hat.«

»Was hat er nicht ausgehalten?«

Die Frau sah zum Psychologen, und der nickte ihr aufmunternd zu.

»Dass unser Madel tot war. Dass wir nicht gemerkt haben, was mit ihr los war. Dass überall geredet wurde.«

Fritz blickte noch nicht so ganz durch. »Ihre Tochter hat sich also Ihnen anvertraut, und Sie haben ihr nicht geglaubt, dass sie belästigt worden ist.«

Die Frau nickte schwach.

»Aber irgendwann nach dem Tod Ihrer Tochter gab's die Gerüchte, dass da was war.«

Die alte Dame zögerte mit der Antwort: »Ich hab da vieles verdrängt, weil doch alles so schlimm war.«

»Glauben Sie denn, dass die Resi ins Moor gegangen ist?«

Sie nickte erneut. »Das hätt ich auch getan, wenn das alles stimmt, was sie mir erzählt hat von dem.«

»Hat sie Ihnen denn gesagt, wer ihr Peiniger war?«

»Freilich, aber ich konnt's einfach nicht glauben!« Die Frau schluchzte laut auf. Selbst der bislang so gelassene Psychologe blickte besorgt drein. »Er war doch so ein honoriger Mann, wissen Sie.«

»Honorig? War es der Pfarrer? Oder ein Lehrer?«

»Naa, es war so einer wie Sie.«

»Ein Polizist?«

»Ja, dieser Krottenthaler Vinzenz … von dem hat sie mir erzählt.« Die Frau war von Minute zu Minute lauter geworden und mit dem Erzählen schienen Lebenskraft und Verzweiflung zugleich in ihren schlaffen Körper und in ihre wunde Seele zurückgekehrt zu sein.

»Der Krottenthaler Vinzenz? Sind Sie sich sicher?« rief Sascha aus und schaute zu Fritz, wie der, weil er es nicht mehr aushalten konnte, in einer Art Übersprunghandlung aufstand und ans Fenster lief.

Statt einer Antwort liefen der alten Dame dicke Tränen über die Wangen.

»Können wir das Gespräch erst einmal beenden?«, fragte Dr. Kunter und sah besorgt auf seine Patientin.

Sascha nickte, aber Fritz schüttelte den Kopf. »Eine wichtige Frage hätt ich noch – vielleicht nach einer Pause?«

Der Psychologe betrachtete beunruhigt die Frau, die schluchzend ihre Hände vors Gesicht schlug. »Ich glaube, heute lieber nicht mehr.«

Während Sascha der weinenden Frau zaghaft die Hand schüttelte, beugte sich Fritz zu ihr hinunter.

»Danke für Ihre Hilfe, Frau Mayrhofer. Wir werden dafür sorgen, dass ans Licht kommt, was Ihrer Resi damals passiert ist. Und dann wird niemand mehr Ihren Mann verdächtigen.«

Der Psychologe begleitete Sascha und Fritz bis zur Zimmertür, ließ aber die weinende Frau nicht aus den Augen.

»Solche Aussagen wie gerade eben, können die auch Auswirkungen ihrer Demenz sein, oder kann man denen trauen?«, fragte Sascha leise.

»Wie kommen Sie denn auf Demenz?«

»Frau Mayrhofer ist doch daran erkrankt.«

»Nein, nein, sie ist schwer traumatisiert durch den Tod ihrer Tochter und ihres Mannes. Erst kamen die Panikattacken, dann die Depressionen. Sie hatte ja damals noch den Hof zu versorgen, war aber praktisch nicht mehr arbeitsfähig.«

Von dieser Befragung mussten sich Fritz und Sascha erst einmal erholen. Sie gingen ins *Klosterbräustüberl* um die Ecke.

»Und du meinst, der Frau kann man wirklich alles glauben?«, fragte Sascha.

»Sie hat gar keinen Grund, uns anzulügen, sie kommt doch selber nicht gut dabei weg, weil sie ihr Kind im Stich gelassen hat.«

»Aber der Krottenthaler war zu der Zeit gar nicht in Oberthanning, als die Resi missbraucht worden ist.«

Fritz überlegte einen Moment. Ja, Sascha hatte Recht.

»Zumindest hat er uns das so erzählt«, überlegte Fritz. »Dass er sich damals hat nach Würzburg versetzen lassen.«

»Und ich weiß, dass es stimmt, denn ich hab's überprüft.« Fritz sah Sascha kurz an. Ja, dieses selbstsichere Grinsen vom Sascha, das konnte er nicht gut haben. Aber vielleicht war's so wie in einer langjährigen Ehe. Manche Gewohnheiten des Partners gehen einem tierisch auf den Geist, aber man gewöhnt sich an alles.

»Hörst du mir überhaupt zu?«, fragte Sascha.

»Schon …«

»Weißt, das tut mir auch weh, wenn ich red und red und du bist mit deinen Gedanken ganz woanders.«

»Hast ja Recht. Tut mir leid. Also jetzt lass uns überlegen, wie wir weiter vorgehen. Weil, wenn der Krottenthaler in den Jahren, wo die Resi laut Angaben ihrer Mutter missbraucht worden ist, gar nicht in Oberthanning war …«

Fritz' Handy klingelte. Er zuckte zusammen. Die Nummer kannte er nicht.

»Servus, da ist der Hinterberger Flo aus Oberthanning.«

Fritz musste seine Überraschung runterschlucken. »Woher haben Sie …«

»Entschuldigen Sie, dass ich am Sonntag anrufe.«

»Macht nix, wir arbeiten sowieso grad.«

»Ich wollte einfach mal wissen, ob Sie schon was rausgefunden haben.«

»Wer Daphne di Montagna umgebracht hat?«

»Naa, die ist mir doch wurscht. Aber ich hab gedacht, Sie rollen auch die Geschichte vom Reserl noch mal auf.«

Es ist der Florian, formte Fritz mit den Lippen für den stets ungeduldigen Sascha. Doch der verstand ihn nicht. Seppi, flüsterte Fritz, und nun verstand Sascha endlich, wer sie da beim Nachdenken gestört hatte. Um sich zu versichern, dass er richtig lag, legte er die Hand auf den Schritt und flüsterte breit grinsend zurück: »Der Weiberer?« Fritz nickte.

»Hallo, sind Sie noch dran?«, tönte es da. »Wissen Sie, heut is wieder Kirta, und da ist es immer ganz arg.«

»Ja, das hat uns die Mutter vom Reserl auch gsagt.«

»Sie waren bei ihr?«

»Ja.«

»Ich hab gedacht, die ist im Hirnkastl nimmer ganz beisammen.«

»Den Eindruck haben wir nicht.«

Pause. Lange Pause. Keiner von beiden wusste so recht, was sie reden sollten. Sascha verfolgte das von Schweigeminuten unterbrochene Gespräch kopfschüttelnd.

»Bei Ihnen ist es so still«, fing Fritz wieder an. »Sind Sie gar ned beim Feiern?«

»Naa, bei der Kirta war ich nimmer, seit das mit dem Reserl passiert ist. Unterm Jahr, da kann ich des verdrängen, aber an Kirchweih …« Er schwieg.

»Wo sind Sie denn jetzt?«

»Ich wollt eigentlich angeln gehen, aber nicht einmal das macht mir Freud.«

Der Mann war gerade sehr einsam, das war zu spüren. Denn selbst wenn Fritz ihm überhaupt nichts zum Fall sagte und auch nicht sagen dürfte, er ging nicht aus der Leitung. Lieber das Atmen des Kommissars als gar kein menschliches Geräusch.

»Wo haben Sie eigentlich meine Nummer her?«, fragte Fritz, denn das interessierte ihn schon. Der Sascha, der verteilte gerne Visitenkarten, auf denen auch seine Handy-Nummer aufgedruckt war. Er selbst machte so was nie.

»Vom Krottenthaler.«

»Der hat Ihnen einfach so meine Handy-Nummer geben?« Fritz konnte es nicht glauben.

»Naa, ned einfach so. Ich hab's aus ihm mit ein paar Bier rausrecherchiert. Verstehst?«

Während Florian redete, hatte Fritz eine plötzliche Eingebung. »Sagen Sie mal, der Krottenthaler, der war doch früher lange Jahre Polizist in Würzburg?«

»Ja.«

»Die halben Achtziger war der dort?«

»Ja, so ab 1984, 85. Nach dem Tod seiner Frau halt …«

Fritz sah zu Sascha und nickte. Doch Florian war noch nicht fertig. »… aber der war fast jedes Wochenende daheim und immer im Urlaub da, weil er so viel Heimweh nach Oberbayern gehabt hat, und dann war das Grab von seiner Frau ja auch hier.«

»Des heißt, der hatte die ganze Zeit ein Haus in Oberthanning?«

»Sein Elternhaus, freilich! Des liegt direkt neben dem Haus von den Mayrhofers.« Wieder übersetzte Fritz per Kopfnicken die Antwort für Sascha.

Florian Hinterberger wollte nun aber auch was wissen: »Wieso fragen Sie?«

»Einfach so.«

»Naa, Sie fragen nix einfach so.«

Fritz überlegte fieberhaft. Wie kam er aus dieser Nummer wieder heraus? Der Hinterberger klang angefixt, als würde er etwas ahnen. Fritz kannte diesen leicht alarmierten Ton in der Stimme, er hatte ihn selbst, wenn er Witterung aufnahm. Noch während er mit ihm telefonierte, stand Fritz auf, holte seinen Geldbeutel aus der Gesäßtasche, öffnete ihn umständlich mit einer Hand und legte einen Zehner für die beiden Bier auf den Tisch. Dann machte er Sascha ein Zeichen.

»Was hat jetzt der Krottenthaler mit der ganzen Sache zu tun?«

»Nix, ich hab bloß gefragt, weil ich's nimmer gscheit wusste.«

»Was hat Ihnen die Mutter von der Resi erzählt?«

»Ich werde Ihnen nicht …«

Da hatte Florian schon aufgelegt.

»Jetzt pressiert's«, sagte Fritz und eilte im Laufschritt zum Auto. »Ich glaub, ich hab einen Riesenscheiß gebaut.«

***

Ihre Kraft hatte nicht gereicht, ihn außer Gefecht zu setzen. Zwar war er von ihrem Schlag überrascht, es tat offenbar auch höllisch weh und blutete, aber nachdem er sich einmal kurz an den Kopf gefasst hatte, wandte er sich wieder ihr zu. Irritiert, mit dem Staunen im Blick, als wollte er sagen: Wie kannst du mir das nur antun?

Sie hatte diese wenigen Sekunden genutzt, um sich seinem Griff zu entwinden. Ja, das war ihre Chance. Sie musste weg von hier, so schnell wie möglich. Mehr stolpernd als laufend versuchte sie, einige Meter zwischen sich und ihren Peiniger zu bringen. Doch er war wild wie ein angeschossenes Wildschwein. Von der Wunde eher aufgebracht als geschwächt, raffte er seine Kräfte zusammen und setzte ihr nach. Der glitschige Moorboden, das dreckige Kleid, das Schnauben dieses Mannes im Rücken. Ihre Angst, die sie lähmte, seine Wut, die ihn stark machte.

Er jagte sie, er hetzte hinter ihr her, er rief Flüche und Verwünschungen, sie hörte nicht darauf. Nein, sie war kein dreckiges Flitscherl. Nein, sie hatte es nicht wollen all die Jahre. Nein, sie hatte sich auch nicht so verhalten, dass er hätte meinen können, sie würde auf ihn stehen. Sauer stieß ihr das Bier von der Kirta auf, sie konnte nicht anders, sie musste sich übergeben. Aber bloß nicht stehen bleiben, ihr war klar: Es ging um Leben und Tod.

Aber sie kam ihm nicht aus. Immer näher stolperte er. Er wollte verhindern, dass sie jemandem erzählen konnte, was passiert war. Sie spürte, wie er ihren Rocksaum erwischte, daran zog. Er konnte sie sich schnappen. Warf sie auf den Boden, drückte sich auf sie. Nicht mehr aus Verlangen, sondern voller Groll. Sie kämpfte, so gut sie konnte. Die Beleidigungen, die er ausstieß, hallten in ihrem Kopf. Er würde sich die Hände an ihr nicht dreckig machen, sagte er. Eine wie sie hätte es sowieso nicht verdient zu leben. Er packte ihren Kopf und drückte ihn in ein Wasserloch im Moor.

Resi wurde plötzlich sehr ruhig. Sie wusste mit einem Mal, dass er nicht Recht hatte mit dem, was er sagte. Dass er bereuen würde, dass er ein Leben verpfuscht hatte. Bis zu seinem eigenen Tod würde ihn das begleiten.

Sie öffnete die Augen, so gut es ging. Ganz dunkel war es um sie herum. Alle Kraft wich aus ihren Gliedmaßen, und die Welt schien stillzustehen.

Einen friedlichen Gedanken nahm sie mit zu diesem unbekannten anderen Ufer, auf das sie nun langsam zuschwamm: Dass Florian zurückgekommen wäre zur Kirche. Zurück zu ihr. Ganz sicher.

***

»Das hast du doch nicht ahnen können.«

»Doch, hätt ich. Sei nicht so nett zu mir. Ich bin ein Rindviech, das bin ich.«

»Bist vielleicht ein Sauhund, aber ein Rindviech? Naa!«

Sascha überholte schnittig einen dahintuckernden Mercedes, der keine Anstalten machte, auf die Seite zu fahren, obwohl der Wagen der beiden Kommissare mit Blaulicht über die Landstraße sauste. Auf der Gegenfahrbahn kam ihnen ein Kleinlaster entgegen.

»Obacht, Sascha!« Aber der stieg nur gelassen einmal kurz aufs Gas, dann waren sie wieder auf ihrer Spur.

»Schau, der da hinter uns, das ist ein Rindviech.«

Das tröstete Fritz kein bisschen. Er war sicher, einen der größten Fehler seines Berufslebens gemacht zu haben. Er würde nie darüber hinwegkommen, wenn durch seine unüberlegten Worte ein Menschenleben in Gefahr geriete. Welches auch immer!

»Wenn jetzt der Hinterberger dem Krottenthaler auflauert und den zur Rede stellt wegen des Missbrauchs …«

»Und? Dann gehen wir dazwischen.«

»Und wenn wir zu spät kommen?«

»Wir kommen nicht zu spät. Deswegen fahr ja ich!«, versuchte Sascha, ihn zu necken, aber auf Fritz' Gesicht zeigte sich nicht mal der Ansatz eines Lächelns. Nur Sorgenfalten. Eine tiefer als die andere.

»Der Krottenthaler, der wird sich wehren. Das ist ja ein Mordsbrackel, da hat der Hinterberger keine Chance.«

»Die werden nur streiten.«

»Naa! Der Flori wird sein Reserl rächen wollen! Und der Krottenthaler hat ja wahrscheinlich zwei Morde auf dem Gewissen, der fackelt nicht lang.«

»Das wissen wir alles noch gar nicht.«

»Und ich bin schuld, Sascha, ich bin schuld, wenn's einen von denen heut erwischt …«

Mit Karacho bretterte der Wagen der beiden am Ortsschild Oberthanning vorbei. Sascha fegte mit dem Blaulicht und entschlossener Miene die Dorfbewohner an den Straßenrand. Fast alle trugen sie Tracht, der ein oder andere taumelte bereits. Kein Wunder, die Kirchweihfeier war schon seit ein paar Stunden in vollem Gange und die Formel Bier plus Schaukel führte ohne Umwege in den Rausch. Die große offene Scheune in der Nähe der Kirche war nicht zu verfehlen. In der Mitte die obligatorische Hutschn mit jauchzenden Frauen und Kindern, drum herum die Männer mit den glänzenden Gesichtern und den glasigen Augen. Aber kein Krottenthaler weit und breit. Und auch kein Hinterberger.

Sascha zückte seinen Ausweis und hielt ihn unter diverse rote Nasen, aber keiner wusste, wo der Dorfpolizist abgeblieben sein könnte.

»Vorhin saß er noch da«, war da noch eine der detaillierteren Aussagen. Und den Flori, den hatte heute noch überhaupt keiner gesehen. Fritz hatte ihn und auch Krottenthaler mehrfach auf dem Handy angerufen, aber bei beiden war nur die Mailbox drangegangen.

»Wir lassen die Handys orten«, schlug Sascha vor, aber Fritz winkte ab.

»Es pressiert. Und die müssen doch hier irgendwo sein, Kreuzkruzifix.«

Der Kollege war kurz vorm Durchdrehen, das spürte Sascha, er musste nun eine richtig gute Idee haben, sonst würde das hier vielleicht wirklich in einer Katastrophe enden. Dann fiel es ihm ein: »Sie sind am Moor. Natürlich!«

»Am Moor … wir sind doch nicht in einem Buch von Daphne di Montagna«, gab Fritz sarkastisch raus, aber Sascha schnappte ihn nur am Ärmel und zerrte ihn in den Wagen.

Noch eine Weile ruckelten und schuckelten sie mit ihrer Stadtkutsche über den Spazierweg, dann fuhren sie sich in einer der vielen Pfützen fest. Sascha kam nicht mehr vor noch zurück. Sie stiegen aus und eilten zu Fuß weiter.

»Wir sollten Verstärkung anfordern, Fritz.«

»Wir wissen ja nicht mal, ob die hier sind. Was für eine Blamage, wenn der Krottenthaler den Flori grad in der Kirche umbringt. Und wir hocken mit Hundertschaften im Moor fest. *Die ganze Wahrheit über die Kommissare im Moor* – ich seh schon die Schlagzeile vor mir.«

Sascha verdrehte nur die Augen. »Jetzt reiß dich mal zusammen, Fritz. Die sind hier, vertrau mir!«

»Psst! Sei mal stad!«, forderte Fritz barsch, denn mit einem Mal konnte man in der Ferne zwei Männer laut miteinander reden hören.

»Doch!«, schrie der eine.

»Naa!«, brüllte der andere.

»Doch!«

Fritz und Sascha schlichen durchs Schilf in Richtung der Stimmen. Und da standen sie, beziehungsweise stand eigentlich nur einer: Florian Hinterberger hatte sich neben dem knienden Vinzenz Krottenthaler aufgebaut. Beide mit Blick aufs Wasser. Die Sonne, die sich an diesem Abend noch einmal tapfer durch die Wolken gekämpft hatte, ging gerade unter und ließ die Situation unecht erscheinen: In der Hand hielt der Flori eine uralte Sense, die er leicht hin und her bewegte. Vor beiden stand ein morsches Holzkreuz mit einer verblichenen Foto-Emaille. Darauf die Resi. Aufgenommen in glücklichen Zeiten und nun mitten in einer Szenerie des Schreckens.

Sascha zog sich sofort ins Dickicht zurück und alarmierte leise die Kollegen, während Fritz seine Pistole entsicherte und weiter lauschte.

»Geh, jetzt schaust ihr ins Gesicht und sagst noch mal, dass du ihr nichts angetan hast!«

»Naa, des musst mir glauben. Ich hab sie doch auch geliebt!« Krottenthalers Stimme klang brüchig, fast ein wenig weinerlich. Und irgendwie musste Fritz zugeben, dass auch er es genoss, diesen selbstgefälligen Koloss auf den Knien zu sehen.

»Geliebt! Mit deinem Zipfi vielleicht. Mir wird schlecht, wenn ich bloß dran denk.«

»Alles klar!«, flüsterte Sascha. Er war zurückgekommen, seine Dienstwaffe ebenfalls in der Hand. Langsam bewegten sie sich auf die beiden zu.

»Florian Hinterberger, hier ist die Polizei. Sense fallen lassen!«

Der drehte sich nicht mal um. Es war, als hätte er die beiden erwartet. »Ich hab die Sau für euch eingefangen. Die soll jetzt auch so leiden wie mein Reserl.«

»Gut, dass ihr da seids, Kollegen«, kam dagegen kleinlaut vom Krottenthaler, der sich zu den Kommissaren umgedreht hatte und nun Anstalten machte, aufzustehen.

»Hock di wieder hi, Krottenthaler, sonst sind die Haxen weg.« Erbarmungslos schlug Florian eine Wunde in den Schenkel des Dorfpolizisten, der sich mit schmerzverzerrtem Gesicht wieder hinkniete.

»Hören Sie auf, Hinterberger, wir sind bewaffnet«, gab Fritz zu bedenken.

»I aa!«, kam es patzig zurück. »So, und nun verzählst dem Besuch, was du damals alles gemacht hast mit meim Reserl.«

Vinzenz Krottenthaler wandte sich mit flehendem Blick an seinen Angreifer. »Tu die Sensen weg, Flori, tu die weg. Ich verzähl alles, wennst mich lasst. Ich halt's eh nimmer aus.«

»Lügner!« Hinterberger brachte seine Sense an Krottenthalers Stiernacken in Position.

»Erzwungene Geständnisse bringen gar nichts, Herr Hinterberger. Dafür landen Sie hinter Gittern«, versuchte Fritz es mit einem pragmatischen Einwand.

»Und der läuft weiter frei rum«, setzte Sascha noch eins drauf.

»Und das macht die Resi auch nicht mehr lebendig.« Fritz deutete auf das Kreuz. »Schauen Sie sie an, Flori! Hätte das Madel gewollt, dass Sie wegen dem ins Gefängnis kommen? Ausgerechnet wegen dem?«

Florian wandte seinen Blick auf das Kreuz, er schluchzte still auf. Nach einer halben Ewigkeit drehte er sich um. Die Raserei wich langsam aus seinen Zügen, stattdessen kehrte so was wie Vernunft ein. Wie in Zeitlupe sank die Sense zu Boden. Sascha sprang schnell heran und legte dem Angreifer Handschellen an.

Vinzenz Krottenthaler sah noch immer still auf das Kreuz, das in der Nähe des Wassersaums im Moorboden steckte. Es hob sich dunkel gegen den Herbsthimmel ab, der inzwischen rötlich-orange leuchtete. Der Dorfbulle begann leise zu reden.

»I mag nimmer. All die Jahre trag ich das mit mir rum. Und tu so, als wär nix gewesen.«

»Was ist damals geschehen?«, fragte Fritz, während Sascha mit gezückter Waffe Florian und die Situation im Griff behielt.

»Mei, des müssts mir glauben. Ich hab gewusst, die will des auch. Sie hat von ihrem Vater so wenig Liebe bekommen. Die hat jemanden braucht. Wir haben uns gern gehabt.«

»Wie alt war sie denn, als das anfing mit euch?«, fragte Sascha.

»Fast schon vierzehn, aber lang kein Kind mehr. In dem Alter macht man nicht mit, wenn man nicht wirklich will.«

»Du Drecksau! Die Resi hat nie a Chance gehabt, Nein zu sagen«, schrie Florian voller Wut.

Sascha legte mahnend den Lauf seiner Knarre an die Lippen. »Schsch!«

»Doch, sie hat des genossen. Du warst doch ned dabei, Flori, woher willst denn wissen, wie schön das war mit uns? Meine Frau, als die gestorben ist, des hat so wehgetan. Und es ging so lang mit ihr. Ein Siechtum war das – über Monate. Und ich war doch selbst noch so jung. Ich wollt wieder leben. Und lieben. Weißt, die Resi, die hat mich getröstet. Und die hat des auch wollen. Ohne Schmarrn!«

»Und was ist an Kirchweih passiert?«, wollte Fritz wissen.

»Ich hab gespürt, dass die sich in den Flori verschaut hat. Und ich hab Angst bekommen, dass sie nicht mehr mit mir zusammen sein will. Dann hab ich zu viel gesoffen an dem Tag, das hat alles noch schlimmer gemacht. Und als sie dann heulend vom Festplatz weg ist, weil der da doch mit der Anna angebändelt hat, bin ich hinterher und wollt sie trösten ...«

Florian wurde feuerrot im Gesicht: »Ich hab mit derer ned angebändelt.«

In der Ferne hörte man Sirenen. Fünf bewaffnete Polizisten kamen aus dem Dickicht. Sascha schnappte den aufgewühlten Hinterberger an den Handschellen und übergab ihn an die Kollegen. »Den nehmt ihr sicherheitshalber schon mal mit. Den anderen kriegt ihr gleich!«

Fritz blieb trotz der Unruhe in seinem Rücken sehr konzentriert beim Verhör. »Und wie hat sie reagiert?«

»Als ich mit ihr schmusen wollt, so wie sonst, da hat sie mir einen Stein über den Kopf gehaut. Da schaut's: Die Narbe hab ich bis heut.« Krottenthaler scheitelte sein verschwitztes Haar, aber in der Dämmerung konnte man die Spuren des Kampfes nicht sehen. »Ich bin ausgerastet. Ich hab nicht mehr gewusst, was ich tu. Ich wollt dem Madel die Gefühle zum Hinterberger austreiben, runterkühlen wollt ich die. Ich hab sie bis ans Moor gezogen und da untergetaucht. Eine Warnung sollt's sein, aber die war sofort ganz schlapp. Die hat gar nicht um ihr Leben gekämpft. Die wollt nimmer! Des ist wirklich wie Selbstmord gewesen, nur dass ich das ausführen hab müssen. Und jetzt leid ich dafür mein Leben lang, versteht's? Ich bin auch nur ein Opfer.«

Fritz musste seine Wut über diese Aussage verdrängen. Wenn er noch was zu Daphne erfahren wollte, war es besser, den Verständnisvollen zu spielen. Er drehte sich voller Sorge zu dem impulsiven Kollegen um, aber auch Sascha wusste, worum es jetzt ging, und nickte ihm still zu. »Und die Anna und die Ina, die wollten über Resis Tod schreiben und hätten das sicher ganz falsch wiedergegeben?«

»Wie die sich da im Fernsehen aufgespielt haben. So von wegen: Sie werden das alles neu aufrollen, da sind mir die Sicherungen durchgebruzzelt. Ich bin noch in der Nacht zu der Anna nach Tölz und hab sie zur Rede gestellt. Mir hat des schon lange gestunken, wie sich die beiden über das Dorf lustig gemacht haben, wie sie alles in den Dreck gezogen haben. Unsere Traditionen, unseren Menschenschlag. Nur wegen dem Diridari. Und wir hier ham für die Touristen brav die bayerischen Trottel gespielt, damit wir auch was abkriegen von dem Geld. Die Touris ham doch ned gewusst, dass des ein einziges Theater ist. Die Ina und die Anna, die ham uns zu Tanzbären gemacht!«

»Und deswegen hast die Autorinnen öfter mal angerufen? Haben die denn deine Stimme nicht erkannt?«, wollte Sascha wissen.

»Ah geh, die hab ich doch verstellt. Bin ja vom Fach. Gemerkt ham die nix. Aber hören ham die zwoa auch ned wollen. All die Jahre nicht, obwohl ich denen immer schlimmer gedroht hab. Ich hätt wahrscheinlich nie wirklich was gemacht, aber wegen derer alten Geschicht mit dem Reserl, also wegen dem Unfall oder eigentlich Selbstmord, lass ich mich nicht auch noch an den Pranger stellen. Vor allem hat das Madel mich ja auch unbedingt wollen, bis dann der Flori dahergekommen ist. Nein, darüber durften die ned schreiben, da hab ich die Schnauzn voll gehabt. Ich bin hin zu der Daphne, um mich auszusprechen mit derer.«

Fast unerträglich, wie der die Realitäten für sich verdrehte, dachte Fritz, machte aber tapfer weiter. »Und das hat die Daphne nicht verstanden?«

»Naa, die hat doch überhaupt nixen hat die verstanden. Die hätt bloß aufhören müssen mit dem Kaas, und dann wär alles gut gewesen. Stattdessen hat sie mich ausgelacht, hat mich noch mit ihrem komischen Goldstein da bedroht. Da hab ich mich doch wehren müssen. Dass das so Folgen hat, hab ich ja nicht gedacht.«

Sascha konnte sich nun nicht mehr zurückhalten. Mittlerweile standen so viele Kollegen mit Waffen hinter ihm, dass er seine eigene verstaute, sich aber trotzdem drohend vor Krottenthaler aufbaute: »Mehrfach draufgebrezelt hast ihr das Ding. Gib's endlich zu. Von Notwehr keine Spur. Die ist schon am Boden gelegen, da hast du noch einmal und noch einmal zugeschlagen. Vor Wut. Vor Hass. Und damit sie ganz sicher tot ist.«

Krottenthaler wurde ganz weiß im Gesicht. Er wirkte verdattert: »Ein einziges Mal hab ich zugeschlagen – ich schwör's beim Allmächtigen. Ich wollt's ned umbringen. Und die Ina auch ned. Habt's ja gemerkt, die ist ja bloß a bisserl verletzt.«

Einen Moment waren die Kommissare verblüfft, weil Krottenthaler von sich aus gestanden hatte, dass er für die Briefbombe an Ina Berg verantwortlich war.

Dann fasste Sascha die Taten des Herrn Krottenthaler zusammen: »Das macht unterm Strich: sexuellen Missbrauch, Nötigung, Erpressung, zwei Morde und einen Mordversuch. Und das alles mit der Dreistigkeit, es im Namen der Gerechtigkeit getan zu haben.«

Diese Art von Sarkasmus mochte Fritz eigentlich nicht, aber er konnte es verstehen. Krottenthaler zuzuhören, das machte so aggressiv, da musste man irgendwas dagegenhalten.

Der Dorfpolizist lehnte sich zurück und schob schmollend seine Unterlippe nach vorn: »Ich seh des anders: Eine Selbsttötung mit Hilfe eines alten Freundes, ein paar angemessene Drohungen und zwei Mahnungen mit Wumms. Das war's!«

»Wovon ein Wumms ordentlich schiefgegangen ist, denn Daphne di Montagna ist ja tot.«

»Wie ich gegangen bin, hat sie noch gelebt. Ich schwör's! So gesehen lag des bloß an der unterlassenen Hilfeleistung.«

»Wie? Erst schlagen Sie die Frau nieder, und dann reden Sie sich raus auf unterlassene Hilfeleistung?«

»I red doch gar ned von mir. Die Berg und der Mann von der Anna. Die sind ja kurz nach mir gekommen. Die hätten einfach nur den Sanka rufen müssen.«

***

»Schau, bist gar kein Rindviech!« Sascha boxte Fritz kumpelhaft gegen die Brust, aber der sah den jungen Kollegen nur unverwandt an. Nach dem Verhör am Moor waren die beiden auf dem Weg zurück zu ihrem Auto, hinter dem so einige Mannschaftswagen der Tölzer Kripo kreuz- und querstanden. Wegen Saschas Parkplatz in der Pfütze hatten die Einsatzkräfte zu Fuß zum Moor gehen müssen.

»Naa, Fritzi, durch deine gezielte Ausplauderei beim Florian hast du die Ermittlungen entscheidend beschleunigt. So schnell hätten wir den Krottenthaler nie in die Knie gezwungen. Ich werd mich bei der Keilos einsetzen, dass du endlich mal wieder 'ne Gehaltserhöhung bekommst.« Der Fritz war zu aufgewühlt, als dass er dem Sascha diese Überheblichkeit übel genommen hätte.

Hinter ihnen kamen die Kollegen und verluden Vinzenz Krottenthaler in einen der Einsatzwagen. Fritz musterte ihn voller Unverständnis. »Der sieht's immer noch nicht ein, oder?«

»Wahrscheinlich haut's ihn vom Stangerl, wenn er irgendwann einmal merkt, was er wirklich verbrochen hat.« Sascha versuchte sich als Psychologe.

»Meinst, er sagt die Wahrheit, was Daphne di Montagna angeht?«

»Dass sie noch gelebt hat?«

»Wenn das wahr ist, was er sagt, ist er unser wichtigster Zeuge – er hat Ina und Oliver in der Mordnacht vor der Villa gesehen. Aber wenn er lügt, ist er der Mörder.«

»Vielleicht redet er sich das Verbrechen einfach schön, wie bei der Resi.«

Fritz überlegte einen Moment. »Er war schon recht offen mit seinen Geständnissen.«

»Dass Daphne di Montagna drei Schläge abbekommen hat, das hat ihn wirklich überrascht.«

»Und das mit Ina Berg und Oliver Schmidt – ist der so schlau, dass er sich das ad hoc ausdenkt?«

»Also wer hat der Daphne di Montagna jetzt die finalen Schläge versetzt?« Fritz schaute ihn prüfend von der Seite an.

»Ich glaub, ich denk dasselbe wie du. Und ich hab sogar eine Idee, wie wir den Täter kriegen.«

»Endlich den Taxifahrer zu der falschen Quittung finden?«

»Quatsch – das dauert zu lang und ist dazu noch total unsexy. Außerdem wissen wir dann immer noch nicht, wer wirklich zugeschlagen hat. Ich hab eine viel bessere Idee.«

Sascha stieg voller Tatendrang aufs Gas. Die Reifen schleuderten effektvoll eine Menge Matsch in die Luft, bewegten das Auto dabei aber um keinen Millimeter.

***

Dank des Großeinsatzes gab es glücklicherweise genug schiebende Hände vor Ort, deshalb dauerte die Befreiung des Autos aus dem Moor nicht ewig. Gut so, denn als Sascha und Fritz eine Stunde später zum Krankenhaus in Bad Tölz kamen, hieß es, dass Ina vor einer halben Stunde gegangen sei. Entgegen den Empfehlungen des Arztes oder, wie man so schön sagt, auf eigene Verantwortung, habe sie gemeinsam mit einem Freund ihre Sachen gepackt.

»Ich glaub, jetzt pressiert es schon wieder«, sagte Fritz, während Sascha zur Fahrertür sprang.

»Wir erwischen die, keine Sorge!«, versprach er, und Fritz spürte, wie es ihn beim Start in den Sitz drückte. Erst in Lenggries drosselte Sascha das Tempo, nahm das Blaulicht vom Dach und fuhr betont gemächlich bei Ina Berg vor. In der Einfahrt parkte das Auto von Oliver Schmidt.

Die Tür stand einen Spalt offen. In dem Moment, als die Kommissare klingeln wollten, kam ihnen ein schnaufender Oliver Schmidt entgegen. Bepackt mit drei Reisetaschen und einem Rollkoffer. Wie ein Esel, dachte Sascha.

»Sie verreisen?«

Oliver Schmidt wirkte erst einmal ertappt, fand aber schnell zu seinem arroganten Gehabe zurück. Er legte ganz ruhig das Gepäck aus der Hand und überkreuzte die Arme: »Um Ina vor weiteren Attentaten zu schützen, weil die Polizei in Oberbayern das anscheinend nicht hinkriegt.«

»Im Krankenhaus wäre sie sicherer gewesen, dort hatten wir ihre Bewachung organisiert«, konterte Fritz gelassen, »aber sie wollte offensichtlich schnell von dort weg.«

»Oliver?«, kam es von innen. Schwach und langsam schlurfte Ina Berg um die Ecke. Noch immer wirkte sie sehr mitgenommen vom Anschlag.

»Du liebe Güte, Sie können sich ja kaum auf den Beinen halten, Frau Berg. Kommen Sie: Ich habe noch ein paar wichtige Informationen für Sie! Wir gehen in Ihr Arbeitszimmer. Ich muss Sie unter vier Augen sprechen.« Damit fasste Fritz die Autorin am Arm und ging mit ihr nach hinten.

Oliver Schmidt wollte ihnen folgen.

»Ihnen muss wiederum ich ein paar Fragen stellen. Gehen wir hier lang ins Wohnzimmer!«

Für einen Moment sah es so aus, als wollte Oliver Schmidt sich wehren. Aber Sascha war auf der Hut, die vielen Stunden Selbstverteidigung in der Ausbildung sollten schließlich nicht umsonst gewesen sein. Schmidt spürte, dass er dem Kommissar nicht gewachsen war. Er nickte resigniert und ging mit langsamen Schritten voran.

***

Fritz stellte sein Diktiergerät auf Ina Bergs Schreibtisch, dann holte er einen kleinen Klappstuhl für sich. Auf dem hatte Daphne di Montagna sicher nie Platz genommen, wenn sie hier gemeinsam Texte überarbeitet hatten. Sie hatten sich eher in Tölz getroffen oder in München im Verlagshaus oder in einem schicken Schwabinger Café auf einen Hugo – so hieß doch das pappsüße Zeugs.

»In den letzten Stunden sind wir auf ein paar neue Erkenntnisse gestoßen, die das Bild komplett drehen.«

»Haben Sie rausfinden können, welcher Oberthanninger hinter all dem steckt?« Inas Interesse zeigte eine Spur von Nervosität.

Fritz schnaufte noch mal tief durch, dann begann er: »Vinzenz Krottenthaler hat mehr oder weniger gestanden, Theresa Mayrhofer sexuell missbraucht zu haben. Kirchweih 1987 hat er sie dann im Moor bei Oberthanning ertränkt.«

»Du liebe Güte! Der Krottenthaler Vinzi?«

»Und da er befürchtete, dass Daphne und Sie diese Geschichte schreiben würden, ist er am Abend nach Ihrem Fernsehauftritt in die Ludwig-Thoma-Straße in Bad Tölz gefahren, um Ihre Freundin zu *besuchen*. Er hat sie bedroht, und dabei ist einiges anders gelaufen als erwartet.«

»Oh, mein Gott! Und jetzt wollte er mich auch noch umbringen?«

»Das haben wir zunächst auch so gesehen. Nun gibt es aber einen ganz anderen Verdacht.«

»Welchen?«

»Das explosive Päckchen an Sie wurde eventuell von Oliver Schmidt gepackt.«

»Das ist unmöglich! Dieser Krottenthaler, der muss es gewesen sein. Erst ging er gegen Daphne, dann gegen mich.«

Fritz versuchte, möglichst vage zu bleiben, sonst drehte ihm die Staatsanwaltschaft wieder einen Strick aus der Vernehmung: »Wir haben Spuren in der Villa gefunden, die möglicherweise mit dem Anschlag auf Sie zu tun haben.«

Ihre Fassungslosigkeit war echt, das spürte Fritz sofort. Schauen wir mal, wie weit Liebe und Vertrauen reichen, dachte er.

»Und dann hat dieser Polizist, dieser Krottenthaler, Ina das Päckchen geschickt? Weil sie sich entschieden hatte, das *Dirndl* allein zu schreiben?« Oliver Schmidt wirkte erschüttert. Sascha hatte ihm, wie Fritz in der Zwischenzeit Ina Berg, fast die ganze Geschichte erzählt, allerdings hielt er nun eine andere Wendung bereit:

»Das haben wir zunächst auch gedacht, aber die Ergebnisse der Spurensicherung sind sehr merkwürdig. Es gibt noch einen weiteren Verdacht.«

»Welchen?«

»Das Päckchen könnte Ina selbst gepackt haben.«

»Soll das ein Witz sein?«

»Vielleicht wollte sie ein Attentat vortäuschen, um jeden Verdacht von sich abzulenken. Dabei hat sie vermutlich die Wucht der Explosion unterschätzt.«

»Welchen Verdacht? Sie haben doch Ihren Mörder.«

»Krottenthaler sagt, Ihre Frau habe noch gelebt, als er gegangen ist.«

»Aber Sie glauben ihm nicht!«

»Kann doch sein, dass Ina Berg in der Nacht noch mal zu ihr gekommen ist und ihr die tödlichen Schläge auf den Hinterkopf verpasst hat.«

»Was für eine abstruse Behauptung.«

»Finden Sie wirklich?«

Ina Berg griff sich an den Hals, sie zitterte. Verständnisvoll legte Fritz ihr eine Hand auf die Schulter.

»Es tut mir leid, dass ich Sie das fragen muss. Aber wäre es möglich, dass Ihr Freund Ihnen das Paket geschickt hat?«

»Warum sollte er so etwas Schreckliches tun?«

»Durch den Tod von Daphne di Montagna ist er ein reicher Mann geworden, aber erst durch Ihren würde er die gesamten Tantiemen bekommen. Sie haben ihm für den Ernstfall die Rechte überschrieben, oder?«

Ina nickte schwach.

»Sehen Sie, er braucht Sie nicht mehr.«

»Oliver liebt mich, nicht mein Geld und meinen Erfolg.«

»Wir denken, er wollte möglicherweise ein neues Leben ohne Sie beginnen. Es gibt da eine gewisse Antonia C. aus München – groß, blond, sehr jung … Er hat sie sehr häufig getroffen. Kennen Sie sie?«

Ina Berg wurde aschfahl. Ihr Blick irrlichterte durch den Raum, sie schwankte. Fritz hatte schon Sorge, sie könnte ihm zusammenklappen. Ihre Fassung war vollkommen dahin.

Jetzt hab ich sie so weit, dachte er. Jetzt packt sie aus. Aber er täuschte sich, was Ina Bergs Zähigkeit betraf. Sie schluckte, wollte etwas sagen, aber zuerst kam kein Ton heraus. Sie räusperte sich und sprach dann mit brüchiger Stimme. »Das glaub ich Ihnen nicht.«

»Fragen Sie ihn nachher selbst, wenn wir hier fertig sind. Aber erst reden wir noch über unseren Fall.«

»Was gibt es da noch zu reden? Krottenthaler hat die arme Resi umgebracht und auch Daphne auf dem Gewissen …«

»Nicht unbedingt. Denn er hat uns erzählt, dass er nur einmal auf sie eingeschlagen hat. Die Obduktion spricht aber von drei Schlägen mit zunehmender Härte. Erst der letzte war tödlich.«

»Sie glauben einem Kinderschänder und Mörder?«

»Ich höre mir an, was er sagt. Nämlich, dass er ein Pärchen vor der Haustüre gesehen hat, als er sich aus Daphne di Montagnas Haus stehlen wollte. Er hat Sie und Schmidt eindeutig erkannt.«

Ina Berg schwieg und schaute an Fritz vorbei. Der setzte nach.

»Frau Berg, wenn Sie Oliver Schmidt weiterhin decken, stellen Sie sich unter Umständen schützend vor den Mann, der auch Sie umbringen wollte.«

Oliver Schmidt starrte ebenfalls ins Leere. Sascha hatte ihn offenbar ernsthaft verwirrt. »Was hätte Ina davon gehabt, wenn sie sich selbst mit einer Briefbombe in Gefahr bringt?«

»Sie lenkt den Verdacht von sich ab, indem sie sich zum Opfer macht.« In Saschas Gesäßtasche piepte es. Er zog das Handy heraus und nickte. »Ihre Freundin hat eine Aussage gemacht.«

»Aber sicher kein Geständnis, oder …?«

»Nein, nein! Sie sagt, dass Sie es waren.«

Als Sascha mit dem Beschuldigten ins Arbeitszimmer kam, sah Ina Berg ihm vorwurfsvoll entgegen. In Oliver Schmidts Gesicht spiegelte sich die Ratlosigkeit eines Menschen, der die Welt nicht mehr versteht.

»Warum tust du das, Ina?«

»Einmal muss die Wahrheit ans Licht. Es tut mir leid.«

»Aber ich war's nicht. Das weißt du genau.« Oliver Schmidt trat die Flucht nach vorne an. »Ich habe doch auch ein Alibi! Nachdem Ina und ich uns getroffen haben, bin ich mit dem Taxi nach München.«

Fritz zuckte kurz zusammen, aber Sascha lehnte sich entspannt zurück. Er wusste, dass sie dazu gar nichts mehr erwidern mussten, das übernahm nur allzu gerne die Berg.

»Ich hab's geahnt, jetzt willst du deine Haut retten. Aber dein bescheuertes Alibi und den Taxifahrer, der für ein etwas höheres Trinkgeld auch das Todesurteil gegen seine Großmutter auf die Quittung geschrieben hätte, kannst du vergessen. Der Krottenthaler hat uns beide gesehen, wie wir vor der Villa gestanden sind in der Mordnacht. Du kannst also gar nicht um eins nach München gefahren sein. Und selbst wenn das Gericht einem wie dem nicht glaubt ... dass du den Taxifahrer für eine Pauschalfahrt nach München mit getürkten Zeiten auf dem Beleg bestochen hast, ist schnell recherchiert oder, Herr Kunz?«

Sascha grinste Fritz breit an: »Genau!«

Oliver Schmidt war fassungslos. Er hatte offenbar eine Ahnung, dass Inas abweisende Miene und ihre Aussage mit Fritz zu tun hatten, deshalb sah er den Kommissar skeptisch an: »Was wird hier gespielt?«

Fritz wollte nicht so gern über die frei erfundene Geliebte reden, also wich er aus: »Erzählen Sie doch noch mal, was in der Nacht wirklich passiert ist, Frau Berg.«

Die Autorin holte tief Luft: »Ich war sehr aufgewühlt nach der Sendung, hatte die Schnauze voll von unserer schlechten Zusammenarbeit. Vor allem aber wollten Oliver und ich ihr endlich erzählen, dass wir ein Paar sind und zusammenziehen möchten.«

»Ja, genau, wir lieben uns doch!«, unterbrach sie der konsternierte Oliver Schmidt, aber Ina Berg schenkte ihm nicht einmal einen Blick, sondern fuhr fort.

»Wir sind zu ihr nach Hause. Da lag sie in einer Blutlache, neben ihr der Wendelstein. Ein Einbrecher, dachten wir. Oder dieser mysteriöse Anrufer.«

Ihr Freund versuchte, sie zu stoppen: »Hör auf. Wir holen erst mal einen Anwalt, Ina!«

Seine Freundin aber schüttelte entschieden den Kopf. »Nein, nun muss Schluss sein mit den Lügen, und wenn es noch so wehtut.« Sie richtete ihre Augen auf Fritz. »Wir dachten zuerst, sie wäre tot, dann hat sie sich bewegt und uns angeschaut. Ich wollte den Notarzt rufen, aber Oliver hat mich gebeten, es nicht zu tun.«

Schmidt bewegte sich in Richtung Ina. Aber Sascha war auf der Hut. »Bleiben Sie, wo Sie sind.«

Ina Bergs Stimme wurde brüchig: »Dann hat er Handschuhe und Regenmantel geholt, und ehe ich richtig begreifen konnte, was er damit wollte, hat er Daphne mit dem Literaturpreis erschlagen. Also endgültig …«

»Nachdem er erst kaltblütig dafür gesorgt hat, dass keine Spuren bleiben?«, fragte Fritz.

Oliver Schmidt schüttelte fassungslos den Kopf. Ina Berg aber nickte: »Ich stand daneben und konnte nichts tun. Das ging alles so schnell. Es war ganz furchtbar. Dieser Hass …«

Oliver Schmidt schaute sie an, ungläubig, fassungslos, traurig. »Du lieferst mich ans Messer.«

»Ich kann die Lügen nicht mehr aushalten, Oliver.«

In ihren Augen blinkten Tränen. Ihr Gegenüber schwieg lange, dann nickte er: »Also gut, machen wir den Lügen ein Ende. Aber richtig!« Damit ließ er langsam eine Hand in die Brusttasche seines Blousons gleiten.

»Vorsicht!«, schrie Fritz.

Sascha hatte die Bewegung längst registriert. Er überwältigte Schmidt und fischte aus dessen Jackentasche ein Smartphone.

»Schau an, das kennen wir noch gar nicht«, kommentierte Fritz.

»Der Trend geht zum Zweithandy. Vor allem wenn man jahrelang eine Affäre hat.« Sascha spielte den Mann von Welt und sah sich das Telefon genauer an.

»9182 ist mein Code«, sagte Schmidt gelassen. »Gehen Sie auf die Video-App und klicken da auf die Datei, die ich einfach *Mitschnitt* genannt habe«, sagte Schmidt.

»Mitschnitt wovon?«, wollte Sascha wissen.

»Ich habe den Mord dokumentiert.«

Ina Berg gab einen unterdrückten Schrei von sich. »Was hast du?«

»Reine Vorsichtsmaßnahme. Und überlebenswichtig, wie sich jetzt zeigt.«

»Du perverses Schwein«, kam von Ina.

»Daphne hat mich immer gewarnt: Wenn du mal was mit Ina haben solltest, pass auf mit der! Die tut nur so unschuldig, aber die weiß genau, was sie will, hat sie gesagt. Die Ina macht alles mit und nachher ist sie's nicht gewesen. Als du mir in der Nacht gesagt hast, ich soll von der Garderobe die alte Regenjacke und die Handschuhe holen – als ich also gemerkt hab, wie kaltblütig du plötzlich warst, nur noch darauf bedacht, Daphne umzubringen, ohne Spuren zu hinterlassen, hab ich mich an ihre Worte erinnert und einfach zur Sicherheit die Handykamera mitlaufen lassen.«

»Von wegen Liebe und Vertrauen!«

»Ich hatte tatsächlich ein schlechtes Gewissen danach. Aber nun rettet es mir den Arsch.«

»Da wird sich deine kleine Fickmaus in München aber freuen.«

Oliver Schmidt sah Ina Berg irritiert an, aber in dem Moment hatte Sascha den Film gefunden und klickte ihn an.

***

Ein wackeliger Gang durch das Wohnzimmer der Villa. Ab und zu legte sich ein Stück von der Regenjacke vor die Linse, es raschelte gewaltig. Im Dunkeln konnte man Daphne am Boden erahnen. Die Kamera zeigte unkontrolliert den Raum. Ab und zu war ein Blick auf Ina Berg zu erhaschen, wie sie abwechselnd auf die Verwundete und dann wieder zu Oliver schaute.

»Mach schon. Zieh die Jacke an. Und die Handschuhe.«

»Ich kann das nicht, Ina, und ich will das auch nicht.«

»Hast du gehört, was sie zu dir gesagt hat? Schwächling hat sie dich genannt und mich zweite Wahl.«

»Das kann uns doch egal sein. Ich rufe jetzt den Arzt.«

»Ich hab's satt, immer nur die graue Maus zu sein!«

»Das bist du nicht, Ina.«

Man hörte ein Stöhnen und ein Röcheln. Dann war eine benommene Stimme zu vernehmen. »Oliver wird mich immer lieben.«

Ina Berg beugte sich nach unten: »Du kriegst ihn nicht zurück, hörst du? Niemals!« Sie stand völlig neben sich, riss Oliver Schmidt die Regenjacke aus der Hand.

Das Handy zeigte mit einem Mal nur noch matte Schwärze. Offensichtlich hatte es Oliver Schmidt schnell irgendwo verschwinden lassen. Was das Mikrophon aufgenommen hatte, war wie durch Watte und zu schwach zu hören, um noch etwas zu verstehen. Kurze Zeit später erschienen wieder Bild und Ton. Man sah etwas Schwarzes im Anschnitt. Der Rand einer Hosentasche? Ina Berg aber war auf dem Display trotzdem noch gut zu erkennen. Sie schlug mit Wucht auf etwas ein, dann noch einmal, und schließlich hörte man sie sagen: »Endlich frei!«

***

Zum ersten Mal an diesem Tag tuckerten sie tatsächlich gemütlich über die Landstraße, hatten sogar Zeit, sich den ein oder anderen Blick zuzuwerfen.

»Wie die Berg gehört hat, dass die Antonia C. bloß eine Bedienung in der Kultfabrik ist und nicht die Geliebte vom Schmidt … Fritzi, ich hab gedacht, die bringt dich auch noch um.«

»Ich hätte es auf dich geschoben. Immerhin war die Idee, es mal mit der Eifersuchtsmasche zu probieren, von dir.«

»Aber du hast es eingefädelt. Dermaßen raffiniert – eigentlich müsste ein Typ wie du doch jede Frau rumkriegen!«

»Was denkst denn du? Aber will ich das immer?« Fritz gähnte gespielt. »Meistens ist mir das zu anstrengend.«

»Ha, wie bei mir! Da ist mir zum Beispiel mal eine Bedienung in einem oberbayerischen Dorf nachgelaufen …«

»Ja genau, jetzt fällt's mir wieder ein. Wollt die dich nicht gleich heiraten?«

Sascha gähnte ebenfalls: »Schon. Aber ich hab ihr gesagt: Baby, erst muss der Fritz eine abbekommen, dann bin ich dran.«

»Das ist sehr edel von dir, aber du vergisst, ich war schon mal verheiratet.«

»Dann wart ich halt, bis du's wieder bist!«

Fritz schwieg und sah zum Fenster hinaus, als hätte er noch nie saftige Wiesen mit braunscheckigen Kühen gesehen. »Morgen schreib ich erst mal unseren Bericht«, wechselte er das Thema.

»Vergiss es, das will ich allein machen. Un-be-dingt! Du hast einen Termin bei der Psychologin. Einzelsitzung! Schon vergessen?«

»Aber ich frag mich immer noch, was ich da allein soll? Es ist doch um die Dynamik zwischen uns beiden gegangen. Und deswegen ...«

»Jetzt geht's um eine andere Dynamik, Fritz.« Sascha lächelte seinen Kollegen aus dem Augenwinkel an. »Ab und an müssen sogar eineiige Zwillinge wie wir getrennte Wege gehen!«

»Meinst?« Fritz klang kleinlaut.

»Du hast so was von die Hosen voll ...«

Fritz sagte nichts, aber sein Schweigen war beredt genug.

»... dass es was werden könnte mit euch, stimmt's?«

»Hört sich deppert an, oder?« Fritz klang ganz kleinlaut.

»Mann, Fritz, sei einfach du selbst. Weißt doch: Wenn sie dann trotz alledem mit dir zusammen sein will, brauchst dich nie mehr in deinem Leben zu verstellen. So wie bei mir: Ich mag dich einfach – ganz egal, was du alles verzapfst!«

***

Jetzt sitz ich hier und wart auf die Verhandlung. Wegen derer Geschicht von damals werden sie mich vielleicht gar nimmer drankriegen. Das war doch allerhöchstens Totschlag – und der wär eh schon verjährt. Und wegen dem mit der Anna – da hat ja die Berg alles gestanden, da bekomm ich nur eine Mitschuld.

Dass ich der was antun wollte mit dem Sprengstoff, das wird die Richter vielleicht gar nicht jucken, denn die Ina ist ja die Mörderin. Hab ich so gesehen eigentlich was Guads getan. Bin ja schließlich Polizist.

Aber ich will ned raus hier. Der Flori, der könnt mir gefährlich werden mit seiner Rachsucht. Und das ist gar ned mein größter

Feind. Ganz ehrlich, ich fürcht mich vor der Freiheit, weil da fangt mein Hirn das Denken an und hört nimmer auf.

Und eine Heimat hab ich eh schon lang nimmer. Oberthanning – damals mit der Resi, mei, des war so schön. Dahin zurück kann ich nimmermehr. Alles ist kaputt. Weil, ein jeder muss dafür büßen, was er getan hat. Das ist schon so.

ENDE

Nachwort

Wer tödliche Machenschaften in Moskau und New York schildert, der macht sich keine Feinde, alle sind weit weg und lesen das vermutlich nie. Wenn man aber etwas schreiben möchte, was ganz in der Nähe spielt, schaut das anders aus. Es stellt sich immer die Frage, ob man sich wirklich über die Einwohner eines realen Dorfes, die man vielleicht sogar persönlich kennt, für die eigene Geschichte lustig machen, sie als geldgierig, ignorant, kalt, gefühllos schildern darf. Unser Krimi erzählt von zwei Autorinnen, die ein Dorf als Kulisse für ihre Krimis benutzt haben. Wir sind auch zwei Autorinnen, aber wir wollten nicht so enden wie Daphne di Montagna und Ina Berg! Außerdem mochten wir nicht auf ein bestimmtes Dorf im Oberland zeigen und es zum Opfer unserer Betrachtung der bayerischen Lebensart machen.

Oberthanning ist also ein erfundener Ort. Er liegt irgendwo in der Nähe von Benediktbeuern.

In unserem Krimi ist dort vor vielen Jahren ein junges Mädchen bei der Kirta zu Tode gekommen. Den Fall hat die Kripo in Murnau behandelt – die es übrigens auch nicht gibt, denn wir wollten die eigentlich zuständigen Weilheimer Kriminaler nicht als Dilettanten darstellen, die einen Mord nicht als solchen erkennen.

Unsere beiden Kommissare, die den Mord an einer Krimiautorin aufklären sollen und dabei auf *Das Dirndl im Moor* stoßen, arbeiten in Bad Tölz. Noch so ein Kunstgriff. Denn dort gibt es keine Kripo, auch wenn halb Deutschland das glaubt, seit Ottfried Fischer als Bulle von Tölz dort ermittelte. Wenn also schon fast alle der Überzeugung sind, in Bad Tölz sitze eine Kripo, so wollen wir unsere Leser in dem Glauben lassen, zumal es dort sehr schön ist. Wir haben unseren beiden Kommissaren kurzerhand gegenüber vom Gymnasium eine Dienststelle eingerichtet.

Gar manchem Leser, der ein Ureinwohner ist, mag die ein oder andere Dialekt-Äußerung nicht exakt erscheinen. Aber zum einen differieren die Sprüche und die Aussprache fast von Dorf zu Dorf, zum anderen ist der gesprochene Dialekt sehr schwer so zu

schreiben, dass er lesbar bleibt. Die echten Fachleute bitten wir, uns Unebenheiten zu verzeihen. Sprache ist eben nicht logisch, und Dialekt noch viel weniger. Die einen sagen halt so und die anderen so, und manchmal liegen nur ein paar Hundert Meter dazwischen.

Wir danken von ganzem Herzen unseren emsigen KritikerInnen Anja, Bettina, Chris, Doro, Fynn und Patricia, unseren Tölzer Inspirationsquellen Doris und Andreas und außerdem Anette Kleszcz-Wagner für ihr feinfühliges Lektorat.